千寻 与世界相遇

千 寻
Neverend

总 策 划　吉　彤
选题策划　耿　丹
项目编辑　耿　丹
版权编辑　陈　甜
装帧设计　木　明
内文排版　史　杰
责任印制　盛　杰
营销编辑　火　包
封面绘画　帅帅驴

一路微光

A Lite too Bright

〔美〕塞缪尔·米勒 著

冯诺 译

云南出版集团

晨光出版社

我总觉得有某种更伟大的爱在等待着我，
就在橙色地平线的转弯处。
我现在知道了，世界是一个圆，
我以为在我前方的，其实在我的身后。
但我睁开双眼，
看见自己又爬了上来。

——阿瑟·路易斯·普尔曼，《遥远的世界》，1975 年

A Lite too Bright

TRUCKEE

特拉基

1.

我紧握方向盘。水在我的四周涌动，正从窗户的缝隙不断地渗入，压扁了我科迈罗车的侧身。

仔细想想，在水里向下沉和被射入太空其实是很像的。你漂浮着，不受重力的束缚，周围的一切都像是没有重量的慢动作，和你一起移动，从一个世界进入下一个世界。

你对我期望太高了。

我的四肢被不同的安全带困住，五根安全带将我紧紧地锁死。我离水面越来越远。水下更黑。水也更冷。游泳是不会游得那么深的。

你太依赖我了。

如果眼睛可以睁开得够久，你能看见碎片和杂物正在跳着芭蕾舞。那些你开车时会携带的东西：CD、从来没有读过的书、三美元红酒的空瓶子、模型、戒指，仿佛都在轨道里绕着你漂浮，成为你太阳系中的小行星。

胸前的安全带勒得更紧了。我挤出最后一口呼吸。

"好了！"一百多万千米之外，一个声音冲我喊道。我甚至没有转过头看。那个声音是在水面之上。

砰。

窗户在震动。有人想打破窗户。有人想救我出去。

"好了！"

砰。

我应该动一动。我应该帮帮他们。我应该把手伸过去，让他们知道我还活着。我应该扯下安全带，去找车门的把手。

但我没有动。我的手依然放在方向盘上，眼睛直视前面的车窗。最后的那口呼吸也化成了小泡泡，离我而去。

我看着它们，一个接着一个。它们会杀出一条血路，最终抵达水面。但我不会。我在这里很舒服。

"好了好了——"

2.

"好了好了，各位乘客！我们即将抵达风景秀丽的美铁[1]特拉基车站，这里是哀鸽、夜莺以及位于你们左侧的埃克森炼油厂的家乡。

"去往塔霍的乘客，请在左侧车门下车；不去塔霍的乘

---

[1]美国国家铁路客运公司(National Railroad Passenger Corporation of the USA)，简称"美国国铁"或"美铁"，是美国唯一一家长途和城际铁路客运公司。

客……怎么可以不去呢？我是因为在工作，所以没法去，你又有什么借口呢？

"今天我们是提前到站——是的，乘客们，奇迹的确会发生——所以距离列车开往里诺，还有将近四十五分钟的时间。而下一班列车只能明天才有，因此要确保你们会按时回来；对于喜欢记录时间的体育迷[1]来说，也就是早上八点三十五分之前。

"我每天都会在这条线路上跑一两趟，如果你们愿意听听我谦逊的推荐，那么本地76号加油站的墨西哥小夹饼绝对是除墨西哥城之外最好吃的，我对天发誓，这是事实。

"那我们就四十五分钟之后再见吧，否则就只能下一次见了。就这些，你们卓越而又忠诚的列车长敬上。"

3.

列车突然向后摇晃，我坐直了身体。

"没事吧，阿瑟？"

---

[1] 美国体育比赛对时间要求极其严苛，常常精确到秒，如NBA的胜负往往在最后几秒钟才决出。这里列车长是在故意开玩笑，暗指体育迷对时间要求严格。

爸爸一直在看我。我知道他在想什么。自从我出庭以来，已经三个星期了，每次只要我的眼睛睁得足够快，就能捕捉到他那哀怨的单亲式的凝视：其中五分之二是怜悯，五分之一是困惑，还有五分之二是"我现在到底该拿这个小东西怎么办"。

自从妈妈走后，他一直在练习这个表情。我们的家足够大，大部分时间他可以忽略我，但真的要彼此打照面时，比如吃早饭、观看奥克兰运动家队比赛，或是早上同时去车库，他都会冲着我皱眉头，就像我是丢在他家门口的古埃及婴儿。在这个问题上，他只有这么多话语权：妈妈一直负责养我，但这个家是爸爸的，所以她让我跟着他。

现在因为我犯了罪，他更难掩饰自己的不幸了。

他的手指越过我的肩膀，指着车窗外。"准备好。当心凯伦飓风。"

我们刚刚踏上月台，还隔着老远，婶婶便冲过来抱紧我说："阿瑟，你决定过来和我们住，我们实在太开心了！"

"婶婶，见到……嗯……见到你太好了。"我说。

美铁特拉基站的月台其实就是一条美化过的石板路，被放在一座小镇的中央，全然不知如今早已不是1950年。小镇上所有的活动都围绕着这块水泥石板——一个加油站、两个早餐摊点、一个游客中心和六家酒吧。一个在车站卫生间排队的伙计告诉我，"在特拉基，每个人都是要么喝酒，要么不喝酒。"我觉得这个伙计很可能是前者。

"天啊，蒂姆一定高兴死了——他已经等不及要给你看看他的露天平台了！你知道吗？"

我注意到她把"你知道吗"这句口头禅说得很重，就跟游戏节目主持人一样——并不是在对我一个人说话，而是对着我头顶上的观众，这些观众无法相信竟然会有人愿意花这么多钱打造一个露天平台。

"你知道吗？我们在那个木制平台上花了将近——你猜猜，多少年？将近？你猜猜？"

"嗯，大概七——"

"十一！十一年！"

观众倒吸了一口气。

"哇，那可真是——"

"你听说过这种事吗？那个平台几乎和我们的婚姻一样年代久远！"

观众大笑。

"哦，不会吧，那……那可真是太棒了。"我咬着牙挤出笑容。

似乎没有必要澄清，但我其实还没有决定跟他们住在一起。我有两个选择，要么在他们的特拉基小屋度过一个延长的"假期"；要么在内布拉斯加州西部的一个农场，和那个家住在红州 [1] 的疯子叔祖父亨利住在一起。

我想，待在特拉基要比待在内布拉斯加州更不容易犯下杀

---

[1] 在美国是指支持共和党的州，与之对应的是支持民主党的蓝州。

人罪——只是稍微而已。

"他这个星期过得很不顺。其实这一个月都是吧。"爸爸拍了拍我的背说。凯伦婶婶蹒跚着走向她的福特翼虎车。"他可能不太说爱话。"

"哦,"她转过身来看着我,"这个我们都知道。不过我要说的是……阿瑟,我们都为你感到非常、非常骄傲。放弃大学,还有——还有你的手,还有那个女孩……这些都很难面对——不过,我们知道你会很快振作起来的。"她的眼角涌出了小小的泪珠,然后揽住我的后脑勺,把我拉进怀抱。

"谢谢你,凯伦婶婶。"我对着她的胸口说道。

观众叹了口气。

4.

我觉得特拉基是那种在你放弃生命里某个了不起的事业之前一定要去的地方,你的心里会想:"该死的,在我撂挑子之前还是先去滑滑雪好了。"

蒂姆叔叔和凯伦婶婶是我认识的人当中最普通的人。蒂姆叔叔是给人家里安装供水系统的，和"康丽根人[1]"干着一样的活儿，却并没有那种品牌认知度。凯伦婶婶会从旧货市场上买些乱七八糟的玩意儿，然后在易趣（eBay）上转卖。他们已经在自己的小木屋里住了十二年，从结婚开始，就一直在吹嘘要做一些没有意义的装修。

在我们的家族中，过这种不出彩的生活是一种大肆盛行的疾病。妈妈早就明白了这一点，于是在我九岁时离我们而去。爸爸的名字也是"阿瑟·路易斯·普尔曼"，他是卖人寿保险的，赚得也不多，但我们可以靠着我爷爷——已故的伟大作家阿瑟·路易斯·普尔曼一世的版税——在物价极其昂贵的加州帕洛阿尔托生活得很舒适。奶奶去世后，我们搬进了爷爷的家里，当时我五岁。从此，我们一直住在那里。不过五年前，爷爷也去世了。这很奇怪。人人都知道这很奇怪。我和爸爸都不属于这样的房子。我们不属于帕洛阿尔托。在帕洛阿尔托的高中，我是个穷孩子。

但房子很不错，小木屋也是一个不错的小木屋，因为爷爷活着的时候干了一件很了不起的事，于是我的家人就都要跟着他玩这场假装富人的游戏。尽管我们已经不再谈论他，尽管他的火炬已经被一个卖人寿保险的和一个没名号的水管工接了过去。

"阿瑟·路易斯·普尔曼三世，见到你真好！"十八年了，

---

[1] 康丽根（Culligan）公司是美国著名的水处理公司，成立于 1936 年，在第一个电台商业广告中因大喊一句"嘿，康丽根人"的广告语而一鸣惊人。

每次看到我，蒂姆叔叔都会这样大喊，然后抓着我的肱二头肌摇着我的身体。他比我矮很多，穿着 T 恤衫和卡其布短裤，和想象中的水管安装专家一模一样，脸上的胡子让他看上去很像中产阶级的白人马里奥[1]。

"看这小伙子，身体更壮了，都有肌肉块了。你最近是不是在健身？"

"没有。嗯……没有。"

"哦，那就是吃得更健康了？"

"也没有。"

"刚分手吗？"

"刚分手"三个字让我的胸口有些灼烧感，但我假装没有感觉到。"是的。"

凯伦往爸爸手里塞了一杯喝的。

蒂姆举起我的左手，轻轻地捏了捏石膏。"瞧瞧。疼吗？"

"不疼。"

"那就好。这意味着正在康复。可别在这里动手哦，"他一只手拍了拍墙，另一只手拿起喝的，"这面墙可是加固的石灰泥。"他自己笑了笑。"快过来，两个阿瑟，我带你们看看露天平台。"

从他们的房子里观赏唐纳湖的风景，是特拉基为数不多值得一提的特点。这片湖坐落在一个山谷中间，被覆满松树的群

---

[1]游戏角色，靠吃蘑菇长大，特征是大鼻子、头戴帽子、身穿背带裤、留着胡子。

山环绕，林木线以上笼罩着云朵和雪海。松树列队成排，组成大自然里最完美的几何图形，在水晶般湛蓝的湖周围组成层层叠叠的常青树图案。这里真的是那种可以把风景拍下来当成明信片或电脑屏保的地方。

"造这个东西花了我们十一年的时间。"蒂姆叔叔说着，一脸骄傲地拍了拍平台的木栏杆。

"我听说了。"

"都说在这种坚硬的石头地基上根本造不出这种平台。你知道我们从中领悟到了什么？"

"嗯，他们说错了？"

"不，是他们说得对。真不应该建造这玩意儿，我们被它折磨了十一年。"

"哦。"

"阿瑟，这个教训就是：如果人们告诉你行不通，那就是真的行不通。"

"看起来……"

"你能大点声说话吗？就像只该死的兔子。"

我清了清喉咙。"现在看起来还不错啊。"

"十一年啊，阿瑟，"他回头看看屋里的妻子，"没有人会花十一年建一个露天平台。"

"哦。"

我感觉胸口有微火在燃烧。我讨厌别人让我大声说话，更讨厌这背后代表的含义。我的朋友梅森称之为"音量的暴政"，也就是"谁声音最大谁就应该被听得最清楚"的观念。这是美国最令人讨厌的根本问题之一，也包括蒂姆叔叔这样的人。但我已经不能再和梅森探讨这样的事情了。

蒂姆叔叔喝了一口玻璃杯中的饮料。那是一种混合了酒精的饮料，从气味上，我能分辨出那不是按一定比例调制的。"你那辆车开着怎么样？"

爸爸翻了个白眼。"他整天都开着那辆车出去。"

"还别说，"蒂姆说，"如果你像他这么大时能有这种车，估计你会在里面装上吃喝拉撒的各种设施，然后寸步不离。阿瑟，加速到时速 60 迈 [1] 需要多长时间？"

"嗯……不到四秒。"

"我有一个开奥迪的哥们儿说他能做到三点三秒。你觉得怎么样？"

"也不比科迈罗快多少。"

"我不知道，他说——"

"就是不比我的快。"

他往后退了一步。说话声音像兔子的好处就在于当你提高音量时，人们会很容易注意到。"好吧。对了……你的治疗怎么样？"

"还行吧。"

他一口喝完酒精饮料，转过脸冲我摇着冰块，脸上并没有

[1] 即"英里"，表示汽车时速的常用单位。1 英里＝1.609344 千米。

笑容。"听着，阿瑟，我是你的叔叔，我希望自己没有越界，但我觉得我必须要跟你说说。不知道你婶婶有没有跟你说过，总之……我们为你骄傲，真的……嗯……为你正在做的一切感到骄傲。你遭遇了几次重击，都正中要害，但你挺过去了，没有……好吧，几乎没有留下创伤。"

说着，他冲我左手上的石膏点点头。

爸爸接过话茬。"要知道，你现在是最难的时候。真是糟透了，等你长大了就会好一点。坏事总会发生，人们总会离开，"他停顿了一下，"但你要学会勇敢面对。你要坚强。别害怕。"

"你会找到自己的应对方式的，然后将它转变成——"蒂姆忘了饮料已经喝完，本想再来一口，结果冰块撒得他满脸都是，"——转变成良好的习惯。知道吗？你那只手会痊愈的，会完好如初，肯定还没怎么样就又能打网球了，我们会为你另找一份奖学金，一切都会恢复到原来的样子。你的未来会重回轨道。"

我什么也没说，只是数着唐纳湖对岸成排的树。

"喂？阿瑟？"爸爸向我挥挥手，想引起我的注意，"你——我们在和你说话呢！我刚刚说了什么？"

我清了清喉咙。"凯特琳呢？"

"好吧，"他的手在建了十一年的平台栏杆上摩挲着，"也许必须要放下。人身保护令可不是闹着玩的。梅森也是，在你——你知道——经过庭审之后。大概是想给大家留点空间吧。"

我点点头。

这些话和桑多瓦尔医生说的一样，也和人们对那些生活已经面目全非的人说的一样。"一切都会好起来的"——但我在这个世界上已经活得够长了，我知道这种话不会是真的；"奖学金还会有的"——不，不会；"加州大学洛杉矶分校还会录取你的"——不，不会；"生活会重回正轨"——不，不会。没有凯特琳，就不会。

但他们不希望我有这样的反应。"谢谢，爸爸，蒂姆叔叔，这……嗯……对我来说意义重大。"我说。他们对我笑着，就像我是一只已经会自己打扫便便的狗。

晚餐时婶婶做了火腿面包、豆子和柑橘果冻沙拉。我知道她是特意为我做的，尽管我是素食主义者。七岁的时候，这些都是我最喜欢吃的。但没有人问过我对食物的喜好是否已经发生了变化。

"敬爱的上帝，"爸爸对着围坐在桌边的我们开始祷告，"感谢你赐予我们所有的礼物。尤其是今晚，感谢你赐予生命的礼物。"

我觉得他其实挺讨厌祷告的，因为我知道他讨厌去教堂。但他还是会祷告，可能是因为爷爷吧，爷爷如果不祷告，就会迫使自己质疑事物的运转方式；但爸爸是不会质疑的。他会无可救药地忠于现状。

我不愿受迫于任何人，尤其是上帝。

"不管多么难，我们都庆幸自己还活着，庆幸可以相互分享这份礼物，"他双眼微闭，然后朝我的方向瞥了一眼，"感谢你赐予这份食物，赐予我们健康，赐予保护我们的法律，最重要的是，赐予我们生命。阿门。"

大家在沉默中吃着饭。婶婶偶尔会自告奋勇地说说生活在美国南部的寡妇们在易趣上有哪些收藏习惯，蒂姆也会说说安装水管的精彩故事，但爸爸看上去比我还兴味索然。就在要熬过这顿晚餐的时候，爸爸突然丢下一颗炸弹。

"蒂姆，我忘了告诉你，"他嘴里含着一个果冻，"我们跟爸爸的经纪人沃尔普先生谈过了——如果你还记得他的话，我想我们会做一本作者首选版的《遥远的世界》。"

房间里一阵沉默。

我从盘子上抬起头。"你们要做什么？"

"我觉得是时候了，"爸爸像是在对着一颗快要爆炸的地雷说话，"作者首选版，专门献给所有的死忠粉丝。"

在座的所有成年人都在鸡啄米似地点头，仿佛这是顺理成章的事。《遥远的世界》是爷爷的唯一一部小说，堪称经典，包揽了一部小说所能获得的全部奖项：普利策奖、国家图书奖、《纽约时报》畅销书等等。它是几乎所有高、中、低年级学生的必读书目。汤姆·汉克斯曾在一次采访中说这是他最喜欢的书。那可是汤姆·汉克斯！

"账户里已经没什么钱了，哪怕是今年的版税到账之后，而且……理查德先生也费力地把版权夺了回来，他说我们会提前赚上一笔，足够我们用很长一段时间，甚至是一辈子。他说到时出版商会排成长龙，尤其是爸爸去世之后……还有这么多媒体报道、传闻……"

我吞下了想说的话。大家现在就是这样讨论爷爷的失踪和死亡的：抽象的概括，尽快结束相关的话题。爸爸在有意地避而不谈，也许是因为他在为没有照顾好爷爷而内疚，也或许是因为他已经不在乎了。这个困惑已经在我心中的某个角落燃烧了五年，但爸爸并非如此。将所有困惑与爷爷一同埋葬对他来说似乎颇让他满意。

"他还没出过首选版吗？"蒂姆叔叔对这个机会着实感到激动，用手捋了捋胡子，"不过我们当中也没谁看过他的东西。"

爸爸显得有些漫不经心，小心翼翼地避开我的注视。"哦，他肯定还有什么笔记之类的东西留在家里。"

"算了吧，"凯伦低声说，"他连杂货清单都不写。"

我捏了捏桌下自己手指上的戒指。我讨厌他们这么谈论爷爷，尽管我知道他们可能是对的。我也从来没见过爷爷写过任何东西，倒是家族之外的人常常想让我告诉他们我见过他写东西。记得一次大家围坐在电视前，收看美国公共电视台制作的关于爷爷生平的特别节目。他们采访了许多所谓的专家，这些专家一个比一个确信：阿瑟·路易斯·普尔曼正在创作一部文学巨著，而坐在我身后的他即将完成的是他命名为"一瓶杰克·丹尼[1]"的杰作。

---

[1] 美国著名威士忌酒品牌。

我希望他们是对的。但我知道他们是错的。

"嗯……那我们就编一编吧，"爸爸说着耸耸肩，"这是周年纪念版。不管怎么样，都会有人买的。"

我的胃里翻江倒海。

的确会赚钱。爷爷的代理人没有错。美国人热衷八卦和争议，尤其是跟疯子和死人有关的故事。关于爷爷去世的流言或许会让这个版本的竞价节节攀升。

但我了解爷爷，要是他听说再版什么"作者首选版"，一定会去挠自己骨灰盒的盖子。这不是第一次讨论这件事了，每次都会被爷爷否决。这事关他的名誉。他不想为了赚钱以旧翻新，也不想让商业公司为了利益而作践他的艺术。我懂得这个道理，但爸爸不懂。

"他不会喜欢的。"我说。

爸爸的餐叉悬在半空中。"不好意思。我不知道你已经受聘可以全权代表我爸爸的利益了。"

"我只记得你上次想这么干的时候，被爷爷说成了'商业废话'。他说宁愿死也不愿意再版同一本书，目的只是为了让人们再买一次。"

"嗯，但他已经去世了。所以……"

"但这并不代表你就能在他的坟头上随意糟蹋——"

"阿瑟，你能不能不要假装他真的很在乎那本书？我和他生活了一辈子，我不认为他记得自己写过什么！你读过吗？"

我的表情有些痛苦。"没有读完，但是——"

"那就让我来帮你补全吧。这是一个关于爱、探险和悲剧的故事。我所知道的阿瑟·路易斯·普尔曼只会看棒球比赛和读圣经。"

"他年轻的时候并不是这样——"

"是的，他年轻时不这样！你知道他年轻时是干什么的吗？他在铁路上工作，而且酗酒，而且从来没有离开过加州——他就是在乱写一通！"

"所以呢？"

"所以别搞得像是有什么虚伪的正直受到了损害一样！我们是他的家人，我们现在拥有版权，我们想怎么做就怎么做。上帝知道这都是我们赚来的——"

"赚来的？你怎么赚？这可是他写的书。"

"我要和他一起生活！要照顾他！要一生坐在那里看着他疯掉，然后照顾疯了的他！你知道必须去照顾一个疯子是什么感觉吗？"

"阿瑟。"凯伦婶婶瞪了一眼爸爸，不是我。

他长出一口气。"抱歉，阿瑟……我爱我的爸爸，只是……我更爱你们，我想照顾好你们，也是我们。账户里的钱越来越少，你还要治疗，还有你的律师费……"

"是的，好吧，"我转着手上的戒指，"可爷爷失踪之后，你连找都没找过。"

爸爸叹了口气。"不是这样的，你也知道，我们找遍了他可能去的所有地方。任何他去过的地方。我们不可能料到他会出现在俄亥俄州。"

"可他偏偏就在那里。"

"是的。"我看得出爸爸在极力控制脾气，试着把茶匙递给我。"是的，他的确出现在了那里。"

"你有没有想过他为什么会去那里？怎么去的？或者别的什么？"

他摇摇头。"我从来没考虑过那个人的脑子里想些什么。知不知道也无所谓。"

"他可是你的爸爸——"

"不。不，最后这些年不是。那个人不是我的爸爸。"

大家又开始在沉默中吃饭。我和爸爸都厌恶地盯着自己的盘子。

"会没事的，阿瑟，"蒂姆叔叔想要缓和紧张的气氛，"最近大家的注意力都在那本书上……也许你可以利用它勾搭一下女孩子。"

在座的大人们开始抱怨。

"我是说真的！我是说，你妈妈当时就是英语老师，遇到——"

爸爸笑了起来，朝叔叔扔了一块餐巾。谈话就此结束。

5.

　　刚吃完晚饭，爸爸就走了。他本想道歉的，说他已经尽力，但有时候仍然不知道该怎么做一个家长。我和他说没事。因为我已经不在乎了。

　　他刚一出门，叔叔就把我带到房子最远角落里的一个梯子旁边，梯子通向上面的阁楼。"这里就是你小时候扎帐篷的地方。我们刚刚还打算给它起名叫'阿瑟之屋'。你知道，我们家族拥有这座小屋是从——"

　　"淘金热时期开始的。是的，我知道。"

　　"好吧，人们过去常说，你爷爷就是在这里出生的，所以这是他最喜欢的地方——从他拥有这座小屋开始。后来你爸爸过来看他，也一直住在这里。现在你接过了火炬，漫长家谱中的下一个阿瑟。"

　　我查看了阁楼上的房间。这并没有花我太长的时间——因为它和我在家里的卧室差不多大，只是倾斜的屋顶意味着绝大部分天花板都比较矮，人几乎无法在里面行走。倾斜的屋顶上嵌着一个圆形的大窗户，从那里可以看到西边的湖。太阳正在我们身后落下，余晖将湖面染成了紫色。

　　"这附近的房子中，只有从我们家这里看唐纳湖的景色最美，"叔叔说，"这个我们都知道，因为我们对比过。"

房间里唯一的家具就是床边的床头柜，还有窗下的一张桌子，朝外摆放着。房间里只有一本书，就放在床头柜上——《塔霍之鸟》，旁边是一本记录教堂活动的周历手册。

　　"对不起，"蒂姆叔叔说，"你也知道，你婶婶是个教徒。"

　　我把手册丢进桌边的垃圾筒，扫了一眼墙上的照片：大多是叔叔婶婶在特拉基各地滑雪、划船、喝酒时拍的。墙的另一边挂着一个小小的长方形相框，刚一拿起它，我就感觉喉咙里像是哽住了什么东西。

　　蒂姆叔叔看着我。"这个，嗯……这其实是他最后一张照片。"

　　这是一张全家福。大家在太阳下眯着眼，大多数人都在冲那个我们并不认识的拍照的年轻人微笑着。我的表情看起来有些兴奋，不过我已经不记得是为什么了。我们站在特拉基站的月台上，那天是婶婶提前到车站接我的。照片正中央是爷爷——阿瑟·路易斯·普尔曼一世，不知怎么，他看上去有些茫然，眯着眼——这是他困惑时的标志性表情，周围环绕着他一手"创造"的家族成员们。

　　"这是什么时候照的？"我问。

　　"就是你们坐火车送他过来的那天早上。五年前吧，就是那天，他……启程了。"

　　我又凑近看了看，身后月台上的电子钟显示是"4 月 27日"。那是我最后一次见到爷爷。

我摩挲着照片。"我……我不太记得照过这张照片。有点难过。真希望——"

"别难过。"他打断了我。"没人知道是怎么回事，"他咽了咽口水，"我们都很难过，但没人知道。"

我没有说话。听上去他也并不是像在和我说话。

看着爷爷生命的最后一刻被定格，这种感觉很奇妙。他是一个冷静的人，一向面无表情，近乎冷漠。但在这张照片里，他几乎完全相反。他的脸上很有生气，看上去既害怕又紧张，像是在躲着什么人或是什么东西。

"大部分照片他都不喜欢，但是——老天——他非常喜欢这张，"叔叔说，"我们立刻就把照片冲洗出来，他一直盯着看。就坐在那里，一看就是好几个小时。"他指了指我屁股下的折叠椅。"有时候我想，他是在努力回忆我们都是谁吧；可有时我又觉得，他还是认识我们的……我猜这就是他想和我们尽量待在一起的方式。"

我点点头。"最后的几个月里，我……我是说……"

"他不太好，阿瑟。你知道阿尔茨海默症吗？那是'漫长的告别'。我们要选择怎样记住他们。"我一直盯着照片。他停顿了一下。"孩子，别太为难你爸爸，"他终于开口，冲着我手里的相框点点头，"他到现在还没适应。他想念他，是真的，只是……他们的关系有些复杂。"

"嗯。"我把照片翻过来，相框背后夹着一张《芝加哥论坛报》的剪报。剪报上有一张爷爷的巨幅照片，是他在微笑的黑白像，那是我出生很久以前拍的。

"这是什么？"

"他的讣闻，"叔叔说，"至少是写得最好的一篇讣闻。那可是按照国王的规格写的。我敢肯定，就算国王死了，也不会占这么多版面。"

"萨尔·汉密尔顿是谁？"我看着署名问道。

"最大的可能就是给他写传记的人。其实他的确认识这个人。这是有关他的文章中写得最好的一篇了。"

"他怎么会认识他？"

蒂姆叔叔耸了耸肩。"不知道。我甚至怀疑他是不是记得这个人。这是有关他众多谜团当中的一个。"

6.

美国一位最迷人的作家的最后一个谜团

作者：萨尔·汉密尔顿

伊利诺伊州，芝加哥
2010 年 5 月 5 日

或许，美国本世纪以来最令人伤心的文化圈事件之一就是：我们要被迫习惯一个文学偶像的逝去。昨天，这一常态化的悲剧再次常态化地降临到我们的头上，并夺去了我们最敬爱的人之一。现代经典著作《遥远的世界》的作者阿瑟·路易斯·普尔曼一世，在位于俄亥俄州肯特的某家医院里不幸而又神秘地去世。

他的妻子约瑟芬·普尔曼于 2005 年去世。他的儿子阿瑟二世和蒂姆仍在人世。

普尔曼先生的死讯是由他的朋友并长久以来担任他经纪人的理查德·沃尔普先生对外宣布的，他指出，长期恶化的大脑疾病是造成普尔曼先生死亡的原因。"我们没有理由相信他的死亡有任何超乎常理的情况，除了他本人堪称超常的一生。普尔曼先生一生大部分的时间都在与病魔作斗争，关于他去世的唯一解释就是：他一定已经决定是该脱离这种状态，去看一看还有什么是更适合自己的时候了。

　　尽管所有证据都在支持此项结论，但关于他死亡的地点和死亡本身，普尔曼先生依然为他的家人和文学界留下了几个尚难回答的疑问。据说普尔曼先生在俄亥俄州肯特死亡的前一周，曾与其子蒂姆·普尔曼在三千七百千米之外的加利福尼亚州的特拉基小屋度过长假。那么一周之内发生的死亡，以及他是如何长途跋涉了三千七百千米，以及他这么做的理由，迄今统统尚未可知。

　　目前，他的家人和执法部门都选择不就这些问题做任何猜测。"他的生活是不可思议的，死亡也是顺其自然的，这对我们来说才最重要，"其子阿瑟·普尔曼二世在给媒体的声明中说道，"就像我父亲曾经多次请求的那样，我们请求大家尊重我们的隐私。"尽管普尔曼先生生前并没有过多宣扬，但最近的一份声明表明，普尔曼先生晚年曾受到早发型阿尔茨海默症的困扰，这种神经退行性疾病影响着五百多万美国人。普尔曼先生的儿子还在声明中说："在与该疾病的长期斗争中，他的才华和精神从来没有衰退过。我们希望他可以激励所有正与早发型阿尔茨海默症及其他痴呆症进行抗争的患者。"

　　《遥远的世界》是普尔曼先生出版的第一部、也是唯一一部小说，于1975年，也就是作者二十五岁时首次出版。他的母亲蒂尔达·普尔曼曾说，儿子是在二十岁搬回家与她同住后写下这部小说的。书一经出版，立刻获得巨大的成功，在战后时期的年轻人当中吸引了一批狂热的追随者。这本书用了不到两个月的时间就成为公认的畅销书，而随着一代人的成长，这一成功一直在不断地重演。迄今为止，这本书每年的销售量仍能达到五万册。

本书堪称其文学时代的最佳作品，故事讲述的是主人公杰弗里·科尔顿在一次跨越全国的旅行中重获曾经失去的东西。文学专家、高中英语课、公交车上的陌生人……长久以来人们一直在讨论这部小说中的叙述者对所寻之物神秘而含糊的描述。在不同的章节里，这个东西分别被称作"帝国""她""他""伟大者"，以及其他更多种说法。评论家常常宣称普尔曼对杰弗里的精神错乱着墨过多，描摹了小说中人类对欲望的冲动，而那些欲望得到满足之后，冲动也在进化。小说的最后一句是杰弗里的评论："我成为了我想成为的一切，因此，我也成为了自己唯一不能了解的事物。"

这部小说的写作风格已经自成一体，成为众多文学研究的对象。《纽约客》的托马斯·科恩尼什早期曾写过一篇书评，称普尔曼是"凯鲁亚克退化了的儿子、惠特曼更敏捷的表亲，也是他们当中唯一一个能讲述真正故事的人。"他的故事一贯情节沉重、行文紧凑，其中点缀着抽象的瞬间和诗意的沉思，以常常包含带着鄙夷情绪的大写字母和用符号"&"代替"and"等语法"技艺"而著称。一次，当被问到是否认为某种看似相悖的写作风格会暗示某种人格分裂式的写作技巧时，他回答道："你和我说的是只会用一种技巧写作的作者，而我给你看的是一张他还没有写过字的白纸，这张白纸会更有意思。"

1975年《遥远的世界》出版后，普尔曼先生开始了他与常规文学出版及公共事业毕生隔绝的生活。小说出版前，他遇到了约瑟芬·韦布女士，三个月后，他们在加州北部举行了私密的结婚仪式，随即隐居，在帕洛阿尔托购置了房产，并在那里度过了余生。

他对公众关注的鄙夷态度世人皆知。沃尔普先生证实，普尔曼先生向来拒绝接受任何采访、新闻报道、粉丝邮件或与文学见面会相关的一切。然而这种鄙夷的态度丝毫没有减少外界想要与普尔曼先生取得联系的努力，反而增加了他的神秘感。长久以来，人们相信，普尔曼先生之所以隐居三十五年，是因为他在创作一部即将成为其顶级代表作的作品或作品集。有的谣言则更加夸张，甚至暗示普尔曼先生与一部包括他在内的美国最伟大的作家从未发表过的合著集有关，但这些传言一般很少会提供解释，只是提到过那部神秘合集的迷雾般的名字——《伟大的图书馆》。

阿瑟·路易斯·普尔曼生于1950年，成长于加州特拉基，母亲是宾馆服务员。作为土生土长的加州人，他直到成年后才离开加州，十四岁时开始在太平洋铁路公司工作，在蓬勃发展的旧金山湾区铺设铁路。做过几份工作之后，他曾短暂入伍国民警卫队，但从未通过湾区的体能训练。之后他开始写作，如同其一生的大部分事迹一样，这部分生平同样缺乏记载。一次，有位记者曾公开询问其丈夫的情况，约瑟芬·普尔曼这样回答道："我的丈夫是一个非常注重隐私的人。"

尽管这些故事及其充满禁忌的过去很可能会将普尔曼先生塑造成一个冷漠、痛苦的隐士，但与他关系亲密的人们却认为恰好相反。四十年前，我曾在本报的一次活动中见到他，后来我在一封信中是这样形容他的："温和、迷人，善良超越了客套，可以真正理解你……与普尔曼先生的对话，就像与你希望成为的自己对话。"

　　这就是我所认识的阿瑟·路易斯·普尔曼，我将永远缅怀他。他所激励的文学革命与随后的青年文化运动都体现了其著作、品格和对人性之解读所具有的深远影响，所有这些都将被当作英语语言之瑰宝而铭记。

　　正如本报撰稿人、政治作家路·瑟尔曼所说："在一个人生命的尽头，他的故事都是用他从未说过的话写就的。"几乎和普尔曼先生创作的故事一样引人注目的是：他在自己的故事中同样留下了漏洞。

　　无论这些漏洞是否会被填补或得到理解，普尔曼先生都将以他难以置信的创作能力和激励他人的个人魅力被人们永远铭记。

7.

我知道没有感觉是什么感觉。

是一道强烈的光,从某个原点开始向外发散,速度极快,真实世界随后开始燃烧,直到除了光什么也不剩。是放置在鼻梁和眼睛后面的白热的灯泡。是皮肤和外界之间三厘米的真空。

在某个特定的时刻,你的身体会停止与痛苦沟通,它成为了痛苦本身。这会让你释放;你会失去控制,失去意识,失去所有让你成为"人"的部件,让你的身体(一个一直以来都依靠本能行事的凶狠动物)做所有的决定。你什么都不想。什么都感受不到。你什么也不是。除了光,什么都没有。

小房间里很黑。大房子里很静。叔叔和婶婶在七个小时之前,也就是晚上九点时就上床睡觉了。特拉基人都是这个时候睡觉的。月亮倒映在湖面上,月光穿过窗户,亮得我根本没有心思入睡。我的推特(twitter)界面已经被拉到了底,我又刷新了一遍,然后再一遍,再一遍。每次都是:没有更新。没有人会在凌晨四点半发推特。也不会有人会在凌晨四点半做任何事。除了犯罪,或者像我一样。

这样的夜晚已经成了常态。凌晨四点半,我踏上了熬夜的不归路。我想起了自己想念凯特琳时的感觉。

那件事发生之后,桑多瓦尔医生告诉我应该写日记,就像我小时候不得不写日记一样。可我告诉他，那是因为我小时候还关心我爸爸在想什么，现在我不了。

我不同意写日记的一个基本前提，和我不同意接受治疗的理由是一样的：因为情感这种东西应该是我们本来就有的。你可以计划、准备、安排生活中任意一个微小的细节，但情感会将它打乱。情感不应该被记录在日记里，被用来研究，然后被某个故意穿着不具威胁性的毛衣背心的家伙拿来推敲。如果你被迫去辨认自己的情感，那情感还有什么意义呢？

但治疗是法院强制执行的，如果我还想见凯特琳的话，就必须接受。

我又在想凯特琳了。我依然能够清晰地看到她——站在帕洛阿尔托高级法院的控方席上，散发着光芒，皮肤苍白，头发是完美的棕色，刚好到她的肩膀，穿着一件白色的网球裙，目视前方，微笑着，离我很远。我试图告诉她我好多了，但她并没有看我。

我重复着桑多瓦尔医生提供给我的其他治疗手段。"我在变好。"我对自己说。我盯着手上的石膏，将意识聚焦在那里散发的生理疼痛上。我觉得那种疼痛会让人正视情感上的疼痛。但正视它又会让我想起凯特琳。我的手会让我想起凯特琳。

疼痛会让我想起凯特琳。

"我还从来没有如此害怕过。"她对法官说。但她已经不在法庭上，而是躺在床上，躺在我的旁边。"他没有意识到无法控制自己，可他生气时，身体就像有一个开关，会开始变得疯狂。"她的声音轻飘飘的，很诱人，就像某个流行歌星的声音。"他对我期望太高了。"她直直地看着我。"你对我期望太高了。"说完，她翻过身背对着我。

"不，我没有！"我恳求，就像从前那样冲她大吼大叫。但我不应该吼她，因为这样总会雪上加霜。

"你并没有好起来！"她没有转过身，"你看上去安静、绝望，躲藏在'我恨这个世界、这个世界也恨我'的套路里，这就是你操纵别人的手段。"

"我没有操纵你！"

"你生气了。你根本就控制不了你自己！"

"我没有生气！"我是控制不了自己，我不能让她觉得我危险；她一定能看得出"人身保护令"的讽刺意味：因为我才是能保护她的那个人。"我什么都不想做。只想跟你在一起。"

"你太依赖我了。"她在我身边这么说。在医院时她也这么说。在法庭上她也这么说。这句话已经永远深埋在我的耳朵里，深到我触不可及，永远无法被我掏出来。"你太依赖我了。"

我知道没有感觉是什么感觉。

是一道强烈的光。

在某个特定的时刻，你的身体会停止与痛苦沟通，它成为了痛苦本身。你什么也感觉不到，你不再是人。你无法帮助自己，也没有什么能伤害你，所以束手就擒。

大多数时候，痛苦会让你入眠，让你的神经不再运转，关闭你的身体。但有时，痛苦会让你苏醒，你的身体知道必须要活下去，所以会在虚无中猛击。你仍然能听得见一切——**对不起，阿瑟**——**你太依赖我了**——**你知道必须照顾一个疯子是什么感觉吗？**——从一道光绽放的原点，你的身体会跟随它，无惧痛苦或后果，因为你不再是人，你还有什么可以失去的呢？暴力是保证生存下去的唯一手段。

任何一个大吼"你要控制自己"的人都忘了这一点：驾驶这艘船的人已经不是我自己，而是我的身体，那个一直都是原始生物的身体。为了生存，为所欲为。

椅子的撞击声提醒着我身在何处。我看向床的另一边，凯特琳消失了，只留下扭曲的床单。我屏住呼吸，仔细听了听，楼下没有声音。

十几张相框在我的脚下支离破碎，溅出的玻璃碎片捕获了月光，然后又将之抛洒到整个房间。爷爷的最后一张照片落在一本书的正上方，中间部分有微微的裂痕，正好划过他的面庞。我将它放在桌子的正中间，任由那些碎片留在地板上。

你太依赖我了。

我从地板上捡起《塔霍之鸟》，翻了几页，拼命地想要思考点什么。

美洲知更鸟是一种栖息在森林里的小型鸟类，胸前是砖红色的，喙是黄色的。凯特琳有一个朋友名叫罗宾[1]，上小学时她和她是好朋友，是——

毛发啄木鸟是一种长嘴鸟，可以通过纵贯其背部的白色条纹加以分辨。这种鸟会让凯特琳在公共场合大笑，然后我们会互相交换一个眼神，仿佛有人无意中开了一个很好笑的玩笑，却——

我扫了一眼目录，想找点不会让我想到凯特琳的东西。

黑眼灯草雀，和她一样有一双黑色的眼睛。

加拿大雁，原产于她最喜欢的国家——加拿大。

西部唐纳雀——

第47页。我记得爷爷和我讲过一个有关这种鸟的故事，说它们为什么会被当作好运的象征，或者有些人假装它们是好运的象征。我一页页地翻着，以最快的速度，想略过所有"凯特琳鸟儿"，试图忽略它们。但失败了，我回到第46页——

一张折纸从书里掉了出来，轻轻地飘落到地板上。

我差点就没看见它。飘到一半时，借着从窗户射进来的一点点光，我看见了它——

一张纸，落在那堆玻璃碎片中。

纸很薄，被叠得很整齐，在从窗户射进来的橘光下微微发亮，周围是反着光的碎片。

---

[1] 美洲知更鸟的英文名是"American robin"，与作为人名的"Robin"一样，所以主人公会联想到那个人。

我弯下腰，把纸捡起来，注意到背面有几行已经褪色的手写字，是一个地址：

S E KOPEK

17 C H ST

E, DA

当我把纸展开时，它又沿着折痕弹了回去。顽固的折痕像是已经很久没有人碰过这张纸了，纸边已经磨损，应该是从什么上面被撕下来的。

纸的正面写满了黑色的钢笔字，随着时间的流逝，字迹已经有些氤氲，那是熟悉的连笔，但写得很潦草，似乎是匆忙之下写成的。

我一屁股坐在桌前的折叠椅上，看了起来。

2010 年 4 月 27 日

木头桌上清冷的光

光

从家族的照片里射出

阿瑟·蒂姆·阿瑟

光

湖里的光

燃烧着淡橙色的锯齿状线条

坠入黑暗

一山又一山的树，满山

锯齿状线条的地平线

我总觉得有某种更伟大的爱在等待着我

就在橙色地平线的转弯处

我现在知道了，世界是一个圆

我以为在我前方的，其实在我的身后

但我睁开双眼

看见自己又爬了上来

我感觉到了伟大的目标

我感觉到了

阿瑟·蒂姆·阿瑟

手伏在桌子上，笔尖闪烁着光

光

从波纹里射出，光的倒影

它们早已遗忘了我们

但它们只是波纹

除了光的倒影，它们还能是什么？

我们每个人，除了是光还能是什么？

一个我已经忘了的声音在召唤我

用一种我发明的但早已忘了的语言

光，亮到看不见光从哪里来

雪佛兰、灰狗[1]、和风[2]

你、我、他们

橙色天空的光

前面有云

我听见你声音中的小号和天使

在向我呼唤

寻找——

已被遗忘的战争中的和平

已被取消赎回权的丛林中的家园

在传教的贫民窟里的圣人

在教堂街避难的罪人

埃尔科森林中的希望

麦加的安全

寒冷中的混沌，ch 湿漉漉的血管

路和萨尔的致敬

一个真正、伟大的目标

[1]美国长途汽车品牌。

[2]"加州和风号"双层长途城际旅客列车，由美国国铁经营，从伊利诺伊州芝加哥市开往
北加利福尼亚州旧金山市近郊，沿途风景优美壮丽，闻名于世。

伟大的

杰弗里·阿瑟

与桌子上的环握手

我们永恒，我们在一起

我们永远在一起

家族

照片

阿瑟、蒂姆、阿瑟

光

亮到看不见光从哪里来

在清晨

我会倾听

在清晨

我会再次登上我的"和风号"

全速驶向埃尔科

全速驶向你

——阿瑟·路易斯·普尔曼

8.

我读着纸上的每一个字，然后慢慢地又读了一遍。读完第三遍时，我听到爷爷的声音在我身后响起。

他的声音缓缓地从胸腔滚出，填满房间的每一个角落。他斟酌着每一个词，小心地用一个词连接另外一个词。我想象着他坐在桌旁，眼睛盯着窗外。但他并没有和我在一起；而是在外面，和波浪、群山、燃烧着的淡橙色在一起。

"我们在一起，"他说，"我们永远在一起。"

我屏住呼吸，手中握着的纸产生的重力提醒了我。

爷爷又开始创作了。

五年前，2010年4月27日，管它是日记还是诗歌还是什么东西。这一天，也就是最后那张照片拍摄的那一天，也是他消失的日子，是他生命中最后一个星期的第一天。这就是我能找到的最接近答案或解释的东西。

我闭上眼，紧紧握着那张纸，想起一个最重要的细节：他并非不想让人找到这张纸。他只是把它塞在某本具体的书里，某个具体的页面，它与他曾经和孙子讲过的一个故事有关，故事说的是一个从神那里收到神谕并追寻它的男孩。

爷爷想让我看到它。他留下了线索。

他就在我身边，弯着腰，看着桌子对面的照片，还有窗外的湖面。我能听见他的呼吸声，相框在他手里晃着。我能看见他那只衰老颤抖的手，用力地在纸上写着字，迷失、困惑、重复、起句，然后放弃。在阿尔茨海默症的影响下，清醒只是一阵，就像波浪。清醒的波浪足够他写点什么，但又不足以让他写出有意义的东西。

他到底想让我发现什么？

我把那张纸翻过去，看着背面那几行褪色的字。

S E KOPEK

17 C H ST

E, DA

"是一个名字。"我自言自语。S什么E。她（She）？还是看（See）？还是苏（Sue）？肯定是这个。苏·科佩克（Sue Kopek）。

下面一行像是一个地址。C什么H街的17号……

"在教堂街（Church Street）避难的罪人。"我终于知道他写的是什么。我微微一笑。这太明显了，差点没发现。"教堂街17号"——教堂街17号的苏·科佩克。

不过笑容只持续了十秒钟。我还是一头雾水：一个人名，一个街名，一首如果弄不明白就毫无用处的晦涩的诗。一个地址，如果没有城市名，一切都无济于事。如果没有任何背景，这个线索就毫无意义。

我又读了一遍那首诗。爷爷的声音更大了。

木头桌上清冷的光。他就坐在我现在坐的地方。

燃烧着淡橙色的锯齿状线条。他盯着窗外，看着和我看到的一样的地平线，正被群山切割，太阳的颜色正在山的背后爆炸。

你、我、他们。他说的是谁？

雪佛兰、灰狗、和风，埃尔科森林，麦加的安全。这些都是专有名词；听起来像是虚构中的地方和事物，但却有那么一点点熟悉。

寒冷中的混沌，ch湿漉漉的血管。"ch"应该是一个没有写完的单词，刚写到一半，他就被打断了思绪。

我们在一起，我们永远在一起。他要和谁在一起？

光，亮到看不见光从哪里来。我的兴奋感慢慢变成了沮丧。

简直是胡言乱语。读起来就像一个人在自己的大脑里迷失多年后任由诗意疯狂驰骋。我越是努力把这些碎片拼在一起，能找到的碎片就越少。

我又看见了他，坐在我的旁边，手中的笔停住那里。这一次，我想起了他写作时的表情：空洞，长期困惑后的扭曲，眯着眼睛，仿佛在盯着一盏太亮而又看不见光源的灯。四十年来，家里没有人见他写过东西，这就是原因。他得的这种病，不是不能写字，而是无法写有意义的字。我可以跟着他的思绪读下去，可他会被周围的世界分散注意力——外面湖面上的光、窗

上十字形的铁条、家族的照片······

家族的照片。他写到过这个。他在寻找桌上带相框的照片，那张蒂姆叔叔说陪伴了他很长时间的照片。

我拿起桌上唯一的照片，用拇指摩挲着，呼吸也变慢了。我再次仔细地看着它。为什么是这张照片？他在寻找什么？

我终于回想起我之前曾在哪里看到过这些字。

其中几个曾贴在我们身后的火车车厢上。6号列车，加州和风号——那列火车的名字。

在它的旁边，映照在火车窗口上的则是车站的数字屏幕，正显示着以下三个目的地：

雷诺

温尼马卡

埃尔科，内华达

9.

亲爱的日记，

爷爷的葬礼就在今天。

我认为应该设一个规定：禁止在葬礼上讨论逝者的死因。你是去那里纪念他的整个人生的，没有太多时间再讨论死亡。没人想记住他是怎么死的。这是最糟糕的部分。

爷爷活了六十多岁，但所有人都只想讨论他生命的最后一周。

大多数人看上去并不伤心。他们中的大多数，只是站在摆满食物的桌边，摇着头，指着棺材边上爷爷自己写的巨大纸板海报。爷爷一定不喜欢他们把它放在那里。

还有一件事，就是我们后来都开始叫他"祖父"，而不是"爷爷"，因为我想我们都已经忘了当初叫他"爷爷"时的确切原因。

爸爸一直空洞地盯着前方。蒂姆叔叔试图讲笑话，说爷爷总是会把马桶盖拿下来，好像没有人告诉他，我们都在那里是因为他死了。

爷爷的经纪人沃尔普先生开始发言。他说了几件跟爷爷有关的事，比如他有多么聪明、多么敏锐、多么有创造力。我真是不明白，沃尔普先生以前经常说爷爷是个"让人头疼的老头子"。

我：爸爸，沃尔普先生怎么变得这么好了？

爸爸：葬礼上都这样。

我：爷爷活着的时候，他可不是这么说的。

爸爸：他活着的时候是什么样并不重要。他死了，这就是悲剧。人一死，就会被原谅。

我：但这没有任何意义。

爸爸：反正你爷爷不知道。

爸爸是葬礼上唯一一个讲得还算好的发言人。他讲了奶奶曾经给他讲过的一个故事：爷爷在写作时，会拿出一张纸，然后撕成碎片，这似乎是他一紧张就会有的习惯。他说爷爷的生活就是这样，现在我们大家都会随身携带一点他的小纸片。

不过我和爸爸从来没有得到过任何纸片。因为爷爷在我们出生前就已经没有了这个习惯。所以我们没有什么东西可以保存。

我能想到的就只有我和爷爷的最后一次谈话。我曾在脑海里重放了一遍又一遍。我想如果我们当时再谈点别的就好了。

爷爷：没人见过上帝，但无数人相信上帝。你知道这是为什么吗？

他自己回答了这个问题。但我不记得答案了。我当时一心想着该怎么回答。

我：我们必须永远称呼他为"主、神、宇宙主宰"，这不是很傲慢吗？

爷爷：让人们知道有人主宰他们是件好事。

我：那他的工作干得也不怎么样啊。世界上为什么还有那么多暴力？还有自然灾害、疾病？

爷爷：他很爱我们，允许我们犯错。

我：那海地的地震呢？那也是一个错误吗？死了几千人……

爷爷：如果相信他有这么容易，那就不是信仰了。

我：那我也可以相信巨型鼠王的存在，但事实并非如此……

爷爷：够了，杰弗里。不要再说了。

我：我是阿瑟。你是在和阿瑟说话。

爷爷：够了。

我：随你怎么说吧，爷爷。

他的表情再次变得空洞，接着问我卫生间在哪里。

我知道那些热爱上帝的人喜欢凭信念行事，而不是凭眼见行事，但有时候我还是希望他们能睁大眼睛。

我想我暂时不会再给你写信了。我感觉不到自己太多的情绪，而且我最近会频繁地和凯特琳见面，应该没有太多时间写信。

希望你没有不高兴。但说实话，甚至连我自己都不知道我应该把这些东西写给谁。

以后也不再写了。

阿瑟·路易斯·普尔曼三世

44

10.

我一动不动地坐着，看太阳升起。

线索被准确地放在他确信我能找到的地方。背面的地址也提供了足够多的信息。**埃尔科，内华达**，与城市那一行的字（E，DA）完美对应。"和风号"列车恰恰是爷爷去那里的交通工具，而下一班列车将在一个多小时之后从美铁特拉基站开出。

我无法想象他想让我去寻找什么，但我没有犹豫。我飞快地往背包里塞进所有可能塞进的东西：衣服——黑色T恤、灰色奥克兰运动家队连帽衫，手机充电器，钱包，爷爷的线索。我把那张照片从相框里抽出来，放进口袋，然后从垃圾筒里把那本教堂活动手册翻了出来。

我激动得有些发抖。如果爷爷在生命的最后一周是和某个人在一起，那么他们或许知道他的尸体为什么会出现在俄亥俄州。或许他们可以解释这些文字的含义，解释为什么人们要炮制那么多关于他的流言。

我屏住呼吸，从阁楼的梯子爬下去，来到客厅。

五年了，我一直想要一个答案。爷爷失踪后的那一周，从我十三岁开始就一直"纠缠"着我。那时，我怪自己在他离开时没有去找他，但随着年纪的增长，我越来越理解当时的情形，我意识到这不是我的错，而是爸爸的错。

我停了一下，盯着外面的露天平台。

也许必须要放下。 爸爸的声音在回响。就像他放下妈妈那样，就像他放下自己的生活那样，就像他放下爷爷那样。

这是爸爸的问题。他甚至从来没有想过，他可能错过了什么。也许故事里有更多的东西，也许这个世界有些地方并不在他的视野范围内。但爷爷是不会被我放下的。这是一次机会，我可以去爸爸不能去的地方，在他失败的事情上获得成功。

我溜出了门，走进清晨的雾中。雾很浓。我认识回特拉基车站的路，那也是特拉基为数不多的路之一。我一路小跑，每次看到有车灯闪过，就弯腰躲进路边的高草沟。

没什么值得我留在特拉基的。到目前为止，我的人生故事就像一次悲惨而失败的尝试，和叔叔、爸爸或是家里的其他人没什么两样。前方的浓雾里，我看见了我所有失败的人生标记，就像幻灯片一样：加州大学洛杉矶分校的来信宣布我没有拿到奖学金；老师们宣布我的高中成绩不及格；我已经废了的左手上裹着黄色的石膏绷带；凯特琳的脸宣告我们的关系至此结束；还有法官，他宣布我失去了唯一一次再见到她的机会。

但我的爷爷一直都很出众，那么我也可以成为出众的一部分。人们会注意到这一点的。凯特琳会注意到，她当然会注意到，她总是告诉我去做点什么。现在我做了。

小跑变成了狂奔，我一直跑到车站的售票窗口旁才停下来。

"今天就你一个人吗，小伙子？"售票员在我走近后问道。

我点点头。

在她刷我爸爸给我的紧急信用卡时，我观察了一下这里。

"阿瑟·路易斯·普尔曼？"售票员的脸在晨雾中显得惨白。

"嗯？"

她笑了笑。"这里很流行这个名字，朋友。"

"是吗？"

"当然。"她站了起来。"你看上去好像要逃跑。"

"什么……"我还从没考虑过这个词，但我不是在逃跑。我已经十八岁了，可以去我想去的任何地方。"不，我……我没有。"

"没事的，"她说，"我不会告诉别人。这里每天都有很多人逃跑。"

"是吗？"

"当然，这是唯一能离开这里的方式。这里每个人都想逃跑。"

"为什么？"

"嗯，我想对于逃跑来说，最困难的一点就是如何保持离开的状态，但在这里这并不难，"说着她把票递给我，"火车是永远不能掉头的。"

A Lite too Bright

E I K O
埃尔科

1.

2010 年 4 月 28 日

有些日子
我会在一个去过一千次
但却从没见过的地方
醒来

冰冷的飞机，冰冷的虚无
栅栏线，巨大的机器
扭曲了速度，冲进黑暗
而我站在这一切的虚无之中

有些日子
太熟悉了，于是我不明白为何
有些日子
是一个我已经说过一千次的故事
而有些日子
故事会倒着讲述

被遗忘的小镇上的冰冷的水泥

心碎的男人，心碎的签名
阿瑟，有些日子，街道上挤满了男人、女人

有些日子
我问自己是谁
而我想知道的是，周围是否有人
能回答我的问题

灯光、颜色、呼吸
金色的街道闪着光
而我站在这一切的虚无之中

有些日子，我只是反射
一个蹦床般的灵魂
不受我的影响
直接弹回

有些日子，我的人性
没有变成我身上的衬衫
和脚上穿的鞋子

但即使是在那些日子里
我也能感觉到你
每一天

我知道你就在那里

——阿瑟·路易斯·普尔曼

2.

我走向"和风号"列车的尾部时，雨滴开始敲打窗户。天空乌云密布，天色昏暗，车厢内灯光闪烁不定。

爷爷选择乘火车逃跑并不让我感到意外，他出现在俄亥俄州也是我和家里其他人唯一可以达成共识的猜测。火车是普尔曼家族的DNA，我的曾祖父曾参与建造火车，爷爷曾参与维护火车，现在我和爸爸也是最后一批还在乘坐火车出行的代表。小时候每逢学校旅行、家庭度假或是夏天和梅森去参加网球夏令营，我都会乘坐美铁，哪怕每次行程都要比世界上最慢的飞机还要慢上两三倍，甚至是十倍。

但我真的不介意。我曾面对那么多讨厌的老传统——穿衣领不带纽扣的衬衫拍圣诞照、小木屋、碎火腿、柑橘果冻——可只有火车才能让我忍受。它的确会给人一种怀旧、有价值和充满各种可能性的感觉。**火车是永远不能掉头的**。有人说过。

我能理解爷爷的敬畏之心。在他生命中的某段时间里，火车的存在会"强迫"他感受到一种超凡脱俗，就像乘坐一块魔毯，来到遥远的辛辛那提王国。美铁是成长中的年轻国家的血管。可现在，它更像是一个被遗弃的游乐园：外表冰冷、灰暗，显得笨重，不招人喜欢；座位已经破损，标志上的漆也被刮掉，车厢壁上有如盲文般粗糙的塑胶，在孩子们年复一年地用手滑过后，早已经被磨平。

如今，这不是一座鬼城。不知道为什么，从特拉基开往东部的火车上总是人满为患：老夫妇在读着报纸，一家人围着第一代 iPad 看《功夫熊猫》，阿米什人[1]盯着前方的椅背；还有为数不多的几个空位子——其中一个是我的——已经成为孩子们动作玩偶的地盘。我走到列车的后排，转了个身，摸索着往前走，同时紧紧抓着两边的塑料座椅。火车行驶到群山下拐弯时，我不由得跟跄了一下。

"你不准备和别人说说你要去哪里吗？"

声音不知从何而来——轻盈、空灵、诱人、魅惑、危险，穿透铁轨低沉的轰隆声。我调整着呼吸，努力让自己抵抗这个声音。

"你就这么走了？"凯特琳走在我前面，像往常一样招呼我往前走。

---

[1]生活在美国的基督新教信徒，通常被认为是拒绝使用现代科技的代表。

"我到那里后会跟他们说的。"

"阿瑟，别这样，你可能没意识到……"

"我以为你会替我高兴。"

"我为什么会替你高兴？"

"因为我做到了。"

"你现在唯一做的就是在操纵别人。"

"不，我是在证明……"

"证明你不会变好。阿瑟，你不能一个人跑到外面来。"

"好吧，那太奇怪了，因为我就在外面。"

"你根本就没有听我说话。"她摆了摆手，手上的戒指在我眼前晃着。"这就是你要做的事。你可能都没意识到自己已经失控。"

"好吧，你可能没……"

我的话哽在喉咙里，因为通向观景车厢的门突然开了，凯特琳也跟着一起消失。坐在对面的只是一个正在看书的人——一个女孩。

一头棕色短发，随意披散着，发梢有些卷曲；皮肤是浅棕色的，但在观景车厢黄色灯光的映照下，看上去几乎是金色的；头上戴着一顶黑色的无檐小便帽，耳垂上有一个小小的耳洞，那是凯特琳一直想要的尺寸，但却从未实现过。

我在去往零食区的路上下意识地停下脚步，想仔细观察一下她。她看上去很悲伤，似乎是对那本书很失望，或是正忙着思考书的内容，没空去想自己脸上是什么表情。她的手指在书页上弹来弹去，一边读，一边计时。我必须知道她在读什么，或者她为什么这么早一个人坐在那里。但我不能问。对火车乘客来说，她看上去很酷，也过于自信，自信和酷到让人不敢和她说话。

她从书上抬起头——抬得很突然，我还没来得及转头，我们的眼神就相遇了。我很想打破僵局，但场面越来越尴尬，我没有避开她的目光，而是低头直视着她。她挑了挑眉，我也挑了挑眉。她眯起眼，我也眯起眼。她一定是以为我在调整姿势，或者正看向她的身后，因为她又低下头继续看书。我则走下楼梯，远远地躲开她，紧紧捏着自己的手指，强迫自己去想另外一个女孩。

我的戒指总能帮助我回忆。"这是定情戒指。"凯特琳把戒指递给我时说道。她仰躺着，身子完美地蜷缩在我怀里，屁股故意挨着我的大腿，眼睛盯着床头板上方的窗外。"凯特琳……"我试图说点什么。"傻瓜，"我清楚地记得她低下头对着她自己的手微笑，这个画面已经深深刻在我的脑海里，"承诺吧。我们彼此……承诺。"我笑了笑，把戒指戴在手指上。四年了，这枚戒指从没有滑落过。但最近发生的那件事，却迫使我把它换到了另外一只手上。

零食车厢里只有几个人：角落里有一个二十多岁的男人，还有一个站在凳子上的乘务员，唯一的用餐区后面还蜷缩着一个头发乱糟糟、衣服脏兮兮的人，靠在那里。我的对面坐着一个流浪汉，身上依稀散发着流浪狗的味道。

这种气味让我无法入睡，所以我一直醒着，坐在座位上，时而看着被雨水浸透的北加州群山，时而盯着那些下楼买士力架、可乐和小塑料瓶廉价酒的火车乘客。

我从口袋里拿出爷爷的线索，又读了几遍。

已被取消赎回权的丛林中的家园，在传教的贫民窟里的圣人，在教堂街避难的罪人，埃尔科森林中的希望，麦加的安全。寒冷中的混沌，ch 湿漉漉的血管，路和萨尔的致敬，一个真正、伟大的目标。

感觉就像是一个地点和事物的进化，又像是在阅读文本中的地图。如果没错的话，在教堂街的圣殿，在埃尔科的森林，应该有着什么东西，那我就已经破译了其中两个地方。但现在谜题又向两个方向展开。我在"传教的贫民窟里"错过了什么？我应该在麦加寻找什么？

我走向零食柜台，把士力架放在快要秃顶的乘务员的面前。

"三块五。"他一边说，一边盯着我手中的日记。我把信用卡递给他，他转过身去刷卡。

"嘿，"我漫不经心地问，"你知道美国有个城市叫麦加吗？"

角落里的那个男人抬起头。

"应该有吧。"乘务员说。"ＳＥＫ-Ｏ-Ｐ-Ｅ-Ｋ……"他看了看日记本的背面，"那是苏吧，然后是？苏·科——佩克？"

"没什么。"我飞快地答道，把那张纸塞进口袋。

他挑了挑眉毛。"我们不认识，对吧？"

"什么？嗯，是的。"

"好的。"他向前探过身子，脚下的凳子腿儿刮擦着地面，"那你为什么要对我说谎？"

"不，只是——这是隐私。是我爷爷给我的。不是什么大不了的。"

乘务员并没有被说服。"所以你要去埃尔科？你的爷爷给了你一个地址？"

我点点头。

"好吧，你想知道我的想法吗？"

我不想。

"我不觉得那个地址是他写的。"

"什么意思？"

"让我瞧瞧。"他向柜台外挪了挪。

我的理智告诉我最好回到座位上去，但他看上去并没有恶意。我把那张纸在他面前的柜台上摊开，用手按住纸边。

"我可以拿着它吗？"

我慢慢地松开手。他把纸举起来，靠近灯光，翻看了几次，最终把目光定格在那几行地址上。

"是的，"他指着那些字说，"这个地址不是他写的。"

"为什么？"

角落里的男人从用餐区后面探出头。"是的，伙计，那是颠倒的。一定是从另一张纸上渗过来的，可能是个信封。看，还能依稀看见邮戳。"

"好吧，"乘务员笑着说，"谜题解开了。我甚至不会收你的钱。"

我盯着那个颠倒的地址。他们一眼就注意到了，而且肯定是对的，否则地址在纸上的位置怎么会那么奇怪？地址上方怎么会有一条曲线？字迹怎么会不一样？因为那就不是他写的。这个地址不是他自己写的。是苏·科佩克写给他的。

"所以，那个女人是谁？"

"什么？"我抬起头。

"苏·科——佩克？"

我愣住了。"我——我不知道。"

听到别人这样问，看到别人说起"女人"时舌头运动的方式，爷爷在我心里的形象开始有些模糊。我从没想过他为什么会在生命的最后一周要和一个女人在一起。"我不知道。"我又对自己说了一遍，可我的想象已经填满了各种显然的可能。当我想象爷爷奔赴埃尔科，离开我，抛下对奶奶的回忆，投入一个女人的怀抱时，我的舌根泛起一股苦味。我很好奇他们是怎么认识的，这样互相写信已经有多久了。

"看上去很重要啊，"他漫不经心地说，"如果有这么一位女士在埃尔科——"

"我觉得爷爷不会那么做的。"

"每个人都是这么想，但这不意味着他不会那么做。"

"好吧，我是认真的。我爷爷不会，也不能那么做。"

"我只想说，每个人都——"

"就到这里吧。"我把那张纸从柜台上拿起来。"请不要再说了。"

他小心翼翼地看着我。我回到自己的座位上。

我清楚地记得，一天下午，我和梅森，还有凯特琳，在一家基督教主题餐厅"耶稣"比萨店值下午班时，当时我们三个人都是同样的论调——"人们永远不会那么做，除非给他们机会。"——这句话是梅森说的。那天我们在店里站了好几个小时，试图抢走对方嘴里的吸管，试图弄明白为什么有些人会出轨，以及怎么出轨。我说我永远不会。凯特琳说她也永远不会。可梅森说我们还不懂。

爷爷瞒我们多久了？就为了给那个女人写信？我更努力地回想着第一篇日记——**全速驶向埃尔科，全速驶向你**。答案昭然若揭。我突然有了一种冲动，想把那张纸从口袋里拿出来，撕成碎片。

3.

来电：凯伦婶婶。

我的手机在桌子上嗡嗡地响着，离我的头只有几厘米远。我肯定是睡着了，因为当我睁开眼睛时，火车门已经开了，雨声轰隆隆地穿过车厢，就像是在搜寻信号的立体音响。服务台上方的数字钟显示"8:30"。

"凯伦婶婶——"

"阿瑟！"她的声音就像一个烟雾探测器，一连串的短句间歇性地发出响亮的爆炸声，"你在哪里？到底发生了什么事？"

"嗯，我没事。我在——"

"我和蒂姆都担心死了！阿瑟！你还好吗？你的房间地上到处都是碎玻璃。出了什么事？你在哪里？"

我从背包里拿出教堂活动手册。"我，嗯……我在教堂。"

"教堂？"

"有人要去露营，所以我就报了名。"我听见角落里的男人在大笑。于是我放低声音，"我看你们还没醒，所以……我就走了。"

"阿瑟！教堂？那可是三千米的路啊！"

"你不用觉得抱歉，我喜欢走路，天也没那么冷。"

"阿瑟，蒂姆每天早上开车都会经过那个教堂！他可以顺路带你过去的！"

我把手册从背包里拿出来。"我知道，但我必须及时赶到那里，嗯……参加露营。你不是留给我一本活动手册吗？你还记得吗？"

"我不记得你说过——你要去参加露营。"

"我要去。"

她沉默了片刻，可能是在衡量该不该相信我说的胡话。"我希望你去之前能先告诉我们一声。"

我几乎听不清她说话。火车门还开着，雨声似乎更大了。从我们的头顶上传来一阵脚步声，很响的脚步声，还有从观景车厢那边传来的说话声。

"我几天后就回来——"

"阿瑟！要几天？我们——"

"我听不太清你说话——"楼上的声音越来越大。好像有什么东西在彼此碰撞。"我回头再打给你，好吗？"

"阿瑟，我们还没有——"我挂掉了电话，把手机塞进胸前的口袋里。楼上又传来一阵拖曳袋子的声音，然后是更大的"噼里啪啦"声；那不像是雨点打在火车铁皮上的声音，倒更像是一套真正的立体音响。"你觉得发生了什么？"我问，但乘务员似乎并不关心。我在座位上坐直，看到两双湿漉漉的黑靴子从楼上走了下来。

我没想到是警察。他们不可能是来找我的。凯伦婶婶不可能和任何人说过我失踪。警察也根本不会在意。尽管如此，我还是拼命地在座位上缩着身子。

进入车厢的警察看上去更像是士兵，穿着防弹背心，还扎着一条弹药腰带，其中一个人似乎佩带了两把电击枪，以防有特殊情况发生；还有一个人正有条不紊地嚼着口香糖。我们对视了一下，我有些打蔫。

但他们感兴趣的并不是我。嚼口香糖的警察敲了敲流浪汉前面的餐桌。流浪汉慢慢地从手上抬起头，五官几乎和脸周围的白发混为一体。"你在这趟车上待了多久了？"警察问道。

"这辆车，旧金山。"他的发音像是在吹口哨。

"你的票呢？"

流浪汉没有动。

"拿不出车票或有效证件的话，我就要开罚单把你送下车了。"

流浪汉眨着眼，看着外面的雨。

"再给你二十秒，否则你就是非法乘车。"

"我有身份证。"流浪汉说。

"好吧，拿出来看看。"老人没动。警察伸手去抓他的外套，把外套从他身上扯下来，在口袋里翻找着。老人试图夺回外套，但另一名警察拽开了他的手。他开始哽咽。

"你们真的要这么做吗？"

坐在角落里的男人放下手中的书，用手指扶住餐桌，向前探着身子，直视着警察。他比我大不了多少，二十五六岁的样子，但脸上没有流露出恐慌或卑怯。他看上去很放松，几乎是在微笑，浅棕色的皮肤，一头浓密的卷发。

"好的，你可以告诉他们你不同意搜查。"

老人摇摇头。"我——我不同意，不同意搜查。"

警察翻了个白眼。"已经迟了。"

"你们是在合理怀疑吗？"角落里的男人问道。

"如果他没有车票——"

"美国法律对美铁车票没有硬性要求，美铁是私人企业。有人要求你们搜查这列火车吗？"

"这是偷窃——"

"除非美铁说他是偷窃。现在，他什么也没做。"

我试图不去看他们，尤其是警察。角落里的男人无所畏惧，但我不理解他是怎么做到的。他是黑人，在内华达州，他竟然对两个全副武装的白人警察说出自己的想法。我看过很多类似的热门视频，不知道那些故事最后都是怎样的结局。

其中一名警察下意识地瞥了一眼角落，然后把老人的外套翻过来，继续搜查。但还没等他把手从第一个口袋里拿出来，角落里的男人便走上前来。"你现在是在未经他允许的情况下对他进行搜查。"他的个子比那两个警官高得多。他们转过身，看着他，他却面带微笑，寸步不让。这已经足以被视为"挑衅"了。如果警察决定伤害他，他们会把这说成是"自卫"。我往后缩了缩身子，祈祷那个男人能重新坐下来。

但是他没有。而是走到老人的桌前，拿起一张车票。"哦，我找到了。看，他是要去丹佛。"

那个警察甚至连看都没看。"好的。那你的票呢？"

"在楼上。"

"我们要看一下。"

听到这句话，他立刻满脸堆笑，露出亮白的牙齿。"哦，我不太想去找了，而且法律也没有规定我必须出示车票……所以我就待在这里。"

警察冲他嚼着口香糖。我看到警察的脸上、手臂上和喉咙处的肌肉在紧绷，把他紧紧固定在原地，以防他冲过去把那个人的喉咙给扯出来。"好吧，"他拍了拍老人面前的桌子，"你是否有身份证件来证明你是……杰克·汤普森？"

"他已经说过了，他不同意搜查。你们是在假装质疑真正的法律吗？还是别再去烦我们这位伙计了吧？"

警察继续嚼着口香糖，上下打量着杰克·汤普森，然后又回头瞥了两眼那边餐桌的男人。最终，他们把票递了回来。"不值得。"一个警察嘟囔道。他们上楼时冲乘务员点了点头。我终于松了口气。

两分钟后，车门关闭，隔绝了外面的雨声。老人又蜷缩回自己的座位上。杰克重新打开书。火车继续开动。谁都没有再说话。

"该死的。"我开了口。却没有人回应。"真是该死的警察，我还以为他们会……"并没有人抬头。

要是梅森在场的话，他一定会发疯的。他就喜欢看那些掌权者被刁难，尤其是白人。他脸书（facebook）上的内容全都是有关阴谋论或是电视上有人被训斥的热门视频。梅森表现得就像任何形式的权威对他来说都是直接的侮辱。老师、政客、父母、耶酥比萨店的老板……在梅森的无政府主义世界观里，就连耶稣本人都是独裁者。

但现在我甚至不能告诉梅森这件事。说了他也不会相信。

"他们刚刚在火车上干什么？"我直截了当地问杰克。

"现在是月末。"杰克半晌后才回答，并没有从书上抬起头。"他们必须完成指标，而且深知能在火车上找到轻罪分子，比如携毒、盗窃，诸如此类的。"

"真是混蛋。"

"他们只是想保住饭碗。"

我一直看着杰克，尽管他一次都没有抬起过头。"尽管如此……还是很不人道。"

"他们不会把人当人看，因为他们都是被迫为了利润工作的。"他翻了一页书。"警察不是敌人。"

"那谁是敌人？"

他耸了耸肩。"利润、资本、公司，寡头政治，服务于不平等的权力体制。这就是美国政府。"

火车从里诺向高处的沙漠驶去，车窗上的雨点变得越来越少。梅森肯定会喜欢这个家伙的，他的阴谋论如此地实事求是，听起来就像真的一样。"没错，朋友，"梅森会在每句话后面加上这一句，"这就是我一直想要告诉你的。"不过梅森的问题在于，他无法理解存在于自己身上的矛盾论——他住在帕洛阿尔托，父母是软件设计师，他穿着名牌皮鞋参加毕业舞会，十六岁就有了一张信用卡。如果资本主义是一个邪恶的帝国，那梅森就是在死星[1]上学、开车和买衣服。

"我想是吧，"我说，"但那些家伙不一定非得选择当警察。这可能是所有人的错；要知道，他们就是我们的政府，就是我们的公司。"

杰克抬起头看着我，慢慢地点点头，然后把书放在桌子上，笑了笑。他的每一个动作都很轻柔。"你叫什么名字？"

"阿瑟。"我说。

"好的，阿瑟。让我们来听听你的逻辑。"

"我的意思是，是我们自己决定去关心金钱的，所以是我们让他们变得富有。比如……你仍然可以买便宜的 T 恤，"我指着他的胸口说，"尽管你可能知道 T 恤很便宜，因为它基本上是奴隶生产的。如果我们想停止让他们富有，只要别再买他们的东西就行了。但我们没有，也不会那么做。"

---

[1] 在《星球大战》系列电影中，银河系帝国是邪恶的帝国，而死星（Death Star）是帝国的空间站兼强力武器。此处暗示梅森正是资本主义邪恶帝国的受益者之一。

杰克一定很惊讶，因为他又笑了，笑得更加灿烂，更加大声，也更加好奇，就像刚才对待那些警察一样。他的表情越友好，就越让人觉得恐怖。他笑得越开心，露出的牙齿就越多。

"你的语气就和那些特权阶层一样充满玩世不恭。我和我的朋友们"——他说着抬起头，向楼上微微点点头——"可没有时间舔舐伤口，但我知道，被压迫者要比压迫者更容易遭到指责。那么你告诉我，你认为我们是从哪里学会爱钱的呢？更重要的是——也许也是唯一重要的——我们又该如何忘记热爱它呢？"

我摇了摇头。"我想，这个问题问得好。"

"说真的，我想知道你是怎么想的。你显然是花过一些时间去思考人类的处境有多么严峻；我想你和其他人一样，对可以保证我们生存和自由的事情很感兴趣。我们该怎么解决这个问题呢？我们如何变得更好呢？"

"没什么。我想我们还是得接受。"

我本以为他会有什么反应，但杰克很克制。他点点头，低头看了一会儿书。"你的生活不会有什么改变的，不是吗？你依然会坐火车、买鞋"——他指了指我的乔丹鞋——"吃晚饭、买车、拥有家庭、抓住机遇、过你的生活。

"不过，为了另外99%的人，我来给你另外一个选择吧。也许除了维持现状，你的公众意识越强，就越渴望平等。总要有少数的小组织和有权力的个人来领导那些觉醒了的大多数人去夺取权力。他们会对现行体制施加自己的意志，体制崩塌，然后重建世界。"

一阵沉默。"你在说什么？"

"解决问题，变得更好，马克思已经写好了剧本，资本主义创造了寡头政治，体制开始向内崩溃，唯一的选择就是阶级斗争。"

"等一下，你在说什么？"

杰克笑了笑。

"你疯了吗？你认为下层阶级会去……参加战争？这永远都不会发生。"

"已经在发生了。"

"不是字面意义上的战争吧？你是指轻罪和制造 T 恤？不像关乎生死的、真正的战争那样。"

杰克轻蔑地哼了一声，几乎要大笑出声。

"怎么了？"

"你看，我无意冒犯你。我觉得你的确是个好人。但认为这种战争没有生死那么严重的人，应该都是侥幸没有见过人们死去的人。人们正在死去。只不过不是你这样的人。

"所以我们要拿起草叉 [1]？否则——"

"你觉得这不可能发生？那么我要告诉你，这是不可避免

---

[1]英美文化中草叉常与农业相关，代表社会的草根阶级，于是很多草根领袖都会以草叉为名。此处作者说拿起草叉，意思是加入草根大众，类似于中文语境下的镰刀和锄头。

的。你甚至不用关心——我相信你现在的生活一定很美好。我只是告诉你，我们正处于一场白热化革命的中心。在大厦开始倒塌之前，你可能要考虑到底站在哪一边。"

这话听起来像是一种警告。杰克再次挺直身子，原来他有一米九那么高，甚至还要更高。他盯着我这边座位的角落，然后把一张五元的纸币扔到柜台上，对正在熟睡的乘务员点点头。"等会儿他醒了，帮他买一杯咖啡和一块三明治。"说完他上了楼，三步并作两步，连句"再见"都没留下。

"老天。"我转向推小吃车的乘务员。他正低头冲着士力架微笑。"你听见他说什么了吗？"

"哦，当然。这列火车上经常有人这么说。"

"他有什么问题吗？"

乘务员侧过身看着我。"他有问题吗？"

4.

"好了，各位，行李都已经收拾完毕，车门也已经关闭，我们就要出发了，下一站——内华达州的埃尔科。

"有些乘务人员让我提醒你们，不是每一站都有机会下车舒展——我必须要说'舒展筋骨'吗？或者我们都是成年人，应该重点说说吸烟者？

"听着，我知道你们都很爱吸烟，相信我，但我们不能为了让你们快速吸上一口烟，就允许在每一站的车门口上演暴力反抗。而且火车在行进过程中是不可以打开车窗的，我们有一百种理由证明这么做会非常愚蠢。车门一旦关闭，就不会再打开。有些政策没有商量的余地。规则不是我们制定的，是从上面传下来的，我这里说的'上面'不是指上帝，而是美铁监管委员会，我们喜欢称之为'撒旦'。

"肮脏的小动物们，埃尔科车站是可以吸烟的。就这些，你们卓越而又忠诚的列车长敬上。"

5.

如果我没有把手摔断，没有丢掉奖学金，没有毁掉去加州大学洛杉矶分校上学的机会，我可能早在那一刻就准备好了。我会和爸爸去塔吉特百货商店的家居用品区，讨论什么样的垃圾筒最适合放在宿舍里，或者什么样的毛巾套装最能让我看起来像个布伦熊。我现在可能会和谢尔比教练一起锻炼身体，或者是被"比赛伴侣"[1]的销售代表牵着鼻子走——机器发出的砰砰声、球拍的惩罚、施加在我手臂上的冲击力和后坐力、球擦过球网的嗖嗖声、"排好队"等待机会的下一个球。这些会让我觉得自己强大、安全、自在。

而现在，我正坐在内华达州埃尔科的一辆出租车的后座上。

"黄金。"当我问司机这座城市里的人们都是为何而来的，司机是这么回答的。

"人们现在还在淘金吗？"

"所有人都在淘金，老板。在这里可以找到很多。"

埃尔科本身是一座山城。市中心被两家大型赌场酒店占据，酒店周围有几家本地酒吧。

车开得越远，城市的感觉就越模糊。路灯越来越少，直到最后一个也没有。路面越走越高，赌场的大招牌渐渐消失在我们的身后。唯一的光源就是那个近乎满月的月亮。"这座城的这部分区域都已经差不多被废弃了，"他说，"人们现在都住西边。这些房子屁钱不值。"我突然很想去抓安全带，但安全带已经坏了，毫无用处地横躺在中间的座位上。

过了一会儿，他拐进一条僻静的街道。这条街笔直地通往一座山，看不见尽头。路边的排水沟里堆着垃圾，破损的路牌

---

[1] 美国网球产品公司。

半藏在一棵柳树的后面：教堂街。

"能在路牌过去一点的地方停车吗？"我问道，嘴里有些发苦。这里的房子看上去就像是携枪带狗的愤怒的内华达男人建造的。

"你说停哪儿就停哪儿，老板。"

我一路看着一串串的门牌号，一个比一个破旧：教堂街 27 号……教堂街 21 号……

"你确定要去那里吗？老板？"

我咽了咽口水。

教堂街 17 号已经废弃了。外面没有车，门廊上也没有灯，房前的草坪已经枯萎成一片片的杂草和泥土。房子很大，占据着一大片土地，旁边是枯死的灌木丛和两棵高大的柳树。几根巨大的石柱支撑着房子前面的阳台，上面是一个环绕式的露台。在它那个时代，这里可能是优雅的，几乎算是一座庄园，但它的时代早已经过去。

"就是这个地址，"我说，"你先别熄火，能在这里等我一会儿吗？如果这里没有人，我想……你可能还要把我送回火车站。"

"没问题，老板。"

外面很冷。那种冷，会抓住你身体的每一个部位，让你无法放松。我把运动衫的兜帽拉过头顶，走在碎裂的水泥路上。柳树的枝条在我面前随风摇摆，仿佛要把这栋房子藏起来。

越靠近它，就越能确定它已经被彻底遗弃。不可能有人住在里面的。窗户上随意地钉着木板，草坪上到处都是树枝和风暴肆虐留下的残迹。我很好奇这是不是爷爷找到的那座房子。我很想知道他是不是能走到这一步。

走到门口时，几滴迷途的雨水落到了我的脸上。我拉开外面的遮挡，敲了敲门。

"你在找什么？"梅森的声音刺透了风。

"线索。"

"在这里？"梅森蒙住眼睛，看着窗外。"现在有一个重要的假设——如果她死在里面了呢？"

"她没有。"

"你认为那个住在这里的人没有死在这座房子里？要知道，如果她死了，你就是第一嫌疑人。"

"我能闻得到。"我又试着敲门，然后用尽全力地砸门。但没有任何动静。

"如果你找到了她，不小心吐了口唾沫，或者干了别的什么事，你的 DNA 就会——"

"我为什么要吐唾沫？"

"反正不管怎么样，"他靠在墙板上，戴着戒指的左手不停地敲着破旧的木头，"你至少要告诉我，是什么风把你吹来的？"

"不，我不告诉你。"

"阿瑟，我知道你为什么——"

"那就行了。"

"可我们已经认识十年了，那是——"

"梅森。我们很好。"

我又试着敲门，然后用尽全力地砸门，依然没有任何动静。

"用不着这样吧。"

我又开始砸门，砸得更重，几乎要把木头砸碎了。

梅森在一旁看着。"我觉得……你的期望太高了。"

"我没期望什么。"门把手几乎抓不住周围的碎木头，我没费多大力气，咔嗒一声，门开了。

"对不起，阿瑟。"房子里一点声音都没有，外面的风却像是要把我们周围门廊上的木板掀掉似的。

我没理他。房子里泛着一股腐味，像是在屋内循环了很多年。光线昏暗，月光依稀勾勒着里面物体的轮廓，像是在等待着什么。

房子里塞满了杂物，凌乱地摆着至少三十把旧木椅。画被随意地摊开在地上，一张四脚朝天的桌子上堆放着高高的垃圾山。桌子后面是几十个纸箱子。我没有向屋里的任何人示意。"瞧，这就是一个垃圾房。人们把垃圾丢到这里，他们知道这个城市总会把它给处理掉的。这里没有死人。"

风没有回答我。

我站在门口，想重重地关上门，但还没来得及关，身子就僵在了那里，因为我注意到我的手上有什么东西。汗毛立刻轻轻地直竖起来，皮肤上也出现了细小的鸡皮疙瘩。房子里的空气很暖和。我把身子探进屋里，确认。温度至少比外面高出六度。有人开着暖气。

我溜进了门。

就像潜入一个洞穴，唯一一道窄窄的光束来自我手机上的手电筒。一堆椅子的后面，有两张桌子，抵在后面的墙上，桌上放着十来个纸箱子。我打开其中一个——里面都是一些老唱片：齐伯林飞艇乐队、克罗斯比、史提尔斯、纳许与杨乐队、西蒙与加芬克尔乐队，看上去旧旧的，像是某个人买来听的，而不只是装饰客厅的道具。另一个纸箱里装着衣服——质地粗糙的旧礼服和礼服衬衫，同样旧旧的。真无法想象会有人穿这样的衣服。旁边一个纸箱里装的是普通的 T 恤衫，上面印着过时的商业设计图案，比如"出水口""大雷酒吧"。另外一个纸箱里装的是一些小画和马蹄铁收藏品。还有几个纸箱里则装满了书。

我从一道开着的门走进厨房。原来不只是客厅里堆满杂物，似乎整栋房子都是如此。厨房的桌子上摆满了各种电器：旧微波炉、搅拌器，偶尔还会有几个电动工具。我的手电筒转向远处的窗户，发现了另外一摞书，最上面的是一本崭新的精装书，封面是彩色铅笔勾画的小木屋，背景是灰紫色的天空和淡绿色的玉米，标题文字的底色是浅红色的：《遥远的世界》，阿瑟·路易斯·普尔曼著。

我伸出手去拿书，身后传来了大笑声。

我猛地转过身。

"梅森？"我试探着叫了一声，用手电筒在厨房里扫来扫去。

"凯特琳？"房子里没有任何声音。

我退回到走廊上。我看不见任何光亮，但透过自己的呼吸声，我觉得我听到了低沉的笑声。

我蹑手蹑脚地沿走廊走着，用手电筒逐一照亮每一扇门。其中一间浴室已经锈迹斑斑，洗脸池也已经塌陷。走廊上放着一个柜子，里面没有衣物，只有一大摞一大摞的《芝加哥论坛报》，肯定得有四十年的历史了。我拿起其中一份，右下角的地址栏上写着：**苏·科佩克，教堂街17号，埃尔科，内华达州。**我使劲咽了咽口水，把它放回到报纸堆上。

当我走到走廊尽头时，那笑声越来越大了。我能听到：那不只是一个人，而是一群人。

"凯特琳，不要这样对我。"我冲着寂静的走廊再次大喊。

我等待着。最后，唯一的一扇门下开始闪着光。

我突然意识到，我需要找到一个人，或者是几个人。假如不是苏·科佩克呢？

我慢慢地向那扇门移动。走廊上挂着一个时钟；指针走动的"嘀嗒"声是我耳朵里最响亮的声音。我让自己和它同步：嘀嗒、嘀嗒、嘀嗒，嘀嗒、嘀嗒、嘀嗒。我走到了门口，咔嗒！门把手被拧开了。

一股气味扑面而来，就像冰箱里存放得太久的变质食物散发出来的味道。笑声来自角落里的一台小小的老式电视机，就是通过内置天线接收信号的那种。屏幕上正闪烁着黑白影像，并发出一阵阵的静电噪音。我把门完全推开，发现所有的小窗户都被贴上了锡箔纸，挡住了任何可能照进来的光线。房间里放着一个腐旧的五斗橱，一张铺着带花床罩的床，一个穿着睡衣的老妇人正小心翼翼地从床上往下滑。

听到推门声，她孱弱的身体顿时变得紧张起来。她没有转过身，而是脸对着里面的墙壁，身体停在床和地板之间，一只瘦骨嶙峋的手紧抓着床罩。

"苏？"我问。

她转过头。困惑的脸上满是皱纹。她盯着我看了几秒钟，仿佛我是一个幽灵。然后，她的困惑突然消失了。她咳嗽了几声，慢慢地、温柔地开口道：

"哦，原来是你。你好，阿瑟。"

6.

2010 年 5 月 2 日

亲爱的日记，

爷爷依然没有回家，已经第五天了。我想爸妈认为他可能已经死了。但每次听到电话铃声，我还是会跳起来。

我必须穿过车库和后院才能去厨房，这样我就不必看到他的房间或是客厅里他的那把椅子。

我想过祈祷，或者至少朗诵他最喜欢的圣经，但我找不到了。

昨晚我做了一个梦，梦里他回家了，他说："这只是个玩笑！我是在测试你。你通过测试了。我没有患上什么早发型阿尔茨海默症，或老年痴呆症，或其他什么神经退行性疾病！我只是你的爷爷。奥克兰运动家队什么时候比赛？"

但我知道他不会。他会回到家，说："你是谁？你在找什么？"而在我告诉他答案之后，他会说："阿瑟，这个名字真不错。"可二十秒之后，他会再次问我："你是谁？你在找什么？"

我想我最大的恐惧就是我们永远不知道发生了什么，然后人们就会忘记他的失踪。五年后爸爸会说："嘿，还记得爷爷吗？"然后每个人都会回答："哦，是啊，他怎么了？"而我也不记得他了。

至少，人们会继续读他的书——好吧，人们其实已经不怎么看书了。他们都希望把书拍成电影，还是3D电影。

先说这么多吧，以后再说多点。

阿瑟·路易斯·普尔曼三世

7.

　　我一时无法开口。我的心跳近乎停止，胸腔里的每一次跳动都是轰鸣，震碎了房间里腐浊的空气。

　　我看得出，苏·科佩克——如果她是苏·科佩克的话——已经很久没有离开过她的床了。她试了好几次想要下床，但身体就是不听使唤。

　　"该死的脚。"我听见她嘟囔着。

　　"你怎么知道我的名字？"

　　昏暗的灯光下，我无法确切地读出她的表情，但她看上去既不害怕也不惊讶。

　　"你们几个上星期就该回来了。"她的声音干巴巴的。

　　"我？什么？"

　　她没有回答，而是环顾了一下房间，声音有些颤抖。"告诉我，奥洛在哪儿？杰弗里呢？"

　　"我——我不知道那些人是谁。"

　　"哦，好吧。"她看着自己的手滑过床单。"你说你们会一起回来的。我以为你们会迟到。"

　　"谁会跟谁一起回来？"我问，又往前走了几步。房间里很温暖，我有些头晕。"什么迟到？"

　　运动鞋下面的一块木地板在吱嘎作响，苏的目光飞快地从自己的手上转移到我的脸上，眼睛睁得大大的。"哦，天啊，原来是你。你好，阿瑟。"

"嗯，好的。不好意思，你怎么会认识我？"

"你们几个上星期就该回来了，"她说，"告诉我，奥洛在哪儿？杰弗里呢？"

我急忙后退了几步，想要逃离这个温暖而又扭曲的现实。"你以为谁会和我一起回来？"我问。

她耸耸肩，注意力又转向了绣在床单上的玫瑰花和康乃馨。这让我想起了凯特琳醉酒后的冷淡，一副懒得回答问题又假装关心别的事情的样子。

"你怎么知道我是谁？"我更加坚持地又问了一遍。

她抬起头，似乎不相信我的存在。"哦，天啊，阿瑟。你们几个上星期就该回来了。"

我听到外面响过一声闷雷，接着鼓点似的雨滴缓慢地砸在屋顶上。房间里几乎什么都没有，除了一台小小的电视机，一张床和一大堆陶瓷托盘——是慈善机构过去常常用来给老年人送食物的那种。

"告诉我，奥洛在哪儿？杰弗里呢？"她第三次问道，声音古怪而柔和。她靠在床头板上，头轻轻地晃着。

"我——我不知道奥洛是谁，也不知道杰弗里。"

"阿瑟。"

"嗯？"

她愣了一下，咽了咽口水。"你们几个上星期就该回来了。"

"苏。"

她的眼睛一直盯着我。"嗯？"

"你以为谁会和我一起回来？"

她没有回答，于是我又向前走了一步。

"你以为我是谁？"

她一只手抓紧床单。

"我们是怎么认识的？"

我又向前走了一步。

"我——我要睡觉了，抱歉，阿瑟。"她说着身体向下滑去，消失在毯子下面。

"苏，我需要你——"

"你应该知道楼上的房间怎么走。"

她把毯子往上提，想要盖住自己，躲开我。

"苏，告诉我你怎么知道我是谁！"坐了十个小时火车的沮丧感一股脑儿涌了上来。

我看着她的脸，就像一块圆圆的拼图，在迅速地移动位置。现在她离我很近，足以让我辨识她的表情：无忧无虑、茫然无措，问题多于答案。她的眉宇间和面颊上永远写着"惊讶"两个字。

每次爷爷忘记要说什么，然后重新开始时，也总是用同样的眼神看着我。爸爸称之为"重置"。这是阿尔茨海默症最糟糕，也是最严重的发展阶段。

年迈已经占据了苏·科佩克的大脑，她的重置非常危险。

"告诉我，"她说，"奥洛在哪儿？杰弗里呢？"

我点点头，咽下了混合着怜悯和沮丧的情绪。"我不认识奥洛，苏，但我需要你告诉他他是谁。"

"哦，别傻了。"她低声说。然后转过身，看着远处的墙。

"苏，求你了。"我冲着她的后背恳求道。"几年前，我……我的爷爷去世了，他的名字是阿瑟·路易斯·普尔曼，我想他在去世前的最后一个星期来过这里，我只是想知道这是为什么。求求你，如果你听到我的话，就请告诉你你是怎么知道我是他的孙子的。告诉我你为什么给他写信。"

我默默地看着她。她没有回答，也没有转身。如果她曾经给我过答案，我也早就忘记了。

我转身向楼上走去。走到门口时，她的声音让我停住了脚步。"阿——瑟？"她的声音很虚弱，在我的名字中间裂开。

"嗯？"

"请把他的纸巾拿走。我不需要了。"

"谁的纸巾？奥洛的？"

"请拿走。"她朝床头柜点点头。"我不需要它了。"我眯起眼睛去看，发现她的床头柜上放着一张皱巴巴的用过的纸巾。

我对她如此恋物感到震惊，然后走了出去。

当门"咔嗒"一声被关上后，我想起了出租车司机。我跑到外面，推开大门，冲进瓢泼大雨。等我跑到走廊的尽头时，浑身已经湿透，头发就像洗过一样，被浸湿的连帽衫紧贴在身上。出租车已经开走了。

步行范围内没有任何生命的迹象，要想赶上回去的火车，我必须要在刺骨的冷雨里走上三个小时。我无精打采地回到苏·科佩克废弃的庄园。

在客厅的某个纸箱里，我发现了一件棉布衣服，我拿它擦干了头，然后瘫坐在一张沙发上。雨水打在古旧的屋顶上，发出的"哗哗"声变成了白色的背景音。屋子里安静极了。透过拱形的天花板，穿过拥挤的走廊，我能听到苏的回音。

哦，原来是你，阿瑟。

苏·科佩克一定以为我是爷爷。但我长得并不像他，不过这并不重要，他是老人，我是少年；如果她的阿尔茨海默症迫使她回忆起她等着我和阿瑟走进门的那一刻，那么我就是阿瑟。阿尔茨海默症就是这样，它会扭曲细节，让每一刻都像是在重温一段记忆。对苏来说，我已经成为她记忆中的一个角色，而这些记忆已经成为她的现实。

但当我再次用棉布衣服擦干头时，我意识到了那意味着什么：我是我的爷爷。如果我弄清楚她在重温什么，就能弄清楚爷爷曾在这里做过什么，以及发生过什么。这件事一定意义重大，以至于让她的时间都凝固了。

我开始重新搜寻这栋房子。我记得厨房桌子上放着一本

《遥远的世界》。它依然光洁崭新，装订也很紧实，就和大多数还没读过的书一样。我翻了几页，纸张粘在了一起。收到这本书的人应该再也没有碰过它。我打开题献页，希望那里能有一句题词，但什么都没有。只有这本书本来的献词：

为了一个伟大的目标。——A.L.P

我叹了口气。又一个毫无意义的抽象概念——伟大而又该死的"阿瑟·路易斯·普尔曼"。

我小心翼翼地爬上二楼，随意地打开其中一扇门。苏说过楼上有一个房间，但大多数房间都是空的。我试着用了其中一个厕所，但马桶里没有水。

走廊的尽头，有一扇门一直开着，淡淡的月光从门里射出来。

我悄悄地走近，这才意识到这座庄园在半夜里简直大得吓人。天花板上垂挂着老旧的灯具和枝形吊灯，上面布满了蜘蛛网。烛台延伸到走廊中间，上面的蜡油比蜡烛还要多。

我瞥了一眼角落。窗户上满是水溅的痕迹，这是大雨滴的残迹，每分钟都会有数百道水纹划过。除了苏的房间，这里是唯一一间还不算空荡的卧室。硬木地板的正中央放着一张床垫，上面有一张毯子和一个枕头。

床垫的旁边，整齐地堆放着一堆被撕碎的小纸片。

爷爷曾经来过这里。

我的大脑开始高速运转。这正是爸爸五年前在葬礼上描述过的。是爷爷留下的碎纸片。我掀开床垫，翻遍了枕头和毯子。什么也没有。

我试着思考，但大脑已经被疲惫感和沮丧感占据。那张被留下来等待我去发现的纸，就像他想让我知道他在写些什么，就像他故意留下的线索。我跑回厨房，在一箱箱的书和散乱的纸里翻来翻去，寻找着爷爷潦草的字迹。

我想起了第一首诗，写给"你"的那首诗。是苏·科佩克吗？如果是，他应该会一直为她写，然后可能会把诗留给她。如果她就是他写信的对象，那就该说得通。但我在苏的房间里只看到了电视机，不新鲜的食物和托盘，还有……

纸巾。她如此重视那张纸巾。他的纸巾。

我回到她的房间。推开门，门吱呀作响。我蹑手蹑脚地穿过房间，小心翼翼地避开那块松动的地板，从床头柜上抓起那张纸巾。

她说的纸巾压根就不是纸巾——而是一张皱巴巴的笔记本纸，上面有墨水的痕迹。

我转身要走，但有什么东西吸引了我的注意——一沓纸，一沓被放在床头柜上的纸，可那不仅仅是纸，而是信封，小小的，堆得很厚。我凑近看了看；信封下面是一张纸，上面有一行手写字的地址，几乎看不清。直到我认出那是特拉基的地址。我往后退了一步，脚后跟下的木地板发出低低的吱嘎声。

苏·科佩克在床上翻了个身，我的心提到了嗓子眼：她的眼睛睁得大大的。

胸脯平稳地起伏着，就像睡着了一样，脸上毫无表情，但眼窝深陷，泛着白光。我张大嘴巴，盯着她好一会儿，在她令人恐惧的注视下，我无法看向别处。"安静，"她低声说，"你说过你们会一起回来的。"

我头也不回地跑出了房间。完全不在意身后的门被"砰"的一声关上。我飞奔上楼，跑到最里面的卧室，关上门，然后停下来，一头扎到床上，一动不动，仔细听着是否有人在跟踪我。

除了呼吸和倾听，我什么也没有做。但房间里一片寂静，只有老木头发出的轻微的呻吟声。

我一根根地展开手指，最后放开那个一直握在手心里的纸团，把它平铺在眼前。月光照在纸上——一样潦草的笔迹，是爷爷写的。

2010 年 4 月 28 日

石柱、门廊、天花板、床垫，都在歌唱着
她的城堡
我们都是小丑
月亮穿过窗户，建立在
爱
之上
阿瑟

有些日子是冰冷的虚无
我感觉我们在穿过它
在你的客厅里演讲
在你的地板上做梦
用填满天花板的语言唱歌
那我们是谁呢？

冰冷的窗外月光
是从哪里来的？
我知道寒冷
我知道离去
我知道虚无
我知道疾病和健康
我知道那是暂时的
她也知道它们

她在这里等着我们
在空盒子里，在破碎的钟里
在依然回荡在天花板上的歌声里
在月光下
成为废墟的城堡里

她等待着

我们走了

再也没有回来

可她知道那种奇怪的冲动

想要去闻

去看

去触摸

去知道但却记不起的冲动

去爱

去伤害

为不存在的历史

大哭的冲动

但对于来自月亮的光

感受到却看不到

能拥有却不理解

就像她和我经常穿的、被磨损的

棉布衣服的线头

缩成一团

成了一本被遗忘的时光日记

——阿瑟·路易斯·普尔曼

8.

已经过了午夜了。我把爷爷的线索放在地板上的碎纸片旁边，瘫倒在床垫上。

我或多或少地明白了。他曾躺在这张床垫上，对着窗外的月光写作，等着"月亮穿过窗户"。这里是城堡吗？他一直把苏称作"她"——如果不是她，他又是在给谁写信呢？她为什么在等待？是谁没有回来？奥洛和杰弗里？还是我的爷爷？

日期是 4 月 28 日，是他失踪后的第二天。我想知道他在这里待了多久才离开的。我需要知道他接下来去了哪里。

这首诗让我确定了一件事：关于苏的大脑，我是对的。她和爷爷一样，都在生命的末期作着同样的斗争，这一点甚至连爷爷都能看出来。我可以像理解他一样去理解她：作为不可阻挡的岁月流逝的受害者。我对她的怜悯埋葬了我对她的失望。

但这也给了我一个有利条件：我知道该怎样和爷爷对话了。当他被卡在"重置"状态或是在明显重温其他经历时，我们会学着配合，会期待我们能释放出新的信息，而不是让他更加困惑。如果苏五年前被困在这里，等待着他出现，那我就必须让她把它想象成现实。我必须成为爷爷。

9.

　　我大口地深呼吸，然后不停地深呼吸。

　　科迈罗的车头已经超过了"29 英里指示牌[1]"。我深吸一口气。车窗已经被摇了下来，空气扑面而来，速度远远快于我吸气的速度。我品味着空气中每一个看不见的成分。这里的空气更清甜，没有被旧金山的味道腐蚀过。此刻，我全身上下都充满了这里的味道——90%是空气，10%是右脚。

　　四档。

　　山顶就在我眼前，太阳从山后喷薄欲出，而我正向山顶飞奔。科迈罗价值五百美元的 TSW 纽堡林车轮，正紧贴着地面绝尘而去。路上没有其他车。天空没有一丝云。我的车窗上没有任何斑点。我的心里没有任何想法。波托拉山谷没有任何限速。

　　五档。

　　我撞上了山顶，或者说是它撞上了我，世界就在山脚下展开。就像《历险小恐龙》[2]里一样，我只是在一条路的指引下稍微靠右行驶。我了解这条路，就像了解自己如何在早晨醒来。沥青路两旁狭窄的斜坡消失在黑暗中。我本可以闭上眼睛，但

---

[1] 美国州际公路上的记录牌，用来确定行驶位置和方向。29 英里约为 47 千米。
[2] 以恐龙为题材的美国著名系列动画片。

我不会，因为错过这些，就像会错过天堂在我面前慢慢展开的过程。这是最大速度的完美弧线。它会推着我前进——"下坡惯性"加上"向心力惯性"加上"雪佛兰科迈罗引擎"和"上帝创造的能量"再乘以"人为的加速"，那么结果就是——

六档。

我让车轮旋转，弧线的力量把我拉向圆心，直指地球的中心。空气在灌入，速度在接驳，身体在颤抖，我不再是凡人，不再受物理和现实的束缚，我是一个肾上腺素的造物。肾上腺素分泌得如此之快，以至于我能看见它、听到它、品味它、触摸它，感觉到它在我的头脑和心脏。我把油门踩得更紧，身后只有曲线，眼前只有下坡的沥青路，直到——

有人出现在路上。

棕色的头发，苍白的皮肤，在波托拉山谷的阳光下闪着光。

我急踩刹车。但刹车没有反应。

速度表已经坏了，在波托拉山谷没有限速。

没有决定权。我不能撞她。肾上腺素把车轮紧急转向右边，三厘米，五厘米，十五厘米。

科迈罗撞上了护栏。车身吱嘎作响，动能太大了，速度太快了。我在黑暗中飞翔。

安全带在收紧，紧勒着我的肚子。它把我身体里的一切都挤压了出来。我一直保存的珍贵空气也全都不见了。

另外还有五条皮带紧紧缠绕着我。戒指把我的手指箍得更紧了。

我被困在座位上，被困在安全带下，无法动弹。我眼睁睁地看着车头与山的一侧相撞，方向盘撞到了我的喉咙。

先是后方的保险杠，然后是左侧的保险杠，车架已经断裂，金属棒、黑色皮革和斗式座椅在我的周围飞来飞去，正在我的头顶上盘旋。

车扎到水里时，我依然是完全清醒的。

我不知道这里有一个湖。我在这条路上开了很多次车，从没有往山谷的远处看过，根本不知道这下面还有水。我立刻往水底下沉。湖水很冷，没有生命，黑暗、虚无，没有尽头，向四面八方无限延伸。我被困住了。我想挣脱，但是我不能，手被卡得死死的，压力太大，安全带太紧，胸腔太空。眼睛传来一阵刺痛，但我不会闭上它，因为错过这些，就像会错过天堂在我面前慢慢展开的过程。水下没有空气。我的身体没有任何一个部位可以移动。我能做的，就是感受。感受肾上腺素冲向每一根血管和动脉，乞求我挥舞胳膊，扭动身体，把手伸向车窗，打破玻璃。但我做不到。

一束光从水面射下来。我抬起头，透过湖水，看到了她的轮廓：苍白的皮肤、棕色的头发，在波托拉山谷的天空下闪着光。

10.

我气喘吁吁地醒来。猛地睁开眼，但身体依然无法动弹，瘫软在床垫上。我不在水里。不在科迈罗里。

我抬起头，努力地拼接现实。房间里空荡荡的，只有身下的床垫、地板上的碎纸片和右手里紧握着的线索。光线从巨大的窗户射进来，把影子投在墙上。我仰躺在那里，闭着眼睛。

门外传来一声巨响，我的大脑猛地清醒过来——原来苏的房子里还有其他人。我从床垫上滚落，跟跄地站起来。

"嘿！"我大喊，跌跌撞撞地走出房间，"滚——"

走到楼梯口时，我生生地咽下了还没有说完的话。

前一天晚上还虚弱得无法站立的苏·科佩克，此刻却得意洋洋地站在客厅里，就像暴风雨中的雕像，周围散乱地堆放着一堆折叠椅。

"阿瑟！"她抬起头看着我，好像很激动，"你们几个上星期就该回来了。"

我艰难地咽了咽口水。她的体力已经恢复；当然，她的记忆还没有。"抱歉，"我迈着小碎步，"火车晚点了。"

"好吧，奥洛在哪儿？杰弗里呢？"

"他们也来了。只是有一点迟到。"

"杰弗里总是那个样子？不管怎么样，这是最后一天。"

新信息像一股冷空气打在我的脸上。这是她和杰弗里在一起的最后一天。这是一个开始。

可她转眼又不见了，消失在一箱子唱片的后面，等到再次出现时，又是我第一次遇见她时的样子。

"阿瑟！"她说，"你们几个上星期就该回来了。"

这一次，我决定进入角色。"嗯，我们迟到了。但是杰弗里随时都会到，也许正是时候。"

"那就好。"她说。

我往前凑了凑。"他什么时候会来？我们才能……嗯……"

她没有接我的话茬。

"才能……嗯……"

她似乎没有听见我的话，一边自言自语，一边来回推着椅子。

"杰弗里去哪儿了？"我追问道。

她把头向后一仰，眨了几下眼睛。"阿瑟！"她喊道，"别在这儿鬼鬼祟祟的。"

我悄悄溜回厨房，又试了一次，结果还是一样。我一遍遍地问她发生了什么事，她一概拒绝回答。

这个问题成为了我们之间的一道墙。她只是不知道答案。她当然不知道。这就是失忆给人们带来的后果：拿走你生命中最重要的部分。

我帮她收拾或打开那些箱子，尽可能温柔地连哄带骗，想打探更多的消息。可我们的对话越来越少，最后，她彻底不再说话。

我注意到她似乎是在房间里绕着一个固定的圈子来回走动，不停地把那些椅子摆正，在中间开辟出一条狭窄的通道，然后再把椅子重新摆成一排。椅子下的磨痕已经嵌入地板；这些椅子一定已经"做"了几百次同样的动作。每次我从桌子上拿走一个纸箱子放到椅子上，她都会把箱子搬回去，以确保椅子上没有东西，嘴里还念叨着什么"不要挡道"之类的话。偶尔她也会上楼，走进一间卧室，对着所有的墙壁点点头，然后回到客厅。她的行为很有规律，但这种规律毫无意义。

我不停地查看手机——回特拉基的火车将在两个小时之后启程，往东部开的火车则在两个半小时之后。而两列火车的目的地都没有我非去不可的理由，但我更没有理由待在这里。

中午时分，门铃响了，我躲了起来，我不知道该如何向警察解释我在一个老妇人的家里。但是门口并没有人，只有三份打包好的食物放在门廊上。她停下所有的活动，默默地吃着。在她的厨房里，我找到了几袋坚果，它们成了我迟来的午餐。

太阳开始斜斜地射进厨房的窗户，我发现有的唱片下面竟然还藏着几张照片。照片不多，纸箱里也有几张，但都没有什么信息量。他们要么是我不认识的人，要么就是年纪太大了，脸色发黄，根本辨认不出脸。

在所有相框的下面，紧靠纸箱底部硬纸板的位置上，有一张已经泛黄的照片。它应该是纸箱里年代最久远的照片之一，边缘已经起皱。

照片上是一个年轻的女人，面带微笑，一头浓密的棕色卷发，穿着漂亮的花纹连衣裙。她站在街道中央，旁边站着一个戴细框眼镜、相貌平平的男人，身上的马球衫看上去像是小了两号。女人的手里抱着一个孩子，孩子被裹在一张小毯子里。

我的胃猛地抽搐了一下。虽然她的脸上并没有什么明显的特征，但我知道她一定就是苏·科佩克。而那个男人……很眼熟，戴着爷爷的眼镜，只不过下巴太圆，眼睛间距也太近。我把照片翻过来，背面是一行褪色的铅笔字：

奥洛、苏珊·科佩克和他们的孩子杰弗里。摄于
犹他州格林里弗。

这行字的下面，是另外一个人的笔迹，用黑色钢笔写的，笔画有些颤抖，但还没有久到褪色的程度：

他降生的那一夜
家

我像是被重置一样，第一次重新看到了她的世界。
奥洛是她的丈夫。
他们有一个儿子，名叫杰弗里。

这是他们的家。

五年前，我的爷爷带着她的丈夫和儿子一起回来过。他说他们会一起回来。

围绕着她生活的全部细节和环境，以及她正在重温的生活片段，都让我在某种程度上感受到了不同和新鲜。我用全新的视野再次审视这座房子，注意到了之前没有注意到、但却非常明显的细节：客厅里堆满了纸箱子，楼上的卧室被清理过，但她的房间却完好无损。

我的心怦怦直跳。

我第一次越过苏·科佩克，看到了她正在重温的经历。这不是一座被废弃的房子，也不是一个垃圾屋。这是一个女人在五年时间里不断重温同一个时刻，等待同一件事情的结果。

"他搬去了哪里？"我一边问，一边把照片递给她。

她把书放到手上。脸上的表情先是困惑，然后是恐惧。她先是看看我，然后看看照片，最后都化成了一个我从未见过的笑容，没有一丝不安和沮丧。她接过照片，双手颤抖着把它举到脸前，像是想要靠近照片里的人。

"家。"她往后退着，冲着自己的双手点着头。"他要搬回家。"

我睁大眼睛，看着眼前的情景慢慢地在客厅里展开。

奥洛、苏珊·科佩克和他们的孩子杰弗里……

犹他州格林里弗。

"难道搬回了格林里弗？"

苏一动没有动，大约有十秒钟的时间，眼睛一直紧紧地盯着照片。我担心她再次重置，但她却慢慢地点点头。"格林里弗。"她说。

情况变得更加明朗。她的儿子搬了家，不管出于什么原因，我的爷爷也牵涉其中。我一阵激动——几个月以来我还从来没有激动过，它照亮了我已经忘记了存在过的胸膛。我的搜寻并没有就此终结。还有另外一座城市。我的爷爷和苏的丈夫还有他的儿子在一起……

我打了个冷战，我终于意识到她为什么会被困在这个时刻，它一定是太重要了，以至于将她冻结在时间里，这也是她为什么独自一人住在这座大房子里。他们去了格林里弗，却再也没有回来。

苏慢慢地清了清喉咙，抬起头看着我。"你们几个上星期就该回来了，"她说，"你们去了哪里？"

我的脑子闪过一抹明亮的空白。"哦，嗯，我们，我们，火车……"

"你们说过你们要回来的。"她丢下照片，开始向我走过来，双手在颤抖。她的脸开始变得陌生，眉毛扭曲在一起，双唇紧闭。"你们说过你们一星期之内就会回来。"

我踉跄着往后退，撞倒了一把折叠椅和一个装满百科全书的纸箱子，但是苏毫不在意。她更快地向我走来，朝我的方向扔来一个又一个字。她的眼睛很亮，就像昨晚一样，但这一次充满了愤怒。

"我不是，我，我没有……"

"我一直在等，一直在等，一直在等！"她在尖叫，音量刺破了她一向虚弱的声音。"你应该照顾他的！"我绝望地祈祷着她尽快重置，但她却在更快地向我靠近。"你们几个上星期就该回来！"

我转身跑向楼梯，三步并作两步，上楼拐过转角，钻进卧室。

"你们几个应该一起回来的！"她在我身后尖叫着。"你应该照顾他的！"我砰地一声甩上门。

我的大拇指飞速地按着手机屏幕——犹他州格林里弗，"加州和风号"第四站，出发时间：19:45——还有四十五分钟。我必须要坐上这趟车。我在房间里飞来飞去，换上一件干净的T恤，然后叫了昨晚打过的那辆出租车。

"那个房子里有人吗，老板？"他问道，"还是说那里现在成了你的家？"

我重新整理好背包，把昨晚找到的线索放进侧边的口袋，然后慢慢地走下楼梯，在拐弯时找到了苏。又有几个纸箱被推倒了，里面的东西散落在地板上。她跪坐在那里，周围是她的小物件堆成的海洋。

我小心翼翼、一步一步地走下楼梯，等着她转过身冲我大吼大叫。可她的双眼是闭着的，身子在轻轻地颤抖，脸颊上爬满刚流下来的泪水。

我走到门口时停了下来。胃又开始在抽搐。这一次很具体，那是愧疚感。她的悲伤就像房间里的一块重物，而我应该为这块重物负责。

我转过身面对她。"苏，我知道……你并不真的认识我，或者说，我不是你想的那个人……但我知道你认识我爷爷，而且……我想我们都相信他应该获得比现在更好的声誉。我不知道你的儿子或丈夫去了哪里，但……我会调查清楚的。为了我，也为了你。我知道你不明白我在说什么，即使我下次回到这里，你也不会明白……但你值得知道答案，我们都值得，所以我要找到答案。"

她没有反应，表情依然僵硬。我很清楚这是一种空洞的沉默。我低下头，推开了门。

"阿瑟。"

她的声音没有沙哑。我停下来，等着她最后一次对我说，我已经迟到了一个星期。

但她没有。

她艰难地站起来，挪着步子，穿过房间，表情专注而紧张，直直地盯着我，很有目的性，也很认真。有那么一瞬间，我发誓她什么都知道：我是谁，我要去哪里，我要寻找什么。她抓住我的衬衫，盯着我的眼睛。

"现在就去吧，"她低声说，"把他带回来。"

11.

　　我屏住呼吸，出租车疾驰着穿过这座城市。火车预计在十八分钟后开出，而下一班开往格林里弗的火车还要再等一天，也就是说，我可能会在埃尔科多待二十四个小时。我对凯伦婶婶说的谎有些太大了。

　　我试着把爷爷的故事拼凑起来，但感觉自己知道的好像比之前更少，我无法在头脑中完整地拼凑出这些问题；而且它们笼罩在苏·科佩克坐在客厅地板上哭泣的场景中，开始变得有些模糊。

　　曾有一个非常流行的思维实验名叫"薛定谔的猫"，有一个物理学家，也可能是一个反社会者，把一只普通的猫放进一个盒子里，然后用放射线照它，最后他向人们展示说，直到盒子被打开之前，这只猫既是活的也是死的。

　　我们一路闯了四个红灯，一个接着一个。离火车开动还有九分钟。

　　那个人的观点是：如果你看不到那只猫，就不可能知道猫是死是活；如果不知道猫是死是活，那就没有什么是真的，所以一切也都是真的。很有道理——真相是主观的，没有所谓的"现实"，只有我们自以为知道的现实。

　　但我想，那位物理学家真正想问的问题，也是任何思维实验的真正价值，就在于：如果那是你的猫呢？你会打开盒子吗？如果你不打开，就会认为这只猫可能还活着。如果你打开，而且确认猫已经死了，那你就是杀死猫的人。你是愿意带着悲惨的真相活着，还是带着幸福的无知活着呢？

我问司机能不能再开快点，司机说："我可不想跟埃尔科的警察闹着玩，老板。"离火车开动还有七分钟。

我的大脑又回到了静止的画面——苏瘫倒在被废弃房子的地板上，周围是她生活的废墟。我抵达埃尔科的时候，她正开心地等待着，相信丈夫和儿子很快就会回来。是我让她痛苦地意识到他们不会回来了。不管她是不是很快就会忘掉这件事，但总之是我强迫让她记住自己是孤独的。我打开了盒子，我杀死了她的猫。

当出租车爬上车站前的山顶时，火车正停在铁轨上，清晰可见。按照规定，火车将会在两分钟后出发。

我以为那是我。我想知道真相吗？我决定不想。我可以接受问题无法解决或是永远困惑，因为没有比痛苦更糟糕的事。我会把纸箱封存起来，每天和我可能是生是死的猫一起吃早餐。即使那是假的，我也想生活在为自己创造的世界里。

抵达停车场时，手机上的时间正好跳到"19:45"。

火车开始摇晃。"该死！快让我下去！"我在离火车门还有一百米的地方冲司机大吼，乘务员正在拉起火车踏板。我从出租车上冲下来，但衬衫被一把扯住。

A Lite too Bright

"喂！"司机大吼，"给钱啊！混蛋！"

我开始翻找银行卡，火车汽笛已经响起，我的手指在颤抖，世界正在危险地快速旋转。"好了，"他对着屏幕说，"走吧。"

我不顾一切地冲过露天的水泥空地，奔向站台，双肩背包在身后笨拙地摇晃，每跑一步都重重地撞在我的后背上。我跑过柏油路，奔向火车汽笛响起的地方。

"等等！"我大喊。但已经太迟。没有人听得见。车门在我面前关闭。

当刹车被松开之后，火车在启动前猛地向后倒了一下，此时我已经跑到车厢边。美铁有严格的政策规定，车门一旦关闭，就不能再打开。我知道这条规定，因为每次下车时他们都会提醒我。

我使劲敲打着面前的车窗，希望自己的力量可以让它变得松动，或者把窗把手砸开。可是并没有。"等等！开门！"火车开始前进，我映在车窗上的影子在消失。

我跟着火车一起跑，一路敲打着窗玻璃。火车以时速八千米的速度慢吞吞地拽着自己驶出车站。我跳下站台，跟着火车奔跑，野草和灌木丛鞭打着我的双腿，我的小跑变成了狂奔，火车快速提速。车窗刚好在我的视线上方，我必须跳起来才能看到里面。我一直用手敲打车窗，在车外大喊，"谁帮忙开一下窗！别把我丢下！"

车厢的卫生间里走出一个人，就是昨晚火车上那个戴帽子的女孩，她正好经过车窗。要么是我的幻觉，要么就是她莫名其妙地和我一样换了同一趟火车。我重重地敲着车窗，想引起她的注意，她转过头，吓了一跳，显得很惊慌。我跳了起来，指了指窗户上的开关，用眼神乞求她打开它。

她默默地站了一会儿。"求你了！"我又跳起来大喊，疲倦感开始侵蚀我。我看上去一定很绝望，因为当我再次跳起来时，她已经冲向那个可以打开车窗的亮红色紧急控制杆。

她瘦小的身躯正在尽最大努力地往上推，但控制杆纹丝不动。我挥了挥手，可她看不见我；火车移动得太快，以时速二十四、三十二千米的速度。我又蹦又跳，女孩抬头看着我，脸上充满了困惑。我疯狂地做着手势：往下拉！往下拉！

她猛然意识到这一点，不偏不倚，就像石膏击中了窗户。她一把抓住红色的控制杆，猛地往下一拉。窗户开了，温暖的空气从车厢里喷涌而出。一股肾上腺素在我的血液里沸腾，直冲向我的全身。我冲向火车，右手抓住车窗上方的铁横杆，将横杆向上拉进方框。我把废掉的左手用力地甩进去，感觉神经末梢疼得要爆炸，她一把抓住我的手，用力一拉。我抬起双腿，把重心移到窗沿上，最后一次推着侧板，身体重心再次转移。我一头栽进了车厢，重重地摔在地上。

GREEN RIVER

格林里弗

1.

　　戴帽子的女孩一把推开我，跑去关上窗户，将红色控制杆复位，然后转过身看着我。就在她开口之前，另一扇门被突然打开，一位美铁乘务员闯了进来。

　　"到底在搞什么鬼？"他的口水喷洒在我们周围的墙上，"是谁把窗户打开的？"

　　我的左手因为撑着地面而灼烧般地疼痛。我的神经像剃刀一样锋利，数以百计的神经末梢在我的皮肤下挠痒，将一阵阵疼痛从我的手指传递到手臂。

　　"有人回答吗？！"我们两个都没有。"要知道，我可以把你们两个都赶下火车。"

　　乘务员看着我，女孩看着乘务员，我闭上眼睛，一秒一秒地数着时间，直到自己快要睡着。

　　"有一位男士，"她一个字、一个字说得很慢，"他想……抽烟，然后……我们告诉他……他应该离开。"

　　"有一个人，故意让你们两个站在这里，然后自己跑了？"乘务员一脸的不屑，"的确有点烟味呢，是不是，伙计？"

　　我看向别处，有点害羞，也有点害怕，内心在痛苦地尖叫。我没有勇气为她承担责任。此时我只能蜷缩在地板上。

　　"你确定不是你打开窗户吸烟的吗？"他冲着她唾沫横飞。

女孩的女式手提包掉到了地上，开了口。我立刻有了主意。

她摇摇头。"不，不是……不是我。我不做那种事。"她再次慢慢地说，每一个字的发音都带着印度口音。

"你不抽烟吗？"女孩瞟了一眼自己的手提包，乘务员跟着看过去。"所以，如果我检查一下这个包，应该是找不到烟的，对吗？或者别的东西？"

"是的。根本就没有那种东西。"

他一把夺过手提包。"我可不想找到你撒谎的证据。"

在他翻包时，我们屏住了呼吸。我试图和她对视，可她的注意力都集中在搜查上，呼吸声有些沉重。乘务员只是翻出了几盒眼部化妆品、几个卫生棉条和一本名叫《怜悯》的书，纷纷从包里掉到地上。

乘务员把包翻过来，递还给女孩，血色开始渗透进脸颊。"你把它们弄到哪去了？"

我找回了自己的声音。"显然，她……嗯，显然她不吸烟，除非你想让……让我告诉别人你非法搜查了她的私人物品，换做是我，我可不会再去骚扰她。"

他明白我的意思。他盯着她，仅仅几秒钟，然后后退了几步。"要是让我发现你们两个任何一个人打开了窗户，"他警告我们，"我会非常乐意把你们踢下火车。"在一阵沉默中，他走出了车厢。

过了漫长的一分钟，我们才开始说话，我们都以为乘务员会重新闯进来。

但是并没有。十五分钟之后，我的心跳第一次恢复到正常的节奏。当我们最终四目相接时，她率先开了口。

"好吧？"她的口音听上去和刚才非常不同。

"好吧，什么？"

"这么说，你刚刚跳进了一辆正在行驶的火车？"她的口音完全变了——轻松、快速、得体，一口漂亮的英国腔。我笑了笑。她不想引人注目，所以掩盖了自己最独特的特点：口音。"你是来抢劫的吗？还是只是一个白痴？"

我分辨不出这是一个玩笑，还是真正的愤怒，甚至是某种形式的强烈的同情，但是她并没有笑。"不是。我只是……非常……非常讨厌内华达州。"

"好吧，要我说，你是真的有些太夸张了。"她说着用眼睛扫视着地板。"你差点把我从火车上拽下去，要不是发生了奇迹……我还——"

"你的烟呢？"我一边问，一边把烟从身后拿出来。

她扬了扬嘴角。"嗯，这招儿是很聪明。谢谢。"

我的胸口一热，真希望凯特琳能看到这段对话。和她在一起四年，和其他女生交谈已经变得不可思议的陌生。但在这里，我却让它看起来很容易。

我和女孩一起"研究"起了地板，两个人都害怕此刻眼神的交流会毁了此情此景。"我没有伪装自己的口音。你那招儿才聪明。"

我看见了她映在窗子上的影子，第一次看见她笑了。"你叫什么名字？"

"阿瑟。"我伸出那只没有受伤的手。

"你好，阿瑟。我叫玛拉。"她接受了我的手，只是我握住她的时间有点长。"你的手怎么了？"

"哦，意外事故。"

"哦，有点神秘，"她毫无预警地松开了我的手，"好吧，阿瑟，很高兴认识你，但请不要再这样对我了。"

"什么，嗯……"我的大脑还没反应过来，嘴巴里就蹦出了几个字。我想说点什么让谈话继续下去，但我知道我已经没有任何理由。这里需要一些有趣的东西，关于她的东西，洞察性的、巧妙的东西——

"你知道吸烟会死人吗？"

可玛拉已经走开了。她当然要走开。我瘫倒在几乎空无一人的车厢里，慢慢地向前移动，好让自己看起来不像是在追她。

凯特琳说得对。

"你应该提醒她。"她瘦小的身躯靠在我旁边的座位上，假装漠不关心。

我微微一笑，因为我看得出她是在关心我。"提醒她什么？"

她没有回答我的问题，只是看着自己的指甲。"你知道你在找什么吗？"

"是的。"我斜靠在座位上。"格林里弗。"

"很好。你什么时候能到那里？"

我的胃抽搐了一下。她说得对，火车会在凌晨四点到达格林里弗，我甚至不知道要从什么地方着手，但我故意不去理它。"你是什么意思？我应该提醒她？"

"没什么。我只是说，要对她公平一点。"

"提醒什么？"

"关于你。"

"我什么？"

"一切。"

"那你——"

"提醒她你的情绪不稳定，你会假装和别人交谈，你会生气。你的小开关会被启动，然后你会发疯。你试过——"

"不是这样的。"

"是的，就是这样。这一切都是真的，你只是不好意思承认罢了。"

"好吧，没关系！反正我再也见不到她了。你开心了吗？"

座位上是空的。

2.

2010 年 4 月 28 日

引擎在呻吟
繁星和那些在无尽黑暗中
看不见的群山
我什么也看不见，所以我听见了一切
阿瑟
车轮在打滑、尖叫
几十年来一直在碰撞
自然界在呼啸
已经如此过了几个世纪

坚硬的蓝色座位
灰色的塑料
我试图睡觉，唯一真实的片段
但你正在我的眼睛后面灼烧
我知道我找不到那个片段，直到我找到你
或者是你找到我

我问我们在哪里

没有人可以回答
别问了，他们说

于是我游荡
火车摇晃着灰色的塑料
一步一步地
我再一次教会自己如何走路
为光而走
为你而找

——阿瑟·路易斯·普尔曼

3.

来电：爸爸。

"嘿，小家伙，蒂姆叔叔打电话来了。他说你要去露营，是去唐纳湖吗？很好，阿瑟，真的很好。但是……你听着，他们说从星期一开始就没有见过你了。差不多两天，我们真的……我们应该更好地照顾你，如果和蒂姆在一起会不舒服，但我不觉得你和那些我不认识的人在外面露营过夜会让我感到舒服。已经快九点了，而且……而且我不知道，阿瑟，我想让你有更多的空间，如果露营能让你高兴，我也会高兴，但是——我只是会感到不安。"

"他们都是很好的人，爸爸，"我对着手机低声说，"他们都是信徒，也都是运动家队的球迷。"

"那太好了。很开心你和他们共度良宵，但和不认识的人待上两晚，似乎有点太久了。"

我知道我应该感到恐慌。到目前为止，我是说，我移动得太快，而且正向相反的方向移动。一个好儿子此刻应该会感到懊悔，尤其是在听到爸爸那些明明很担心却又装作很镇定、很理智的话之后，可我只是觉得很生气。

"我不能一辈子只和认识的人在一起吧，爸爸？"

他沉默了足足一分钟。"我能和指导员或是领队什么的谈一谈吗？"

"他睡了。他们必须早起做礼拜。"

"星期四做礼拜？"

"他们很虔诚。"

他停顿了一下。"好吧，小家伙。我必须问问，这个——这个湖边露营活动——和我们那天晚上的谈话有关系吗？我知道我们都有点失控，但是我——我不想你误认为我不尊重你的意见。"

"没有，没事。已经过去了。"

"你知道这笔钱会——"

"爸爸，我不想再说这件事了。"

"我知道，但我不想让你觉得，我对你的爷爷来说是某种威胁，或者让你站在某种道德高地上——"

"爸爸，求你别说了。"

"阿瑟，我们必须——"我能听得出他改变了主意，"我想给你全部的自由，阿瑟，但你和我都要明白那为什么不可能发生。我想让你去做你想做的事，但是……我不知道我们现在还能不能指望你做出那样的决定。"

我让自己沉默了六十秒，数着窗外的树。

"好吧，小朋友。"他放弃了。"如果这能让你感觉好起来，那也好。但这是你最后一晚的露营，好吗？明天早上，你立刻回到小木屋，和叔叔婶婶住在一起，好吗？"

"没问题，爸爸。"我挂掉了电话。

我靠回到椅背上——就这样：绳子的末端。谎言的起点。

如果现在我在格林里弗掉头，或许还能及时赶回去圆这个谎。但我为什么非要回去呢？就因为我犯过的那些巨大的错误？就因为我的房间里到处都是别人的照片？他们都在继续他们的生活，他们太害怕，所以不敢带我一起去？就因为一个已经不能再和我说话的好朋友？就因为一个在法律上禁止让我见面的女朋友？就因为这一年我变得一无所有，没有大学、没有女朋友、没有网球，只有爸爸默默地同情我？至少这列火车可以让我远离它们，但火车不可能永远前行。最终，我们会抵达铁轨的尽头，而那个世界会追赶上这个世界。除非我找到一个继续前进的理由，否则，每一刻都只是在拖延那不可避免的崩溃的到来。

4.

"大家晚上好，现在时间来到了夜晚。零食车已经停止营业，灯光也暗了下来，这意味着我们今晚就要打烊了。打烊期间：你不一定非得回家，但你也不能待在这里。事实上，你可以。事实上，你必须走——这列火车要到盐湖城才会停下。

"今晚和我们一起坐在'和风号'列车上的失眠症患者，你们可以凝视窗外无尽的黑暗，知道我正勇敢地带领你们穿越你们不曾见到过的最美丽的土地。我们的确有些要求：如果你在午夜时分还醒着，请前往观景车厢，以防我们正在熟睡的某位乘客被吵醒后，试图把你从火车上扔下去。这可不是在闹着玩，这些人真的很在乎睡眠。

"如果你将在盐湖城或格林里弗下车，乘务员会在即将到站时叫醒你。如果不是，我们将在明天早上七点带着好消息回来，还包括早餐提醒和新的黎明。

"今晚就到这里吧。借用一下迪伦·托马斯的不朽之言：'不要温和地走进那个美好的夜晚。怒斥，怒斥光的消逝'……而借用我们车组成员切斯特·塞耶的话来说，如果你想走进那个美好的夜晚，请温和地携带好抗胃酸咀嚼钙片，专卖当地食品和饮料的车厢有售。

"晚安，顺祝好运。就这些，你们卓越而又忠诚的列车长敬上。"

5.

我正向波托拉山谷俯冲。风在我的身后，像往常一样；阳光在山谷里荡漾，像往常一样；当我到达山顶时，我的速度提到了最大值，像往常一样。这是俯冲开始变得有趣的地方，简单的尽头和技巧，此时是最考验司机的技术的，普通司机会把车停到路边，拍一张俯冲视角下的景色，然后小心翼翼地前进。但我丝毫没有小心翼翼。

汽车的机头在倾斜，开始下坡，自然的速度驱使车轮转得更快。我已经选取一个最完美的角度，紧紧抓住路的外侧，直到——

过程被冻结。我的大脑开始变慢，手开始质疑自己，脚移向刹车板——这在之前从未发生过。我知道这条路，我为什么要怀疑自己去往何处？我违背了自己的意愿，在与直觉作斗争。我开始减速，我冲着我的脚大喊，想让它回到油门上，但它没有反应。它继续慢慢地、自然地踩住刹车，直到车在俯冲了近一百米之后停下。我像一只鸟儿一样站着，汽车与地面形成了完美的四十五度角。车厢内外，一片寂静。我无法控制车，也无法控制自己的脚。我一动不能动。

没有被拉动的力量，五条安全带从车座下面滑了出来，穿过我的胸前。

碰撞的声音终结了寂静。我向前一个趔趄，金属开始在我周围劈啪作响，另一辆车，一辆巨大的半挂式卡车，撞上了科迈罗的车尾。我们再次前进，滑向悬崖、瀑布、下面的湖水，更冰冷的湖水。我看不到司机的脸，我无法控制汽车的运动，我无法挣脱安全带。我完全陷入了静止。

排气管开始在周围集结，形成了看不见的围墙，警报器在冲着我尖叫。在距离悬崖边六米远的地方，汽车开始摇晃；不是那种完全的震动，就像车轮和路面发生持续激烈的摩擦，而是不自然的震动，一种爆炸性的震动。整辆车被猛地拉起来，上上下下，上上下下，我的身体也随着它在座位上剧烈震动，上上下下，上上下下，颠簸，挣扎；我开始摇晃，前前后后，前前后后，前前——

6.

我的头重重地撞在椅背上。

"老天！"一张脸浮现在我的面前，一只温暖的手放在我的肩膀上。"醒醒！"

这张脸的特征开始具体化。温柔的大眼睛。小小的鼻子。浅棕色的皮肤。棕色的波波头。

"你没事吧？"玛拉的脸，和她身后的七张脸，全都写满了困惑和激动。

我迅速坐起来，借着在眼前跳来跳去的旋转彩球来确定自己的方位。外面依然一片漆黑，头顶上的黄灯却亮着。我的胸腔在跳动。左手很疼。比睡着时还要疼。我把石膏翻过来，疼痛依然没有停止。

"嗯……发生了什么？"

"你睡觉时突然尖叫了起来，"玛拉说，"声音很大。我们还以为你被谋杀了。"

我看了看身后。整个车厢的人都醒了，此刻都在盯着我。

"我，嗯，很抱歉。抱歉，各位，我做了一个奇怪的梦。"

"不会吧。"玛拉低语道。她身后的人群开始退回到自己的座位上。

"刚才……谢谢了。"我咽了咽口水。"我……嗯……我还是去……"

"好吧，说得好像是你还能继续睡似的。这些人可都想杀了你。"

"几点了？"

"凌晨两点。"

她一直蹲在我面前。我能感觉到她的胳膊搭在我的腿上。"听着，至少去观景车厢吧，好吗？"她低声说，"那样的话，即使你再像麦克白夫人[1]一样，我也能阻止你。"

她似乎很想让我听她的话，于是我照做。但我不能完全确定她本身是不是我脑子里的幻觉，也不能确定是不是另一个梦境取代了第一个梦境。她坐在我昨天晚上遇到她的座位上，当时对于我的出现，她似乎并没有感到不安。于是我跌进过道对面的观景车厢，坐在了昨天的座位上。

"你昨晚就坐在这里。"我说。因为刚刚醒，我的声音还很

---

[1] 莎士比亚戏剧《麦克白》中有一个著名的梦游场景，麦克白夫人在梦中想起了有关自己过去的恐怖画面。

虚弱。"我看见你了。"

"原来那列火车上的那个人是你啊。你可真走运，我是在雷诺停下来的。"她笑了。我知道这是真的。梦境应该不会如此生动。"你的终点在哪里，阿瑟？"她念着我的名字，带着些许的口音。"你为什么要对你可怜的爸爸撒谎？"

"你听到——"

"是的，你应该知道，你真的不太擅长撒谎。一直结结巴巴的。就算我是亲眼在教堂露营地看着你说刚才那番话的，也不会相信你的。"

"好吧，他信了，"我努力抹去眼中的睡意，"他并不知道我在哪里。"

玛拉坐在她面前的桌子旁，一直来回地折一张餐巾纸，然后停下来。"这样可能会更好，对吧？"

"你从哪里来？"

"英格兰，萨默塞特，布里斯托附近。"

我点点头。"那你的爸爸……"

"也不知道我在哪里。我几年前就离家出走了——"

"你多大？"

她瞥了我一眼。"十九岁。"

"那你出走时是十七岁？"

"十六岁吧。嗯，我基本上是姐姐养大的，她当时已经住在美国，所以我只是跟随她而已。"

"那你的妈妈呢？"

"我四岁时就离开了。"她又开始折那张餐巾纸，一层又一层，最后叠成了一座小小的纸楼。

"你爸爸觉得你会在哪里？"我问。

"现在吗？"她调皮地笑笑，"澳大利亚寄宿学校，或者意大利军队，或者和美国名人约会。"

我眯起眼睛。

"我寄了很多明信片，"她说着，举起一张在内华达州雷诺牧场上拍摄的照片，"从美国各地。我觉得让他自己把一切弄明白也挺有意思的，对吧？"她把照片翻了过去。"'亲爱的爸爸，你好，来自美国西部的问候。这里已经没有人骑马了，但这并不能阻挡我寻找黄金。他们把这叫作'勘探'。我的运气还不错。你的女儿，玛拉。'"

玛拉的微笑是那种我不太习惯的微笑。自信而又真诚——蹑手蹑脚地爬上她脸上的每一道皱纹，让她的笑容既饱含一种善解人意的温暖，又充满一种不可思议的神秘。这给了我一种奇怪的包容感，就像她说的每一句话都是只有自己人才会懂的笑话，全世界的局外人都在拼命地想要弄明白，而我是自己人。至少我是这么感觉的。

"所以你有什么特别的地方要去吗？"她问，"还是只是离家出走而已。"

"我——"我的舌头有些打结，但我控制住了它。我心里总有一小部分是想给她留下深刻的印象，但那也是最愚蠢、最冲动的部分。"我想两者都有吧。我……在找一个答案。"

"要知道，"她昂起头，"如果总是敷衍和故作高深的话，就没意思了，对吗？"

"好吧。我想，我要去格林里弗。"我明确地说。

"是吗？我本来也想去格林里弗探险的。如果火车早点进站的话——"

"也许你可以帮我。"我没来得及阻止自己已经说出来的话。她把脸扭到一旁，看向窗外，可能是在躲避我。

我们同时看到了一个穿着黑色夹克的人，显然是喝醉了，跌跌撞撞地从餐车走向乘客车厢。他回头看了玛拉三次，玛拉翻了个白眼。

"那你呢？"我问，"你为什么会在这里？除非你真的……是在和某个美国名人约会。"

"好吧，不是啦。"她笑了出来。她的口音对我来说就像音乐。"还没有。我在丹佛有一份工作。我偶尔会去旅行，所以要溜出来研究一下你们的抗议史。"

"抗议史？"

"反越战、海特—阿什伯里[1]、爱之夏[2]……我姐姐以前很喜欢旅行，去过美国很多地方，所以她给了我一份惊人的清单，

---

[1]美国旧金山的街区名，六十年代美国反文化运动的诞生地。
[2]1967年夏天发生在美国旧金山海特—阿什伯里的嬉皮士社会运动，吸引了约10万人参与。

列举了一些过去曾经很重要的秘密景点。"她说这些话时并没有看我，似乎是在看向我身后更有趣的东西。"非常壮观。如果说有一件事是美国人最擅长的，那就是把事情搞砸后，自己生自己的气。我发现……那的确既混乱又美丽。"

接着玛拉试着问了我几个问题，于是我和她说了我的科迈罗、帕洛阿尔托，以及一切与凯特琳、梅森、爸爸、人身保护令、石膏以及我的生活毫无关系的事。中途她曾三次提醒我，其实我并没有告诉她任何关于自己的事，但我知道这样做会更好。最后，她把头靠在桌子上，闭上了眼睛。我不想冒着风险再睡过去，于是站起来，盯着窗外，看着虚无从眼前飞过。

没有人知道我在哪里。我可能已经死了好几个小时，而且没有人注意到。我想过给凯特琳发短信，告诉她我很好，我在内华达州，我在做一些事情；但我知道我的电话号码可能已经被她拉黑，而且她也不会注意我的。刚一这么想，我的胃抽搐了一下。我想到自己当初是如何努力地想要引起她的注意，而她也总是心甘情愿地主动去注意我。高二时，我从不需要告诉她我在什么时候有网球比赛，无论怎样她都会出现在现场，如果我在一局比赛中输分，她也是唯一一个会为我欢呼的人，因为她"总是为爱加油"。她会给我带橙汁，然后开车送我回家，她会告诉我爸爸我有多么好，然后留下来，直到我们两个都睡着。她总想知道我在哪里，我在做什么。可现在，我一个人在外面的世界，没有人知道我在哪里，也没有人知道我在做什么，很难想象再有人会像她那样关心我。

火车提前四十五分钟进入格林里弗站。玛拉的头依然靠在桌子上，一动不动，我在想是不是该摇醒她。她说她想去格林里弗探险，也许我可以帮她这个忙。不过，也许她只是想睡觉，而我也终会变得急躁而惹人讨厌。况且，还有凯特琳。我不应该让玛拉帮忙。我应该想见凯特琳才对。

我不需要。玛拉翻了个身，睁开眼睛，盯着正站在她旁边的我。我什么也没说，只是盯着她，看着她眨着眼睛，重新把整个世界拉回到视野中。"阿瑟，"她像是在宣布一个决定，"我们还有时间，对吧？"

"嗯——是的。"什么也不必说了。她从座位上站起来，我还没来得及移动，已经被她拽着走下火车。

7.

格林里弗的天空是完美且绝对的黑色，黑得足以让人看到星星照亮了云朵的边缘和我们周围的街道。

"加州那些令人压抑的荧光灯，在抵达这里之前就熄灭了。"

玛拉仰起脖子，看着整片天空。"你会发现这样的天空只会在绝对的虚无中找到。这就是恒星的样子。"她说得对，这里的星星亮得惊人，似乎比加州的星星分辨率更高。一道道光从远处的大高原上射下来。"那是热闪电，"玛拉说，"会在北方的山脉地区造成风暴。从远处就能看到。"

"你怎么这么了解犹他州？"

她耸耸肩。"书上看到的，大部分是诗歌。这里有一个垮掉一代[1]的老酒吧，那里的人过去常写有关格林果弗的文章。我姐姐去过几次。啊！"说着她指了指天空，"流星！就在那里。没什么了不起的，是吧？来吧，许个愿，许个好的。"

我们继续默默地走着。

"我通常会这样想……"我慢悠悠地开口，"每当看到一颗流星，无论在什么地方，我都会假设那是一颗已经有数百万年生命的星球，可有一天，这个星球变得太热，烧毁了，划过整个银河系，它所有的生命形式也都因此灭绝了。"

玛拉停下脚步。"你为什么会这么想？"

"我想，有一天，我们的整个星球，以及所有曾经活着的、死去的人，都将燃烧殆尽，而唯一剩下的，就只是划过其他星球天空的一道不起眼的光；这会让我觉得——"我指了指周围"——现在发生的一切都更加重要，不是吗？"

玛拉想了想。"我觉得……"她有些小心翼翼，"我开始明

---

[1]20世纪50年代由一批美国作家掀起的文学运动,对美国的政治和文化产生了深远的影响。

白你为什么会尖叫着醒来了。"

我笑了笑。"我不知道，在可观测的宇宙里有一千亿个星系，而我只是其中一颗星球里一个渺小的、细微的、不起眼的存在。我觉得……这才是既困惑又美丽。"

我们一直走着，沿着一条街，然后走上另一条人行道。整座城市空荡得让人觉得诡异，尤其是在半夜。我搜寻着爷爷来过的痕迹，但什么都没有。我们是犹他州格林里弗唯一的生命，像是长久以来一直都是如此。在第一个街区，有四家商店遭到了洗劫和焚毁。弗兰克比萨店的招牌被人从中间折断，歪歪扭扭地悬在屋顶上。所有的大楼看上去都无精打采的，像是一起碰头商量过，决定集体放弃。在距离火车最近的一座废弃大楼的一侧，有人用油漆喷了一行字：你在这里，为了一个伟大的目标。也许吧，我想，但这里只有我们两个。

"所以，你悲伤的具体原因是什么？"玛拉从包里拿出一包万宝路 27 号，"还是说你天生就是一个悲伤的人？"

"什么意思？"

她用手罩着打火机。"希望没有冒犯到你。只是问问。"

"我不是天生悲伤的人。"

烟被点着了。"一直低着头，对爸爸撒谎，坐火车离家出走……我认识的大多数悲伤的人，都会有这些非常标准的行为。你刚刚和我说，流星会让你想起我们总有一天都会死，"她呼出一口气，拿出一根香烟递给我，"你的车又是怎么回事？"

我拒绝了她的烟。"是科迈罗。"

"什么？"

"车的名字。"

"哦，好吧，无所谓，那肯定是一辆装满武器的巨型超级战车吧。"她优雅地吸着烟。"你一直在说这辆车，连做梦都在说。那是怎么回事？"

"哦。"我咽了咽口水。"没什么。"

"又来这一套！'没什么''没什么大不了的'——你到底是怎么想的？你觉得什么都不重要，是吗？"

我翻了个白眼。"好吧，我们不可能……时时刻刻都很冷静，很开心。"

"我不冷静，从来都不。也没开心过，真的。但至少我在努力，你知道吗？"她停下来，仔细看着一根电线杆。"至少我在讨论这个问题。"她掏出手机，用手电筒查看着那根电线杆。电线杆的表面已经斑驳，上面画满了潦草的涂鸦。

"你在干什么？"我问。

"不知道。我甚至不知道我在找什么。"她又研究了一会儿，然后回过头朝我走来。"你还没告诉我你来这里找什么。"

"我爷爷。"我说。当这个秘密从我身上泄露出去时，我感到有些不安。"这就是我要找的。"

"他失踪了？"

"不。他去世了。"

她睁大眼睛。"你想找到他的尸体吗？"

"不，"我略过了细节，"他不久前去世了。五年前。他只是……在去世之前，有过一次旅行。我想弄清楚他都去了哪里。"

我能看见她在寒冷的空气中呼吸。"你为什么会觉得他来了格林里弗？"

"他有很严重的老年痴呆症，所以……真的，什么都有可能。"

玛拉在消化这些信息时，眼睛一直盯着我。她有一张完美的脸，长着月牙形皱纹的脸颊依然像刚刚睡醒时一样微微发红。我能看到细小的齿轮在向我的方向转动，大脑里那些小小的人儿正在召开小小的会议，墙上演示的幻灯片里有我微型的脸，试图理解我并和我交流。大多数人不会这样看待别人。大多数人也不会这样看待我。

"你为什么这么坚持？"

"什么？"

"离家出走，只是为了去查你爷爷五年前去了哪里？"

"我……好吧……我想是因为我的家人……所有人都只记得他离家出走了。我觉得他应该拥有更好的声誉。"

她皱了皱眉头。"很有趣。"

"很有趣？你是说现在不要再继续这个话题了？"我说。

"不，"玛拉看着我，五官挤成了一团，"'很有趣'的意思就是很有趣。"

"哦。"

"你能别再这样了吗？"

"别再哪样？"

"你总以为我说的话都是讽刺，或者好像很了解我似的，就因为你曾经看过一部电影，主角是一个古怪的印度裔英国女孩？"

"你害怕被人发现你是个古怪的英国人？"

"不，"她严肃地说，"只是假装很了解一个人，这很不好。"

我们转过身继续走。街上一块最大的招牌吸引我抬起了头。一股熟悉的感觉扑面而来，那是一种气味，一种声音，或者只是一种感觉——无声的、无意识的、似曾相识的。我打了个冷战，想起了在埃尔科看到的那件 T 恤上的标志：**大雷酒吧**。

"就是它！"我指着那个招牌，突然自信满满，仿佛是被爷爷拉到了这里。

"是的，"玛拉睁大眼睛，"就是它，蕾拉和我说过——"

"蕾拉？"

"我姐姐。"

"她——"

"里面有人！"玛拉把眼睛贴在玻璃窗上。

我很想把这些事物拼凑起来，想要弄懂其中的意思：苏·科佩克家里的 T 恤、玛拉在寻找的历史、凌晨四点仍然营业的酒吧。"等一下，我不确定我们——"

话还没说完，玛拉已经推门而入。

8.

　　酒吧里很暗，只有桌子中央的蜡烛和角落里的几盏灯是亮的。我数了数，一共十二个人，或许阴影里还藏着更多人。屋里传来一阵阵低低的交谈声，嘀嘀咕咕的，听不清在说什么。门关上了，几双眼睛朝我们眨了眨，然后又立刻低头看他们的蜡烛，继续他们的谈话，丝毫没有受两个未到法定年龄顾客的影响。

　　"是这里吗？"她低声说。

　　"不知道。"

　　"你的爷爷，他叫什么名字？"

　　"阿瑟。"我感觉有一双眼睛在盯着我，密切地监视我，就像几滴冷水滴上我的皮肤。可我扫视整个屋子，并没有发现有人在看我。"他可能会和两个男人在一起，奥洛和杰弗里。"

　　"好。我们分头行动。"

　　"为什么？"

　　她得意地一笑。"没人会和一个有男朋友的女孩搭讪的，不是吗？"我还没来得及开口回答，她已经溜进了黑暗中。

　　我仔细打量着坐在蜡烛周围的那些人——几乎全是男人，穿着T恤和工装裤，弓着背坐在桌旁，轻蔑地互相盯着对方。这个时间，还有人在酒吧里，这已经很奇怪了，更何况还有这么多人。我试图听清他们的谈话，但他们的声音就是传不到我的耳朵里，声音一响立刻就消失了。

我开始沿着墙根走，仔细端详着墙壁。上面挂满了老照片和画，从地板一直挂到天花板，歪歪扭扭的，遍布每一个缝隙和角落。一支蜡烛照着一面墙，火光像在跳舞一样映在画中人的脸上。

我没看懂这些东西：绘画、素描、人物素描、风景素描、静物素描……没有统一的主题，也看不出来有什么意义。那些照片像是来自不同的时代，有着不同的成像品质，有的色彩鲜艳，有的是被磨损的灰色。照片之间唯一的共同点就是人物的眼睛——盯得越久，就觉得他们似乎也在很认真地盯着我。

我盯着这些照片，屋子深处的某一个时钟开始报时，六十秒。我注意到那些照片的排列似乎有着某种规律：由一根线牵着，逐渐向挂在中央的一张黑白照片倾斜和靠拢。那张照片里，一个男人站在我们刚刚走过的格林里弗街道上，穿着皱巴巴的白衬衫，眯着眼，看着太阳，满脸困惑。

我盯着照片，几乎能看到自己在盯着自己，照片中的那个人是我。

"嘿，哥们儿，有什么可以效劳的吗？"

我转过身，趔趄着后退了几步。酒保正坐在吧台旁边的凳子上，用一只眼睛看着我。我想他是在猜我的年龄。在他前面，一个巨大的身影正弓着背坐在吧台前。

"我……对不起，嗯，嗯……这里……是哪里？"

他看了看四周，感到很困惑。"这是酒吧。"

我点点头。

"你是坐火车来的？"

我再次点点头。

"你要去哪里？"

"嗯……"我挪了挪身子，"还不知道。"

"盐湖城吗？"

"嗯，是的。"

"像你们这样的男人为什么总是不愿意承认有一个信教的女朋友呢？相信我，哥们儿，"他说着站起来给一个客人倒酒，"我懂的。"

我几乎笑出来。"哦，不，并没有。"

"好吧。还挺机灵的。我在这里工作了四十年，见过很多人都是这么堕落的。我总是说，拼尽全力吧，让这些信教的女孩爱上你。但我能给你五美分的建议吗？"

我耸耸肩，不确定他到底是不是在和我说话。

"她始终还是爱上帝的，"他死死地盯着我，"而你永远不会成为上帝。"

我冲着地板笑了笑。"我不想成为谁的上帝。"

"聪明的孩子。"

吧台的另一边，玛拉已经坐在一个身穿迷彩服的老人身边，喝着一满杯的啤酒。

"有什么可以为你效劳的？"酒保问。"要知道，这是酒吧。"他一定是看见我在盯着玛拉，接着说道，"你看上去很不自在。"我知道我很不自在，我讨厌这样的自己。她只是一个我几乎还不认识的女孩，正和一个年龄是她五倍的男人坐在一起。但令人讨厌的嫉妒强行把我的目光拉向她，注意着她每一次的微笑和斜视。

"嗯，嗯……"我强迫把自己的注意力放回到酒保身上，脱口而出自己的第一个问题。"你是大雷吗？"

他缓缓地笑了笑。"孩子，我是叫雷，但不是大雷。大雷已经不在这里了。"

"不在……今天不在吗？"

"明天也不在，哪天都不在，他已经死了。"

我的胃一阵抽搐。"我……对不起。"

"除非你是他抽了五十年的烟，酗了五十年的酒，否则你是杀不死他的，"活着的雷说，"没必要道歉。"

"你了解他吗？"我明知故问。

"问得好，"他放下杯子，"你有多了解你的父亲呢？"

我点点头。"他什么时候去世的？"

雷好奇地打量着我，并不害怕和我的眼神接触。"你到底是谁？"

"我是阿瑟。"

"好的，阿瑟。"他又打量了我很久，然后敲了敲吧台。"这事皮特最清楚。嘿！皮特，雷是什么时候死的？"

我看向那个弓着背坐在吧台前的人：他闭着双眼，面前放着一瓶还没有碰过的啤酒。他是一个老人，非常老，皮肤的颜色很深，深得让人难以置信，但我分辨不出那是天生的，还是经年累月被太阳鞭挞的，已经开始像树皮。他的动作很慢，颤颤巍巍的，仿佛大地开始把他一块、一块地收回，就在他坐着的酒吧凳子上。

"2012 年 1 月 15 日。"他一动不动地嘟囔着。

"那这家酒吧呢？是从什么时候开始……？"我问。皮特沉默着。

"你得学会提问题，"雷指示道，"他不太喜欢说话，所以要直接点。皮特，酒吧是什么时候开张的？"

"1941 年。"

"瞧，这个人简直就是百科全书，"雷靠在柜台旁说，"只要他还活着，就什么都不会忘。嘿，皮特，威利·梅斯[1]1975 年打出过多少个本垒打？"

"梅斯 1973 年就退役了。"

"那他职业生涯中一共打出过多少个本垒打？"

"660 个。"

"真是名副其实的百科全书，"雷低声说。他穿过吧台，往

---

[1] 20 世纪 50 至 70 年代美国著名棒球运动员，现已入选美国棒球名人堂。

一个空杯子里倒啤酒，然后不知怎么地坐到了玛拉前面。她冲我眨眨眼，然后坐回到那个男人的旁边。

我在皮特身旁默默地坐了几分钟。如果我仔细听，甚至能听到他的呼吸声。他依然紧闭着双眼。"你在这里多久了？"我问。

"从下午四点开始。"

"不，我是说在格林里弗。"他没有回答。于是我又问了一次。"你在格林里弗待了多久了？"

"从1941年开始。"

"你会留意每一个进出酒吧的人吗？"

"其中几个。"

"如果他们走进来，你会认识他们吗？"

"其中几个。"

我回头看那些照片。"那些照片是怎么回事？"

皮特没有回答。

"不好意思，嗯，那些照片有点奇怪……"他依旧沉默。"你不想谈谈吗？"

"不想。"

"为什么？"

他坐直身体，动作仿佛一座大山，要特意挪到一个新的地方，然后保持不动。他依然闭着眼。"因为我在这里，不是为了负责启发谁的。你们这些人只会不停地说话，不停地说，该死的，如果你们能把嘴巴闭上一秒钟，世界就清静了。"他长长地呼出一口气。"那些只是照片，仅此而已。"

坐在他旁边，我感觉自己很渺小，但他闭着眼睛的样子让我感觉很舒服。我咽了咽口水，决定选择一条更直接的路。"五年前，你在这个酒吧吗？"

"在。"

"如果你见过某个人，你还会记得他吗？"

"会。"

我环顾了一下酒吧，确定只有皮特在听。我的心跳在加速。"五年前……你见过一个名叫阿瑟·路易斯·普尔曼的人吗？"

我屏住呼吸。酒吧里死气沉沉的空气压得我有些喘不过气，像是把我压在了椅子上。

"没有。"皮特终于说。

"他是来帮两个人搬家的。他们的名字是奥洛和杰弗里。"他一动不动。"有没有可能他们进来时你不在？"

"不可能。我一直在这里。"

"也许你只是没看见他们？"

"进过这个酒吧的人，我都看见过。"

"但有没有可能你就是没有看见呢？"

他嘟囔着。"说话，说话，就知道说话。"

周围的空气就这样被震碎。如果他五年前没在这里停留过，那肯定是去了别的地方。也许他根本就没来过格林里弗。也许他根本就从来没想过。

我从吧台边站起来，没再问皮特问题，而是绕着自己的座位走了一圈，思考着自己现在的处境：我被夹在了继续前行的火车和回家的火车之间。

我的大脑一片空白，转身走向门口，看着墙上的照片，脑海中回放着与皮特的对话，试图理清时间线。他五年前没有来过这里。皮特见过进入酒吧的每一个人，但他从来没有见过爷爷——

不，他不是这么说的。我也不是那么问的。我想起了爷爷的第一首诗：我们是永恒，我们在一起……我们永远在一起。

我的目光定格在正中央的那张照片上。那不是幻觉……照片里的人也不是我。

"皮特。"

他依然在嘟囔。

"很抱歉打扰你，但是——"

"你已经在打扰了。"

"可你说我的爷爷，阿瑟·普尔曼，你五年前真的没有见过他吗？"

"我说过了，没有。"

我咽了咽口水，直直地盯着他的影子。"你五年前在这里见过他吗？"

皮特没有动。

"在那之前见过他吗？"

我注意到雷正从吧台的另一边小心翼翼地盯着我。

皮特睁开了眼睛，这是他今晚第一次给人感觉像是一个活人。在那张冷酷僵硬的脸上，嵌着一双蓝色的眼睛，就像温柔的湖泊。他看着我，像是注意到了一切。当他终于开口时，声音低沉而坚定，震荡着我胸腔里的器官。"告诉我，孩子，你来这里做什么？"

我把手伸进口袋，把那张全家福放在他的面前，那是爷爷最后被记录下来的时刻。"我只是想弄清楚。"

皮特默默地审视着这张照片，然后再次闭上眼。"好吧，至少有人知道。"他喝了一口啤酒。"雷，"他大叫，"给他讲个故事。"

雷急忙走过来。"恕我直言，皮特——"皮特把照片推到他的面前。

雷的眼睛不停地在照片中的孩子和吧台对面的我之间来回扫视着。渐渐地，他的愤怒变成了难以置信。"他有个孙子？阿瑟竟然有孙子？"

阿瑟。我还从来没听见过别人喊爷爷的名字。"你认识我爷爷？"

"是的。"雷回答。然后，皮特慢慢地点点头。

"他是什么时候来的？"我问道，"是 2010 年 4 月 29 日吗？"我的声音追上了我的心跳。

"你得说得具体一点。"雷一边说，一边把照片举到眼前。

"为什么？"

"因为，"皮特嘟囔着，"阿瑟·路易斯·普尔曼一共来过十八次。"

"我……不……我爷爷从来没有离开过加州。"

"好吧，"皮特的声音缓慢而坚定，"那他肯定就不是你爷爷。"

"他不是我爷爷……"

皮特没有回答。

"你什么时候见过阿瑟·路易斯·普尔曼？"

"1967 年 8 月 15 日。"

我猛烈地摇头。"可那是四十多年前啊。"

"没错，"雷点点头，"百科全书说是就是。"

时间仿佛放慢了脚步。

我很想冲着他大吼。不！你不懂！我爷爷没有——但我没有把这句话说完。对于他在我出生之前的生活，我一无所知，连家里人都不知道。可等我长大后可以和他聊天时，他却已经走上了遗忘之路。在家里，我们从来不讨论过去，因为对爷爷来说，过去并不存在。

但那是我一直缺失的碎片，这连想都不用想。家里人都不知道他的早年生活，但如果他曾经来过这里，如果他曾经做过这些，那就意味着他的早年生活中有一些片段是很重要的。如果他在写书之前、娶妻之前、被疾病侵蚀大脑之前以及去世之前都曾来过格林里弗，那么他一定是在寻找着什么东西。

他在重温。他在重新体验一次旅行、一段时光、一种所有家人都一无所知的生活。我所有的困惑、疑虑、激动、疑问和压力都在成倍地放大，正在我的眼睛后面彼此激烈地碰撞，爷爷的每一个形象都在开始变大，大到我难以理解。

我有点想吐。

雷觉察到了我的不安。

"不过，要我说，也可能是另外一个人吧，孩子。"他后退了几步，从一个木柜里拿出一沓皱巴巴的纸，被一根线穿在一起。"这是你爷爷的，你肯定比我们这帮老头子了解得多。不过，"他说着把那沓纸丢到我的面前，"你最好还是看看吧。"

最上面一张纸上潦草地写着一个日期，那是爷爷的笔迹。如果这是现实，那简直太不合理了；但如果这是偶然，一切又都太完美了。

1970 年……4 月 29 日……

1970 年 4 月 29 日

格林里弗匪徒

大西部的高原上，太阳依旧高挂，我们闯进当地的一家酒吧，直接坐在凳子上。因为在这样的时日，在这样的镇子上，与啤酒的温度相比，一切都是次要的。啤酒的温度很低。

在这样的镇子上，未来来了又去。工业的步伐已经浩浩荡荡地碾压了过去，留下被遗忘的街道。一排排的店面和一幢幢的大楼，如今也随之破败和腐朽。

首先是黄金，

然后是火车，

接下来是导弹，

一个接着一个。他们会发现一个更偏远的小镇，一个更富饶的地区，一群更绝望的人。

现在，在这样的镇子上，唯一留下来的理由，就是牢牢抓住被他们称之为"历史"的瓦砾。

吧台后面的那个男人，店门前破损的招牌上写着他的名字，在我们面前放下两杯啤酒，悲伤回荡在整个峡谷。

"没生意啊。"他说。我们点点头。

"没钱啊。"他说。我们点点头。

"没希望啊。"他说。我们没有点头。

"我们带了点希望来。"杰弗里说。因为杰弗里一向自来熟。而吧台后面的男人大笑起来。"我们的生意问题，可不是你们那两杯啤酒就能解决的。""没错，"杰弗里说，"但或许能带来一线希望。"

他说话时，人们总会侧耳倾听。他们知道他的名声。因为在这个世界上，名声是唯一重要的事情。他的名声很好。他们都叫他"贫民窟的士兵""破酒吧的罗宾汉"。

"当我看到你的时候，我看到了一个经历过无数大风大浪的小镇，看到了一个曾经充满生气但后来又死气沉沉的小镇，最后沦落到一无所有。"人们听着。"但我也看到了一群人，要么太强大，要么太愚蠢，他们不会说'死'。事实上，我从来就不知道这其中的区别。"

屋里的每一只眼睛都在看着他。他举起一杯啤酒送到嘴边。因为他喝酒时，就是在认真地喝酒。

"我们生活在一个人人平等的世界。"他说。人们听着。"但如果公平不再起作用，制度就会失去力量。"

他点燃一根香烟，烟雾袅袅地飘到空中，又轻又细，用烟雾自己的方式在空中耍着杂技。

"我们生活在一个秩序井然的世界。"他说。人们听着。"但当秩序不再起作用，剩下的唯一选择便是混乱。"

混乱。这个词就像一声枪响，刺穿整个酒吧。这是他们一直在等待的邀请。他们的椅子摩擦着地面，屁股不停地往前挪着，好让自己的耳朵能更靠近他的嘴巴。

"你有什么计划吗？"吧台后面的男人说，"还是只会坐在这里抽烟？"

他吐了一口烟，很慢、很慢地，因为他抽烟时，就是在认真地抽烟。

"要想让内华达山上的黄金流向纽约的豪华顶层公寓，"他说，"就只有一种办法。"说着他冲一列驶近的火车点点头。火车上升起一缕蒸汽，纤细而单薄，用发动机蒸汽自己的方式在空中耍着杂技。

"哦，你的话可真多，你不觉得吗？"吧台后面的男人说。杰弗里料到了，紧接着响起的是一阵嘘声。因为绝望会催生绝望，悲惨喜欢和自己的朋友一起喝酒。

"听着。"他说，人们确实在听。"我认为你们在这个世界上有两种选择，而你们只能选择其中一个。要么死，要么活。要么接受命运，要么奋起反抗。"

酒吧里的人陷入沉默。他料到了，因为无论你的脸皮有多厚，枪管有多粗，在伟大的不可抗力的面前，我们都得低下头颅。

"我们要在午夜坚定立场，"他说，"我们要看看谁会和我们站在一起。"

他喝光啤酒，掐掉烟，砰地一下关上门，出去了。因为他在表明立场时，就是在认真地表明立场。

在这样的镇子上，唯一留下来的理由，就是牢牢抓住被他们称之为"历史"的瓦砾。

夜幕之下，每个从破酒吧里跑出来的人都围在他们的罗宾汉周围，包括吧台后面的男人，每次有风吹起，他都会说上几句脏话，因为傲慢常常是懦弱的伪装。

"我见过一只红衣凤头鸟。"他说。
我笑了笑。"这个夜晚是属于我们的。"

对待其余的人，他怒吼着下达命令，带领男人们奔向铁轨，然后，当火车冒着蒸汽、发出金属般的轰鸣声驶进峡谷时，男人们发起了冲锋。

我和他一起奔跑，
马腿在飞奔，马蹄、士兵、车轮正撞上铁轨，在这个被遗忘的小镇，寒冷的夜晚被注入了生命。
天气很冷，
人们都很绝望，
我发誓，有那么一瞬，
我看见罗宾汉在笑。

"开火！"他大吼道。"开火！"他们开火了，
子弹砸在火车的铰链上，像火花一样四处飞溅。
火车喷着蒸汽，因为它知道这是抢劫。
"开火！"他们又开火了，
但火车的铰链变得结实了。

二百米，四百米，八百米，
马儿开始放弃，
子弹开始枯竭，
夜色开始变浓，
被雨水浸湿、被脱靴造成的流血染红，
希望之井开始枯竭，
于是，他行动了。

骑在马背上，
与火车并驾齐驱，
奔跑在田野边，

冲出小镇，

他放弃了自己，因为英雄必须牺牲。

我发誓，有那么一瞬，

我看见罗宾汉在笑。

"开火！"他大叫。

他扑向铰链，时机恰到好处，

他重重地落在铰链上，

用枪托重重地砸下去，开裂的声音震耳欲聋。

铰链松了，

后面的车厢被抛在了后面，

远离了纽约的豪华顶层公寓，

而世界仍然在前进。

一个没有希望的小镇得到了黄金。

他们都在欢呼，聚在一起庆祝

他们的英雄——

破酒吧的罗宾汉，

他在想象他们逃到了麦加，

他们在墨尔本里的藏身之处，

金色的阳光照在金色的脸上，

他笑了。

"打开它，"
他们说，
"来看看我们的战利品！"

他用那把砸开铰链的来复枪
射开车厢的锁，
打开车厢的门。
大家一齐欢呼。
然后又全部呆住了。

因为内华达山上的黄金
流向纽约豪华顶层公寓的路线，
与内华达山上的肥料
运往弗吉尼亚草原上的路线
完全一样。

有时候，如黄金般闪闪发光的东西，
其实就和屎一样。

——阿瑟·路易斯·普尔曼

9.

当我看完时，并没有人和我说什么话。

是他。笔迹和格式都没错。但与他的人生故事——至少与我听到的版本——不太匹配的是日期。1970 年 4 月 29 日。这比他写那本书的时间早了五年。据家里人说，他当时正在加州修铁路，从来没有离开过加州，所以他不可能在犹他州的酒吧里写牛仔小说。

但如果他是 2010 年来的，那这就是在这个故事发生后的四十周年写的。

困惑像热气一样灼烧着我的脸，轻飘飘的，让我头晕。我想到了爸爸——他肯定知道这件事。如果爷爷曾经全国各地到处跑，那他一定会给他的儿子讲这样的故事。怎么从来没有人告诉过我呢？

最糟糕的是，这一切听起来都很耳熟。那个故事，故事的讲述，红衣凤头鸟，黄金——那些破碎的画面都曾在我的脑海里出现过，那时候爷爷的病情还没有恶化，可我却放弃了去了解他。碎片一直都在，我几乎还记得那些琐碎的瞬间，但我却又让自己忘记了。

一切都不是毫无缘由的，我不会无缘无故地找到这个地方来。我意识到，线索一定就隐藏在其中。这就是他引领我来这家酒吧的原因。这个四十年前的故事会告诉我去哪里。纽约的豪华顶层公寓和弗吉尼亚的大草原对他来说毫无意义——他应该没有时间往返俄亥俄州，而且，那也不是故事里的角色会去的地方。如果他是故事的叙述者，他应该会去"在墨尔本里的藏身之处"，或者……

第一个线索里的一个词给了我灵感：逃到了麦加。

当我从故事中抬起头，雷正拿着汉堡和薯条穿过吧台。"结局有点让人沮丧，是吧？"他把汉堡和薯条放在我的面前。"我一直觉得这里有点太戏剧化了，但是，作家就是作家。"

我冲着汉堡点点头，有些心不在焉。"我是素食主义者。"

"在格林里弗，你不能是素食主义者。"他把汉堡推到我面前。我的胃闻到了肉的味道，那里已经空了三天，只吃过坚果和士力架。于是，我在自我厌恶中吃掉了汉堡。

"所以我们的老伙计阿瑟怎么样了？"雷问，"还是那么多话吗？"

"他去世了。"汉堡从我的嘴角溢了出来。

雷低下头。就连皮特听到这个消息后也动了动身子。我看见雷张开嘴想说点什么，但考虑了一下之后还是放弃了，只是冲着放在面前的一杯威士忌笑笑。他把另一杯威士忌朝我推过来。"安稳的睡眠不是夜晚的终结，"说着他朝我斜了斜酒杯，"到了清晨，终将与光明天使共舞。"

我喝着酒。这些话回荡在我耳边，既温暖又熟悉。"这是谁说的？"

雷笑着喝光杯里的酒。"刚才那句吗？我说的。"

雷的默哀持续了两分钟。他又倒了一杯酒。然后喝光。他张开嘴想说点什么。但再一次放弃了，转过去背对着我。

玛拉已经转移到角落里的一张桌子旁，周围坐着三个年纪更大的男人，但不知怎么的，她看上去依然轻松自如。这样做太鲁莽了，但她似乎并不紧张，还像是玩得很开心。

我等着雷再次穿过吧台，然后转过身面向皮特。"皮特，我不想打扰你——"

"你已经在打扰了。"

我努力让自己镇定下来，试图揪出脑子里那些最令人气恼的古怪东西。"你知道我爷爷来这里干什么吗？"

"任何人可以去任何地方干任何事，还可以想去其他地方干任何事。"

于是我把故事讲给他听。"你知道他说的麦加是什么意思吗？"

皮特清了清嗓子，像是要清出喉咙里淤塞多年的痰。"美国中西部的麦加，就是丹佛。"

我心跳加速。丹佛，他去了丹佛的藏身之处。这完美地符合爷爷的进度。这个故事就是一条线索，而丹佛就是解决问题的办法。我的这次旅行不必在今天晚上画上句号。

我竭力让自己平静下来。"那我奶奶呢？"我问，"你在什么时候见过她吗？"

"你的问题太多了。"

我在座位上动了动身子。他闭着眼。我无法看出他是在生气还是在观察。

"不，"他说，"我从来没见过什么奶奶。我想，我什么都不知道。"

"那奥洛·科佩克呢？你见过他吗？"

"是的，"皮特叹了口气，"见过。"

我的手指因为兴奋而刺痒。"你知道他现在在哪里吗？"

"是的。"

"在哪里？"

"埃尔金公墓，黑斯廷斯。"

我胸腔里的过山车猛地转了一个大弯。那种感觉又来了。当我意识到一个我并不认识的人、一个我需要的人已经逝去时，我感觉到了悲伤。但悲伤又变成了好奇，于是我问："什么时候去世的？"

皮特嘟囔了一句："1974 年 9 月 15 日。"

一个熟悉的戴着小便帽的脑袋从吧台上探了过来。我看到雷在和她说话，玛拉也展开了全面的魅力攻势予以回应。她靠着吧台，胳膊肘撑在吧台上，这吸引了吧台旁每一个人的目光。雷紧张地回过头看了我一眼，玛拉发现我在盯着他们。

"我得走了。"玛拉做了一个口型，指指自己的手腕，那里可能戴着一只手表，然后走了出去。我低头瞥了一眼手机——3:55。火车将在五分钟之后出发。"来道个别吧？"

我点点头，从吧台旁站了起来。

"等一下，"雷拦住了我，"有一件事我还弄不懂。如果阿瑟五年前就死了……那你现在在找什么？"

他的声音很大，惊动了酒吧里其他几个坐在桌旁的人，他们纷纷抬起头看着我。我反复思考着这个问题，门就在我的身后，故事就在我的前面。"我只是想试着弄清楚。"

雷似乎对这个答案很满意。"好吧，谢天谢地，"他低声说，"有句话怎么说来着？一个谜题，只有在人们试图解决它时，才是谜题。"

"没错。"我低声说，抬头瞥了一眼雷，从桌子上抓起那沓装订好的纸，朝门口走去。

哪怕有人在我身后高喊着我偷走了阿瑟·路易斯·普尔曼的故事，那也已经是在我跑上格林里弗街道、朝火车站狂奔之后了。玛拉在我身后激动地大喊："你拿了什么！"她尖叫着，脚步声回响在我身后废弃的街道上。"你为什么又要去火车站？"我没有回答，而是和她一起飞奔向站台。

10.

我能听见马蹄声,

车轮撞击铁轨的低吟,
在这样的小镇上,
只有历史。

唯一的生命是,
和酒吧同名的酒吧老板的儿子。

他告诉了我他的激情,
他梦中的狂野的爱情
和清醒后才发现平凡才是爱情。
像他这样的男人,爱从不会来得那么容易,
不是因为缺少想要的东西,而是因为想要得太多。

他告诉我,他爱上了一个虔诚的信教的姑娘。
而我告诉他,最好立刻打消这种爱意。
"她会永远只爱上帝," 我说,
"而你永远成为不了上帝。"

为了更好，我们决定，去创造一个上帝。

他问我关于爱情的问题，
我和他讲了我所知道的一切。
爱永远是一个谜，
但这个谜需要我们倾注一生去解开。
他问如果我们停止去寻找爱，会发生什么。

"一个谜题，"我告诉他，
"只有在人们试图去解决它的时候，才是谜题。"

我祈祷你永远不要停止去寻找爱。

——阿瑟·路易斯·普尔曼

A Lite too Bright

第四部分 PART FOUR

A Lite too Bright

DENVER
丹　佛

1.

1970 年 4 月 30 日

"当我们穿过科罗拉多州和犹他州的边界时，我在天空中看见了上帝，他是悬在沙漠上空镶着金边的巨大的云，似乎在用一根手指，指着我说：'从这里过去，继续前进，你正在通往天堂的路上。'"

这话是杰克说的。尽管他失败了，但我不知道他还说过什么比这更真实的话。

我们正在通往天堂的路上。

我总觉得有某种更伟大的爱在橙色地平线的转弯处等着我。

我能听见快速逼近的群山中传来的小号声，让我们知道我们终于自由了，终于远离了我们身后的一切，那不再属于我们的一切。因此，我总是热爱着这一刻，我想你也是。

我能看见它就写在你满是阳光的脸上，伟大的天使站在窗边，就像我们占据了整个车厢，所有朝圣的人都在膜拜，在观景车厢——

时速八十九千米——

距离地面一米——

男人和女人在跳舞，六个小时变成了"永远"和"从不"、"一切"和"虚无"，时间在扩张和收缩，我们穿过了科罗拉多州和犹他州的边界。

奥洛给我倒了一杯水。"你真的觉得会发生这种事吗？"杜克替我回答："当然。"他信誓旦旦，心高气傲，"必须发生，真理是站在我们这一边的。"杜克说得对，真理是正义的，真理从不高傲。但奥洛还是很怀疑："如果没发生呢？"

"那就爬到瀑布上，"我对他们说，"在瀑布上大喊。"

你看着这一切，阳光洒下来，伟大的天使站在窗边。我们偷偷地笑着，仿佛世界只是一声大笑，没有担忧和疑虑；只是一个我们彼此讲给对方听的大笑话，一遍又一遍，每一天。一个只有我们知道的笑话。

我一直喜欢沙漠让位于群山的那一刻，因为它在提醒我，最高的山峰都是出自最低的山谷，

极端只存在于平凡之中，

因为生活只能相对于它的对立面来被人审视。

我一直喜欢火车的牵引力，它是生命中不可移动、不可阻挡的发动机。

我一直喜欢我的胃在紧张、兴奋和活力的刺激下抽搐的那

一刻，那是对更美好生活的巨大的期待。今天清晨，我的胃抽搐得比以前快了一倍，因为我要全速前往麦加，和你一起全速前进。

> 世界会说我们错了，
> 邪恶会证明他们的正确性，
> 而你的母亲会大发雷霆，
>
> 但那些事情已经不再与我们相关，
> 因为我们正在通往天堂的路上。
>
> 从迅速逼近的群山里，我听见天使在呼唤，
> 它用你的声音，告诉我，
> 这条路将变得更加崎岖，
> 弯路会变得更加清晰，
> 轮胎的胎面将磨损得比
> 指尖的皮肤还要薄。
> 但只要我们一直前进，
> 我们就会在天堂中找到自我。

——阿瑟·路易斯·普尔曼

2.

我们气喘吁吁地跳回到玛拉在观景车厢的座位上，盯着身后的门。没有人跟着。

"那到底是什么？"她看着我手上的纸，"你偷了什么东西？"

我的大脑再次咀嚼了一遍那些信息，最后决定说："没什么。"

"阿瑟，"她说着把身子靠在椅背上，声音在空荡荡的车厢里回响，"你先是跳上一辆正在行驶的火车，然后又从一家酒吧里偷了东西，而这两次我都被迫成了你的帮凶！"她很生气，表情扭曲得让人几乎认不出她的脸，脸颊上依旧布满红斑，但这一次，那些斑显得那么尖锐、无情。

"对不起，"我有些结巴，"对不起，我不是有意把你扯进来的——"

"我并不在乎这个，"她说，"我在乎的是你不告诉我被扯进了什么阴谋。"

我不知道该如何回答，索性沉默。

"好吧？"

我咽了咽口水，依然确信我对她说的任何一句话将来都会成为伤害我的武器。这是我在几百种不同情景下一次次学到的同样的教训——当你告诉别人一件事时，他们就会永远记住它。

他们可以利用它做任何他们想做的事。无论这是否会伤害到你，无论他们的意图是什么，无论他们是你的好朋友还是女朋友——你掏给别人的越多，你拥有的就越少。如果你付出的太多，最终就会什么也得不到。

玛拉毫不退让，她确信自己会比我熬得更久。

"听着，"我说，"我可以保证你不用担心，因为人们愿意为你这样的女生做任何事，但像我这样的人却不能——"

"像我这样的女生？像你这样的人？你到底在说什么？你究竟生活在什么样的世界里？而且，更重要的是"——她并没有降低音量——"你把我当成了什么人？如果我知道了你那个超级的大秘密，你害怕我会用它干什么？"

我没有说话，只是在默默地幻想她会怎样伤害我。

"你知道这不是弱点，对吧？"她说，"对某个人诚实一点？可能会让你感觉不错。"

我再次咽了咽口水。

"或者，"她耸耸肩，"你可以不告诉我，然后到别的地方去，离我远一点。"

把另一个人牵扯进来会让任何一件事都变得更加复杂。如果玛拉知道我在寻找什么，线索可能会更不容易被找到。他的日记依然晦涩难懂，他的过去依然让我无法触及。但玛拉就坐在这里，如果我想让她留下来……

"他离家出走了，"我说，"五年前，我的爷爷离开了家，我们再也没有见过他。没人知道他发生了什么。他失踪了，一个星期之后，我们找到了他的尸体。"

她一动不动。

"三天前，我在他曾经住过的一个房子里，发现了他留给我的线索。线索把我带到了内华达，在那里我碰到了一个认识他的女人，她告诉我……好吧，算是她告诉我他去了格林里弗。我发现了他曾经常去的一家酒吧，就是我们刚刚去过的那一家，尽管我的家人都认为他从来没有离开过加州。"我停顿了一下。"他患有阿尔茨海默症，所以家人都以为他只是走丢了，但我觉得他是故意的。"

"你说的故意是什么意思？"

"阿尔茨海默症会一步步破坏他的大脑功能——先是短期记忆，然后是语言，然后是做决定的能力，最后是情绪控制——但长期记忆会处于大脑的最深层，它们会被藏起来。当阿尔茨海默症患者开始努力理解他们的感官和周遭的真实情况时，长期记忆就开始成为他们的现实。比如，在过去的十五年里，犹太人的养老院开始注意到阿尔茨海默症患者会藏起食物、躲避护士，因为在他们的脑海里，他们又回到了集中营，在重温大屠杀。这就是情景重现。在这些患者生命的最后阶段，他们基本上都是生活在自己最强烈的记忆中。"

"所以你认为……"

"我的爷爷就是这种情况。是的。我认为他是在重温他年轻时的一次旅行，他给我留下了找到他的线索——我是说，找到他去的地方，他做了什么，以及为什么这么做。"我试着让信息沉淀下来，这还是我第一次听见自己大声说出这些。"而且，我发现他喜欢威士忌，非常喜欢。但我想我以前可能就知道这一点。"

我已经做好准备去面对退缩和随时会出现的后悔，但它们从来没有来过。玛拉脸上的肌肉已经僵硬，她盯着自己的手，手指在餐巾纸上来回绕着"8"这个数字。但她并没有说我很愚蠢，也没有像失望时那样叹气。她只是一直盯着手指，思索着，慢慢皱起眉头。"你刚刚说他的旅行是什么时候？"最后，她问。

"和我现在一样大吧。我想，大概是……六十年代末？七十年代？"

"从旧金山，到丹佛，然后再回来？"

"是的，我是说，从我的判断来看，我只知道他在格林里弗逗留了很多次。"

她的目光终于从桌上的餐巾纸上移开，扬起了嘴角。"你的爷爷是个嬉皮士。"

我眯起眼睛。

"爱之夏什么的？还有反越战抗议？你懂吧，就是我之前说的那些光荣的抗议历史。"

"是的，我知道，"我试着让自己自信，"只是那和我爷爷有什么关系。"

我本不想这么说，但自从他去世之后，我一直都叫他"爷爷", 这会让我有一种亲切感, 让我意识到他已经去世了, 永远地走了。

"好吧," 她向前探着身子, "在六十年代末和七十年代初, 美国很多年轻人都会在旧金山和美国其他地区之间来回奔波, 他们都是去参加抗议和集会的, 这已经成了一种仪式。去大西部吧, 然后回来, 烧掉一面大旗, 反对整个越战。他们大多数人都会乘坐灰狗巴士或是搭便车, 但也有很多人乘火车。而这条线路就是其中最具代表性的。'和风号'列车从四十年代就开始运营。艾伦·金斯伯格[1] 可能就坐过你现在的位置呢。"

我不安地动了动身子, 试图想象爷爷焚烧一面大旗的情景。我不太了解爷爷的早年生活, 也无法想象他年轻时的样子。

可玛拉知道自己在说什么。"在你们的国家, 这是一场非常严肃的青年运动, 很多人都在谈论它。" 她摆出一副难以置信的样子。"是的, 那个时代所有的、最好的文学作品, 你都有没有读过? 凯鲁亚克? 金斯伯格? 汤普森? 普尔曼? 天啊!"

我猛地抬起头, 被她发现了。

"没有" 是我的答案。我从来没有读过这些作品, 除了爷爷那充满活力的日记, 但我不记得那上面有关于火车、抗议、嬉皮士或是任何她刚刚说过的东西。

"什么? 你为什么这样看着我?"

---

[1] 欧文·艾伦·金斯伯格 (Irwin Allen Ginsberg, 1926—1997), 美国"垮掉的一代"中的领袖诗人, 美国当代诗坛和整个文学运动中的"怪杰", 越南战争期间主要的反战激进分子。

我没有回答这个问题。"你……嗯……你读过那些作品吗？"我把一只手放在背包上。

"当然，读过很多。我甚至还不是你们国家的人呢。"她的声音越来越激动。"尽管你们总是谈论星条旗的骄傲，但你们似乎特别热衷忘掉你们历史上唯一没有涉及杀人的那部分。"

我依然没有回答她的问题。"所以你读过阿瑟·普尔曼的书？"

"当然，《遥远的世界》，读过两遍，我怀疑这是不是你的两倍——"

"我要找的就是他。"

她皱起眉头。"谁？"

"阿瑟·路易斯·普尔曼。"我从背包里拿出那些纸，放在我们之间的桌子上。

"我不太明白你的意思。"

我冲着那些线索点点头。"他就是我的爷爷，我要寻找的那个人。"

她没有说话，只是咬着下嘴唇。"所以，你说你的名字是阿瑟……"她慢慢地说，"你的意思是——你的名字——其实是阿瑟……普尔曼？"

"三世。"

她的目光从那些线索转移到我的身上，然后再回到线索上，一直咬着下嘴唇。"那么——你说他给你留下的线索——你的意思是——"

我笑了笑，把线索推到她面前。"按这个顺序读读吧。"

她在读那些日记的时候，我唯一想到的就是叔叔的那个笑话：*也许你可以用这本书来勾搭一下女孩子*。看着玛拉的眼睛在纸页上扫来扫去，那种认为"我和一位老作家的关系会给一个女孩留下深刻印象"的想法，现在似乎也没那么可笑了。她一边读，一边用手指来回指着，就像之前那样，满怀对纸页的期待，微微笑着，毫不犹疑。偶尔她还会低声嘟囔着："太棒了！""真是个天才。"每翻过一篇日记，她都会抬起头期待地看着我，像是要让我告诉她这是一个梦，或者是一个精心设计的恶作剧。但我只是耸耸肩。

窗外，白雪皑皑的科罗拉多州群山在我们的身边疾驰而过，偶尔也会没入能吞噬一切的黑暗的隧道。他们通过广播告诉我们：当年在这里修建火车轨道时，要想翻过山顶是不可能的，直到后来发现可以使用炸药这种非自然的手段来解决上帝设置的天然屏障。火车开出隧道后，我们可以看到滑雪者正滑下山坡，河流在山脚下奔流，一路蜿蜒曲折，就像是一个马虎的孩子的铅笔画。但在隧道里面，我们什么也看不见，甚至连彼此都看不见。

"哦，你是要和这个女孩分享那些线索吗？"

我的身体有些发抖。凯特琳已经坐在了对面，就在玛拉的身边。"这个你几乎还不认识、带着这么重的口音的女孩？"

"是的，"我说。凯特琳看上去很失望。玛拉抬起头。"没事，抱歉。"

"好吧，真是个好主意，阿瑟。等她把你洗劫一空，让你伤心欲绝，可别跑来哭诉——"

"阿瑟。"玛拉依然闭着眼睛，前额后的大脑齿轮开始转动。"我愿意帮你去找找。"她的话听上去像是经过排练的台词。

"哦！"凯特琳大叫，"这个女孩以为她是谁？不，阿瑟，拒绝她。"

她说得对。"对不起，玛拉——"

玛拉举起一只手，示意我不要说下去。"让我换个方式再说一下吧，我可以帮你去找。如果你能接受我的帮助，那将是非常明智的。"

"我可以帮你去找——"凯特琳模仿着她的口音，模仿得很差劲。

"听着，玛拉，我不认识你。而且这里还有一个女孩——"

"我问你一件事，"玛拉打断了我，"你是要去丹佛，对吧？因为这上面写的是麦加，我猜，你早就已经猜到了？"

"你——"

"你到了丹佛之后，打算怎么办？"

两个女孩都满怀期待地看着我。我没有答案，但我动了动嘴角。"嗯，我想，我会去……我想，还不知道。但我相信我会想到办法的。"

"好吧，你似乎只剩下八个小时来'想办法'了。"

我没有回答，但我知道她说得对。我脑子里的系统正在崩溃。

"或者，"玛拉的声音变得暖和起来，"你可以让我帮你去找。"

"这样我们就可以一起迷失了！"凯特琳站了起来，快速地走来走去，"然后，当你们找不到任何东西的时候，就可以互相暧昧，然后轮流对着你前女友的照片肆意嘲笑！"

我抬起头，看着她们两个，揉着太阳穴。我曾经读到过一篇文章，说揉太阳穴可以刺激大脑的活动。但这次不管用。"你要怎么解决问题呢？"

凯特琳把目光从我身上移开。玛拉的目光与我相遇。"因为我知道要去哪里。"

"你怎么会知道？"凯特琳轻蔑地冲着她说。

"你怎么会知道？"我低声问。

她指了指我在格林里弗找到的那个短篇小说。"他在这里说了。其实没有那么难。只要知道你在寻找什么。"

"她在说谎，"凯特琳说，"我知道女孩说谎时的样子。这个女孩在说谎。"

火车飞驰着穿过隧道。两个女孩都不见了。

我做了几次深呼吸。这是桑多瓦尔医生帮助我思考的方法之一。"我不知道。"玛拉伸出手，把那只小小的、真实的手压在我放在桌上的手上。这只手并不温暖，也并不柔软，却把一股电流直射入我的手臂和脊椎。凯特琳注意到了。我把手缩了回去。

"阿瑟，不要这样。"凯特琳警告道。

"我也是迫不得已。"我对她说。

玛拉看上去很困惑。"你——迫不得已？"

"好好想想吧，阿瑟。"当凯特琳怒视着玛拉时，我能感觉到她的气息扑面而来。"这对她有什么好处？"

"那对你有什么好处？"我问，"你为什么要帮忙？"

玛拉似乎吃了一惊。"因为这真的很有趣！我已经告诉过你了，我喜欢这段历史。我和姐姐……这就像是我们生活的全部。你的爷爷对我来说是一个非常重要的人。我遇见他孙子的概率能有多大呢？而且竟然还有机会帮助他？"

我感觉到自己几乎在微笑，凯特琳发现了。

"你到底准备怎么对付她，阿瑟？"她突然向我发火，"如果你失控了怎么办？"

我深吸一口气，转过头看向玛拉。"好的，我们应该去哪里？"

"玛拉！"玛拉坐回到座位上时，凯特琳大声抱怨道。"该死的玛拉！阿瑟竟然为了玛拉背叛我！"

玛拉一把夺过从格林里弗拿到的短篇小说，翻到第三页。"你还不知道吧，朋友，"她说，"不过你刚刚做了一个你这辈子最好的决定。"

我能感觉到一种完全相反的重量，那是真实的。但当她从那些纸上抬起头，我们的眼神相遇了。凯特琳消失了。

"看，就是这里，"她指着第三页的某一行，"'他们在墨尔本里的藏身之处'——这就是你要去的地方。"

"墨尔本在澳大利亚——"

"是的，如果我精妙的结论就是你的爷爷乘火车去了澳大利亚，那我可真是个笨蛋了。当然不是——"她又用手指重重地敲了一下那几个字——"不是墨尔本。你看他说的是'在墨尔本里'？那不是一座城市，而是一个地方。"

我的目光顺着她的手指在纸面上游走。"你认为墨尔本是一个地方？"

"不是我认为，是我知道有一个地方，名字里就有'墨尔本'。墨尔本青年旅社。它已经存在很多年了，在我们之前讨论的那场青年运动中非常流行。"

我又把那几个字读了好几遍。她说得对；在他描写自己在这个小镇上的时候，用的是"在"，而在形容他们的藏身之处时，用的是"在……里"。

火车穿过一个短隧道。十秒钟的漆黑。

"我说得没错。"她向我保证。

"你怎么这么快就能弄明白？"

"我的姐姐曾经——嗯，因为我比较了解那段历史。"

我静静地坐在那里，盯着爷爷的短篇小说，盯着他讲述的有关下一站的文字，心里想着第一篇日记中是否也有我错过的微妙信息。

"还有一件事，阿瑟，"玛拉慢慢地说，显得有些犹豫，"我不知道你是否完全领会到了这些信息的意思。"

我没明白。"当然，我……我想我已经看了很多遍了。过去三天我一直在看，嗯，就是看这些东西。我不觉得我错过了什么。"

"不，我是说，一般情况下，阿瑟·路易斯——你的爷爷——他已经很长时间没有发表过作品了。自从四十年前的那部小说之后。你懂吗？"

这次我真的不明白了。

"好吧，那么，我相信你也知道，人们到现在还在谈论他，经常谈论，"她继续说，"他在做什么？为什么不再发表作品？这一切都很神秘。我听说——当然你比我更了解——但我的确听说他从来不在家里写任何东西。没有什么比你为家人保密更重要的了？我说得对吗？"

我点点头。

"好的，"她把短篇小说的纸页抚平，"所以你应该能够意识到，你拥有什么？"

"他写给我的东西？"

她深吸一口气。"你现在是唯一知道他从那之后还写过东西的人。"她举起那些线索。"你现在随身携带着的可是阿瑟·路易斯·普尔曼三部从未发表过的作品，这些作品写于他轰动一时的'著名死亡'之前的一个星期。为了能够再看到他的作品，有些人已经梦想了四十年。人们会非常重视这件事，他们会……"她甚至没有把话说完。

"你是说……它们很值钱？"

"是的，它们价值连城。我的意思是，很多的钱对不同的人来说意味着不同的东西。你有游艇吗？"

我摇摇头。

"你有私人飞机吗？"

我再次摇摇头。

"那就对了，对你来讲，这些东西可能值很多钱。"

我们消失在一个隧道里，车厢里一片漆黑。

3.

"'和风号'上的所有好心人！请不要再四处走动了，因为我们即将抵达海拔一千六百千米的麦加！

"对于你们许多人来说，这里是终点，我们将要含泪告别。我知道你们都急于从出口冲出去，但这里要提醒你们，无论是有意还是无意，谋杀美铁乘务员可是联邦重罪，所以在绿灯亮起之前，请稍安勿躁。赶时间的人们，我向你们保证，如果你们愿意再多等三十秒，让大家全部安全下车，丹佛依然会在那里，还会那样熠熠生辉。

"而那些要继续和我们一起留在车上的乘客们，在火车穿过星夜进入内布拉斯加州之际，你们有大约九十分钟的时间再呼吸一下科罗拉多州的空气，然后再说上一句：晚安，丹佛；早安，内布拉斯加。

"这一站我必须要调转车头，然后才能进站。如果有人好奇，欢迎看看窗外，来欣赏一下火车操控大师的手笔。就这些，你们卓越而又忠诚的列车长敬上。"

4.

站在丹佛联合车站的站台上，爸爸给我打了第二个电话。空气清冷，我的手指在手机屏幕上方颤抖着。

"阿瑟，该停止了。"我的耳朵还没完全贴到手机上，就听到他在说话。"你说过要保持联系的，可从昨晚开始就一直没有你的消息。你说你会回到叔叔婶婶那里，可他们并没有见到你。你说你在湖边——好吧，我不知道该相信什么。"

"爸爸，你也一样。"玛拉听见了我的说话声。我的脸烧得通红，就像火车侧面挂着的美铁标志一样。

"你有什么想和我说的吗？"

"是的，其实，"我一边说，一边从背包里翻找线索，"我想问你一个问题。"

"什么问题？"

我捏了捏手上的戒指。"爷爷年轻的时候……有没有可能在全国各地来回跑过？比如在你出生之前？"

玛拉靠得很近，试图想要听清爸爸那边的话。我们呼出的冷雾在我们的眼前纠缠着。

"他……什么？抱歉，阿瑟，我不明白这——"

"他有没有向你提起过犹他州的格林里弗？或者是内华达州的埃尔科？"我问道。

"没有，你爷爷一辈子都住在加州。"

"也许他只是没有告诉你——"

"阿瑟，你到底想问什么？"

"我只是……想了解爷爷的生活。"再一次，我说的是"爷爷"，不是"祖父"。这个词像是掏空了我的胃。

"别再这样了。"他命令道。

"别再哪样？"

"别再让我内疚了，你已经失踪三天，一个电话也不打，也不告诉我们你去了哪里。我不会放弃的，虽然我的确对那晚冲你大吼大叫感到内疚！"

玛拉意识到这是一场她不想参与的谈话，于是走到站台的另一边。

"我昨天已经告诉过你了，我想给你自由，让你找到自己的路，但你不能把它当作操纵我们的借口，阿瑟。我们的同情不是你任性的通行证。事实上，考虑到发生了这么多事，现在你听我们的话才更重要。所以，请给我一个理由，为什么我现在不能开车去特拉基找你并带你回家。"

我尝到了嘴里苦涩的愤怒。操纵我们——说得好像我不遵守他的规则就会成为一个天生的混蛋似的。同情——说得好像他是那种会为我感到伤心的全明星爸爸似的。任性——说得好像我必须要遵从他的意愿活着似的。

"好吧，爸爸，随你的便。因为我不在特拉基，"我深吸一口气，"而且我已经离开那里三天了。我在丹佛。"

我把电话从耳边拿开。但他并没有爆发。"丹佛？你在丹佛？"他听上去很生气，但奇怪的是，他只是有一点惊讶，像是在故意装的。"阿瑟，你在丹佛干什么？"

"我说过了，我想试着弄明白爷爷的一些事。"

"所以你认为你在丹佛就能弄明白？所以你认为最好的方式——"

玛拉正在站台那边向一个穿着深蓝色西装的人问路。那个人指着一张地图，玛拉笑了笑，我感觉到胸口有一种熟悉的灼烧感。当我看到凯特琳和预修历史课上的男同学，或是帮助过她的老师，甚至是她的堂哥表哥在一起时，也会产生同样的灼烧感。当她说他们并没有喜欢她时，我本应该相信她，而且已经接受，可我就是讨厌。我仿佛看到了梅森穿着深蓝色的西装，正和玛拉一边看地图、一边嬉笑，还冲我做着口型——"对不起，阿瑟。"我真想冲过去，从他手里夺过地图，让他脸上的笑容一扫而光。

爸爸依然在大吼。"——关于你爷爷的屁话——"

"是的，"我打断了他，"我想我要了解更多关于他在这里的生活。他生命的最后一个星期。"

"你觉得他在丹佛？"

"是的。"

"阿瑟，"他生气地说，"我来帮你省点麻烦吧。他已经死了，这就是已经发生的事实，也是会一直存在的事实。"

"还不够。"

"阿瑟，求你了。我不知道你对我的父亲了解多少，或者你认为你了解多少，但这并不值得。我尝试过很多年、很多年，你知道我发现了什么？什么都没有。只有一坨愤怒的，没有灵魂的东西。直到后来我才意识到，我什么都找不到。他并不是什么饱受折磨的天才，也没有隐藏什么精心设计的秘密。他只是一个不顾他人、精神错乱的老人，而且他死了，这就是全部。"

爸爸说这些话时，我正从口袋里拿出那张照片。照片从中间开始已经有些起皱，正好划过爷爷脸庞的正中央，将他分成两半。一边是爸爸、叔叔、婶婶，所有人都一脸的疲惫，耷拉着肩膀。另一边是我，不知道为什么，我看上去生龙活虎的，而我身后是一辆火车。

"很遗憾，爸爸。"

"什么？"

"很遗憾你必须要说服自己他是一个不怎么样的人，好让自己在榨取他的价值时感觉好一点，因为你在自己的生活中从来没有做过任何有价值的事。"

"阿瑟——"

"但你放弃他，并不代表我就会放弃他。"

"阿瑟！"

"我要挂电话了。"

"要知道，如果你挂断电话，我就会不得不展开一次全面的搜查，对吧？"我分辨不出他是在警告我还是威胁我。"我们会把你变成失踪人口。全国各地的警察，以及所有的警力，都必须想办法找到你，把你带回家，任凭你又踢又叫。"

我是很想尖叫，但最后只是狠狠地说："是吗？因为这似乎是我们家最后一次有人离家出走——"

"别这样对我，阿瑟，不要连你也这样。"

"——没有人去找过他！没有警察！我甚至怀疑他连这种满嘴假话的电话都没有接到过！"

"他是成年人——"

"我也是！"

"不，你不是！而且我的父亲已经疯了——"

"这个理由并不好！"我重重地按下手机屏幕，结束了通话。

玛拉蹦蹦跳跳地向我走过来，似乎对我的愤怒并不是很感兴趣。她的手上拿着一张明信片。

"亲爱的爸爸，"她假装在明信片的背面写着字，"这是来自丹佛的问候。今天我遇到了一位文学奇才的孙子。"她抬起头冲我笑笑。"他并不像听说的那么酷。尽管如此，还是要感谢你从来没有给我打过充满怒气的电话，也没有追踪过我的手机，或是其他什么东西。"

我大笑。"追踪你的手机？"

"是的，"她说，"你的爸爸现在就很可能在追踪你的手机。"

我差点又大笑出来，但却哽住了。我想起了我告诉他自己此刻所在的地方与本该在的地方相隔很远时，他竟表现得很从容。他本该大吼大叫的，但却不得不强迫自己很惊讶。

"你那个东西上面有六种不同的 GPS，十五秒之内就能找到距离最近的俱乐部，你觉得他们会不知道你在哪里吗？"

我的手来回转动着手机。她说得对。搜查还没开始就已经结束，也许一切就快结束了。

"如果想要勇敢地逃离父母，"她说，"最好是把所有事情都解决好。"

"好的，"我点点头，"该怎么做？"

"你不能关掉手机。如果你问的是这个问题。"

"然后我该怎么做？"

她的脸上闪着光，一句话没说就从我手里夺走手机，漫不经心地穿过站台，走到一排人的前面，那些人正要登上一辆写着"箭矢快车"的巴士。她偷偷溜到一个背着格子背包的男人后面，在没有引起任何人注意的情况下，把手机塞进他的背包口袋，然后吹着口哨走开了。

"看，没有束缚的人生会更好，"她凑近后对我说，近得差点亲到我，然后转过身看向检票口，"你的爸爸妈妈会去……蒙大拿州的比灵斯找你。"

我目瞪口呆地站在原地，看着那个装着我手机的人登上巴士。我想跑过去追上他，央求他把手机还给我，然后道歉，解释这是一个误会。可当我转过身时，看到玛拉正冲着我微笑。这似乎是一个好主意，哪怕只是因为这是她的主意。

"来吧。"她低声说，一把拉住我的手，走上丹佛的一条小路，把我拖进风雪交加的寒冷的夜。

5.

在火车上的一个小时里，我向玛拉简单介绍了到目前为止旅途中的每一步，从在《塔霍之鸟》里找到的第一条线索，到苏·科佩克被遗弃的大宅子。当我说完后，她已经拿出自己的鼹鼠皮牌笔记本，列出了以下进度：

目前已知：

——4月27日，加州特拉基，与他的儿子蒂姆同住。

——4月28日，内华达州埃尔科，去见苏·科佩克？

——4月29日，犹他州格林里弗，去大雷酒吧／去帮苏搬家？

——4月30日，科罗拉多州丹佛，留宿墨尔本？

——5月1日，？？？？？？

——5月2日，？？？？？？

——5月3日，？？？？？？

——5月4日，俄亥俄州？？？

她发现，到目前为止，每个站点之间的距离都差不多相等，这至少让混乱有了一点规律。如果时间线和火车时刻表都没有变的话，那么在去世的前一天，爷爷路线的终点应该是芝加哥。

但并没有火车能从芝加哥直达他在俄亥俄州去世的地方，所以这个理论也不是没有漏洞。

我们不知疲倦地翻阅着之前的日记，利用玛拉对六七十年代惊人的了解来检验它们的细节。我们一致认为，"寒冷中的混沌，ch湿漉漉的血管"可能是指芝加哥；她还说"路和萨尔的致敬"听起来很像是她熟悉的一座雕像。

"看来我们不是一无所知。"当我们穿过一个停车场时，她说道。车站外，天已经完全黑了，在街灯和窗灯的映照下，可以看到还在下着小雪。"在我看来，最重要的就是弄明白他为什么要去这些地方。如果有原因的话。"

"反正，我们应该知道是为什么。"

"我们能知道吗？"

"因为他之前有过这样的旅行，可能那是他过去经常走的旅行线路。"

她没有看我，眼睛盯着前方的路牌。"是的，所以我们需要弄清楚他为什么要在老了之后再来一次。"

"这……"我说，"或许我们要先从他过去为什么要踏上这样的旅行开始。"

"或许最重要的是，"她补充道，"他为什么要停下来？"

玛拉走得很快，脚一直拖着地。她低着头，像是有什么东西在拉着她向前走。小便帽依然摇摇欲坠地戴在后脑勺上，只是从未掉下来过。

"还有别的事情在困扰我，"我不假思索地说，"你知道苏吧，就是大宅子里的那个女人——"

"嗯。"

"她和我说话时都是直接称呼我的。比如'你''哦，阿瑟，只有你啊。'可当她在讨论我爷爷的纸巾时，或者诗歌什么的，她说的是'他的纸巾'。"

"所以呢？"

"所以，如果他认为我们是同一个人，难道不是应该说'你的纸巾'吗？"

玛拉思忖了片刻。"她只是觉得那是纸巾，不是诗歌，而且她应该无法和你连续说上五句话。所以我觉得从她的话里，应该得不出什么有意义的信息。"

我点点头。"好吧，希望这次的地点你没有弄错。"

"不会错的。"

"然后，希望爷爷的线索很容易被找到。"

玛拉叹了口气，看得出她很沮丧。

"怎么了？"

"就是你用的那个词，'线索'。"

"这个词怎么了？"

她没有立即回答。我们继续往前走着，距离丹佛市区越来越远了，身边经过的车辆也越来越少。

"问你一个问题吧，"她打破沉默，"你觉得这件事的结局会怎么样？会有奖励吗？比如音乐作品什么的？"

"会有吧。"我点点头。眼睛盯着脚面。

"你认为会是什么？"她问。

轻飘飘的雪在我们的脚下嘎吱作响。"只是答案吧。"我微微点点头。但她没有任何反应。于是我又说："我不知道。可能会是某种东西吧。"

她轻轻地吸了一口气。"你有没有考虑过有这样一个可能——我不知道——也许什么都没有？"

"没考虑过。"

"我觉得你或许应该想想。"她的语速比平常更慢。看得出来，她小心翼翼地，生怕会冒犯我。"不管怎么样，找到这些日记已经很了不起了。但我认为，考虑到这可能……并不是有意为之的，说不定也有好处。如果他患了阿尔茨海默症，就可能……"

"可能什么？"我试图在听，试图想象爷爷留下的这些文字没有任何意义。但这毫无道理。"他可能会在偶然的情况下跌跌撞撞地回到自己以前去过的那些地方吗？"我感觉自己提高了音量。

"是的，就是偶然。"

"而且在每一个地方留下了线索？告诉我下一步该去哪里？如果这些都是偶然，那简直不可理喻。"

"或者，"玛拉也提高了音量，"这只是一种符合阿尔茨海默症或痴呆症的行为模式。"

"听着，"我摇摇头，"我不知道你想玩什么把戏——"

"把戏？"

"是的，从你的角度或者——"

"又来了！别这样！"

"别哪样？"

"假设你很了解我！假设每个人做的每件事都有阴谋，都是出于自私自利。不是每个人都有企图，我只是——"她又停了下来，"我只是想让你小心一点。"

"小心什么？"

"我只是不想让你迷失，认为一定有什么东西在等着你发掘。如果没有的话，你会伤心的。我不想让你做会后悔的事。"

我皱了皱眉。"那你在这里干什么？"

玛拉默默地走了一个街区。"你爷爷的书对于我和我姐姐，以及我们周围的所有人来说，都非常重要。姐姐的一生都是围绕着他的思想展开的，所以不管他是否知道自己在写什么，如果还有更多的文字可以发掘，对我来说都是答案。"她没有看我。"因为这很重要，仅此而已。"说完，她决定结束这场谈话。

之后的几分钟里，我们谁都没有再说话，只是一直走着。走到一个和之前走过的一模一样的街道交叉口，她拿出一根香烟，点燃了它。在经过一家书店时，我停下脚步，大玻璃橱窗上贴满了图片，上面是几只鲜红色的鸟儿。

"怎么了？"她问。

"没什么，"我端详着那些鸟儿，"这是唐纳雀。"

我们继续向前走着。她快速地抽着烟，显得很紧张，几乎还没来得及吐出烟圈，就又把烟送到嘴边。她不停地左顾右盼，却丝毫没有放慢脚步，像是并不在乎该往哪里走，而只是要确保自己能够注意到周围的一切。

"你为什么走那么快？"

她停了下来，冲街对面点点头。"因为我知道目的地了。"

拉里默街对面的建筑物是连在一起的，那是一排红砖房的店面，因为下雪而显得破旧不堪。有的店面的窗户被木条封住了，有的干脆空荡荡的，能看到里面被遗弃的赤身裸体的人体模特。我们已经走了很长时间，早已走出了丹佛的市中心，来到破败的废弃区。在这里，除了停车场之外，没有任何生命的迹象，老旧的工业厂房，以及一个旧旧的黑色遮阳篷，上面印着几个白色的字：

墨尔本青年旅社

"快，先到这里来。"玛拉低声说。我还没来得及抗议，她就已经把烟头弹到大街上，拉着我穿过了身后的一道门。

我们转进一家小型便利店，店里显然最近没怎么进货——货架上什么都没有。一个男人坐在柜台后面，正在翻一本杂志。我们进去时，门上的铃响了起来，他却几乎没有抬头。

玛拉从口袋里掏出一张皱巴巴的十美元纸币。"好吧，先买点东西。"她说着冲收银台的方向点点头。我伸手去拿现金，但她并没有松手。

"买什么？"

"什么都行，给自己买包烟，会有用的。"我还没来得及问有什么用，她就已经消失在堆放着零食蛋糕的货架后面。

我走向柜台。那个男人没有动，依然埋着头看杂志。

"打扰一下。"

"嗯。"他头也不抬地说。

"嗯，我……"我扫视了一下收银台的后面，"一包橘色……香烟，美国……神经？美国……精神[1]？还有打火机……嗯。"

"十美元。"他说，但并没有按动收银机上的任何一个按钮。我把现金递给他，他把我买的东西扔给我。我挑了一个纯黑色的普通打火机，走出了便利店。

如果让凯特琳看到我抽烟，她非杀了我不可。她的爷爷奶奶一辈子都是烟民，并都曾为此付出代价。有一次她看见梅森在抽烟，差点把烟从他嘴里揪下来。我想，她一直都很关心他吧。

玛拉正在外面等着，脸上带着得意的笑。她打开夹克，里面是一瓶火球威士忌。

"你偷的？"

---

[1] 美国一种香烟品牌。

"不！花了钱的。我只是把钱放在摆威士忌的架子上了。"

我大笑起来。

"听着，我已经违反了这个国家的法律，可不想再加上偷窃的罪名。而且，我们需要这个。"

"用来干什么？"

她注意到我的香烟，笑了笑。"哦，不错，美国精神。现在你可以一边抽烟，一边像个混球了。"

"嗯，我只是……选了一个颜色最显眼的盒子，不过我现在才看到上面写着'百分之百有机烟草制作'，还真是选对了。"

"我一直觉得'美国精神'这个名字有一种令人愉悦的讽刺感。"我并没有附和。她则继续自顾自地说："把某种出了名的、足以致命的东西，用看上去还不坏的形容词加以修饰，再给它一个活泼的表达爱国情绪的名字——这也是一种美国精神，对吧？"

这时我们来到了旅社的大门前，我试图用一个笑话来回应她，可我想不到任何一个能用来侮辱英国的词汇——如果不是晚了三百年的话。"不得不说，"我试着反击，"你的反美主义——"

"让你有点不爽，是不是？"她眨了眨眼，推开旅社的大门。

墨尔本国际青年旅社的里面和外面一样令人印象深刻。入口处是一个被漆成全白色的房间，里面只有一盏落地灯和一张摆在房间正中间的桌子。桌后面坐着一个老人，花白的头发别在耳后，墙上的螺钉上挂着一串钥匙。

"我们想订一个包间，今晚的，谢谢。"玛拉说。听到"包间"这个词，我立刻竖起了耳朵，但紧接着就是后脑勺上挨了一巴掌。凯特琳在提醒我，她一直都在，一直在观察我，我依然应该忠诚于她。

"只有一张床，可以吗？"老人的目光从玛拉身上移开，转向我，似乎我才是那个应该对此持有异议的人。

"我们会自己安排的。"玛拉插话道。

我们看着老人拿出一个巨大的皮面本子，上面写着"墨尔本，2001—2014 年登记簿"。我有点为他难过，因为我试图计算这是少得多么可怜的顾客数量，才能让他把"十三年"全部写进一本登记簿。他的登记系统简单得可笑，就像葬礼上的宾客名册——入住日期、名字、出生日期、电话号码、房间号码，旁边还放着一个结账的盒子。

"名字、出生日期。"他嘟囔着。

"阿瑟·普尔曼。"我告诉他。他低头盯着登记簿，皱起脸上的皱纹。"阿瑟·普尔曼。"我重复了一遍，声音更大了。他开始写字。

"我们是不是应该提醒他这个世界上还有电脑？"玛拉低声说。

"三十一美元，只收现金。"

"亲爱的阿瑟会付钱的。"玛拉宣布道。"嗯，我的丈夫和我"——她扭过头来——"我们都非常肯定，他的祖父几年前曾在这里留宿过，我们有点好奇。所以能看看你的登记簿吗？就看一下？"

"顾客信息是隐私。"他嘟囔着。

"连他亲爱的祖——"

"那也是隐私。"说着他从桌上拿起登记簿，把钥匙递给我们。"祝您住宿愉快，别再来打扰我。"

旅社的公共休息区让我想起了我父母教堂的地下室。房间里随意摆着几件家具，各种颜色的沙发，可能是二手的，也可能是三手，看上去很舒服，但上面一定布满了致病的细菌。每一面墙上都贴着不同图案的墙纸，要么缺角，要么磨损，就像二十多年前有四位不同的室内装修师在完成各自负责的一面墙之后，异口同声地说了句"该死的"。

玛拉低着头，极有目的性地穿过休息区。我停下来，意识到这有点问题。"嘿！6 号房在那边。"她并没有停下脚步。"玛拉，我们的房间在——"

她转过身，用脸上的表情打断我。她没有笑，也没有在开玩笑，看上去有点害怕，精神却高度集中。"好吧，阿瑟，是时候了，我其实……没有完全对你说实话。"

她没有澄清，而是继续穿过房间。我跟在后面，只隔几步远。"好的，"我的心跳开始加速，"你要告诉我什么？"

她突然在最远处一个角落里的最远的一扇门前停住，16 号

房间：宿舍。"我知道这个地方，因为我之前来过。其实，我来过好几次。"

我的心怦怦直跳。我闻到了烟味。从那扇门后，传来了低沉的声音。

"等一下！那是什么？为什么？"

她没有回答，只是轻轻地叩响了房门，用一种非常特别的节奏：

咚，咚——咚，咚咚，咚。

门后的声音消失了。一股烟从门底下的小细缝溜了出来。玛拉闭上眼，要么是在集中注意力，要么是想躲避我的目光。我的心脏跳得越来越快。

"玛拉，到底怎么了？"我问。她没有回答，只是前后晃着身子。

一瞬间，我突然意识到这家旅社是如此安静、冷清和偏僻，而我对它以及这个将我带到这里的女孩竟是如此地不了解。我的眼睛在搜寻逃生口。我越来越意识到我可能只是需要一个出口，但所有的窗户都被木板封死了。我唯一的希望就是拼命冲刺，冲过公共休息区，冲进空旷、破败的丹佛废弃区。

门慢慢地开了。随着门后锁链的"咔嗒"声越来越响，那看似永恒的寂静似乎也走到了尽头。

门后的一片黑暗中出现了一张脸，但我看不清它的任何特征。

"什么事？"那个声音问道。

我疯了一样地看着玛拉，但她没有任何反应。我在想她是不是想让我回答——我有什么事？上帝？魔鬼？这个该死的英国女孩？

但她并不想让我回答。她平静地睁开眼睛，与我的目光相遇。

"一个伟大的目标。"她低声说。我听见门后的插销被滑开了。

A Lite too Bright

THE GREAT PURPOSE
伟大的目标

1.

1970 年 5 月 1 日

　　我们抵达了墨尔本的藏身之处。这一定是第一百次了；但这一次，一切又焕然一新。

　　当我们的思想不知道去哪里时，我们的脚知道，就像它们经过圣经的训练一样。我们走路，不是凭着视线，不是凭着知识，不是凭着教训，而是凭着信念，凭着双脚。这座建筑的温暖将永远陌生；我感觉我的身体在外面，眼睛正看着里面。

　　有时候我是乘客，有时候我是船长。有时候，我会让化学物质来掌舵。

　　始终如一的程序。每一次当我们聚集在并不神圣的建筑里来组织这些神圣的聚会时，我们都在提醒自己，我们生来就有追求伟大目标的权利，我们不顾一切地追求着更伟大的爱。而这一次，我确信我们离这个目标不远了。我们从未如此亲密过。

　　但这一次，一切又焕然一新。感觉一切都是不同的，是更伟大的。因为这一次，我们面对的是更大的邪恶，我们正站在邪恶瀑布的底端。

我们知道它们的样子和声音；我们知道它们是谁，毫不含糊地杀害了我们的兄弟，拼命地想杀死我们的灵魂。

这一次，我们有了一个答案，或者说每个人都坚信。

因此，我们要在能发生化学反应的祭坛上敬拜，
用酒精和香水为自己施洗，
在为数不多的社区里
畅饮许多人的思想，
准备聚集在最宏伟、最中心的车站，
聚集在受诅咒者的集会上。
我们是我们祈祷的神，
我们是正义的真理，
我们什么也不怀疑。

我们站在巨大的邪恶面前，
这一次，我们带来了一个更伟大的目标。
这一次，我们将被听到。

至少每个人都坚信这一点。
但在我心里，我担心这次的邪恶太过强大。
我担心邪恶已经在我们中间，在我们每个人的内心。
我担心我们可能已经将更好的意图让位给了更坏的欲望。

我担心最可怕的事会降临。

——阿瑟·路易斯·普尔曼

2.

一股烟从门后滚滚而出，然后又如纤细的羽毛般消失在公共休息区的空气中。玛拉一头冲进门内，棕色的头发飘在脑后，消失在烟雾里。

我能听到声音，柔和而低沉，太多的声音叠加在一起，却听不清其中任何一个。我的眼睛在与烟雾作斗争，最后我选择了一个我认为能看到玛拉的位置，茫然地向前走着，一步一步，小心翼翼——

我的脚碰到了地面上的一个物体，密实而又鲜活，并发出了纤维碰撞纤维的声音。我感觉脖颈后面的汗毛直竖起来。我踢到了一条破旧的牛仔裤，裤管里有两条腿。我踢到了一个身体。

"哦，别急。"那个身体缓缓地说，然后翻了个身，躲开我的脚，又回到深渊之中。

不知道是因为烟雾还是我极度的混乱，从里面看，这个房间的能见度变得更低，只有零星的光线捕捉到的颜色碎片打破了我周围无尽的灰色。"关上门！"一个声音响亮而又清晰地刺穿嘈杂的谈话声。门是我唯一的光源，也是我唯一的出路。"关上门！"我砰地一下把门关上。房间里一片漆黑。

音乐在流淌，熟悉的节拍，熟悉的爵士乐旋律，混入轻柔而漫不经心的钢琴声，一把小号和一架808大鼓正敲打着我的脊椎。我知道那个声音——《该死的种族》，演唱者是肯德里克·拉马尔[1]。房间里的节奏慢了下来，在贝斯和鼓声之间摇摆着，似乎从扬声器里传来的拉马尔的声音正在控制着这些烟雾。

我的瞳孔在收缩、调整，尽可能抓住每一个细节，当双手开始清除身边的烟雾时，我开始了解这个房间。

房间里有人，到处都是人。有数不清的人挤在地板上，坐在靠墙的几排桌子旁；或者懒洋洋地躺在被推到墙角的八张宿舍式双层床上，除了弯腰看笔记本电脑的，其他人都在弯着腰聊天，每张脸上都反射着笔记本电脑屏幕上的蓝光。

首先被我看到的脸似乎很年轻。据我判断，年龄在十几岁到二十几岁之间，有男有女，脸庞在昏暗的灯光下"反着光"。他们的衣服颜色很暗；应该是有意这样穿的——长T恤、紧身牛仔裤、露脐上衣、宽松毛衣。还有一些老面孔，我猜他们应

---

[1] 美国著名说唱歌手。

该将近四十岁了，不那么活跃，也不那么引人注目，但却非常真实，几乎就像房间里的固定装置一样。

越往里走，房间似乎越大。我像潜水艇一样潜入到里面，一阵阵有规律的声浪震颤着我身上的每一个神经。难以相信这些人竟然可以在这么大的音乐声和这么暗的房间里集中注意力。但他们做到了。有的人在笑，有的人在吐着烟圈，大多数人只是聚精会神地盯着眼前的电脑屏幕。

我有些头昏眼花。

"阿瑟！"我在两个双层床之间发现了玛拉的无檐小便帽，被三个裹着白色长围巾的男人包围着。"过来啊，别愣着，真是怪胎。"

我必须要挤过三个人才能抵达她的身边。我努力挤着笑容，但还是会把主要精力放在保持清醒上。我能感觉到房间里陌生人的注视。我确信我能听到玛拉在为我道歉。

"卢卡斯、马库斯、杰克，这位是"——当我走近时，她正转过身做着介绍——"这位是阿瑟。阿瑟，这是卢卡斯、马库斯——"她停了下来，笑了笑，"还有杰克。"

"等一下——"

玛拉左边的男人个子非常高，高到足以越过她的头顶看到我走过来。当我走进他们的视野后，他张大了嘴巴。

"我认识你。"当初那个站在火车角落里的无政府主义者——杰克·汤普森——伸出手抓住我的肩膀。"我认识你！你来这里干什么？"他大声问道，身上穿着一件蓝色的带领纽扣衬衫，下面是一条紧身灰色牛仔裤，脖子上围着一条白色围巾，上面绣着一个像是拳头的符号，还有我不认识的绿花。"他来这里干什么？"我还没来得及回答，他已经把注意力转向玛拉。

"这是阿瑟·普尔——"

"来这里干什么？"我打断她的话，"我们到底是在哪里？"

四个人都听到了我的话。但并没有人回答。

"玛拉？"

杰克绕过我，继续他和玛拉的对话。"他不知道吗？我前两天在火车上遇到过这个孩子！"

"不！我——"

"放松。"她把一只手放在我的肩膀上。"他很重要。"她低声对杰克说，但听起来像是在道歉。杰克看着她，而我忍不住看着他们两个。"我去向大家介绍一下他吧，你会明白的。"

"玛拉，我不能随便让他和大家说话，而且，这孩子……不是我们的人。"

我没有说话，只是看着他们的对话：玛拉在恳求，杰克在犹豫，玛拉在说服，杰克表示同意。最后，杰克转向我，用右手拉住我的右手。"过去的事情就过去了，兄弟，再见了，不见了。也许你会比我想象得更投入，谢谢你能来。"

我并没有来得及告诉他我根本没听懂他在说什么，他就暂停了音乐，房间里的谈话声戛然而止。我的眼睛此刻已经完全适应，没有了烟雾和黑暗的神秘感，房间里远没有那么瘆人。人太多了，又热又挤，角落的垃圾箱里堆满了垃圾。他们的穿着很舒适，但并不时尚，许多人看起来像是没有睡过觉。我能看到所有的电脑屏幕上写满了我并不认识的编程代码。

"运动。"杰克的声音很轻，但却传到了每一个角落。从每个人看他的表情可以得知，他是一位领导者。"我们来了一位新成员。"

"大家好。我是玛拉，蕾拉的妹妹，免得你们忘了。"玛拉永远都这么镇定，无时无刻，所以她完全可以适应这种关注。"显然，蕾拉是我家里更适合演讲的人，但我会尽力的。"房间里发出了笑声。

当她再次开口时，声音更大，也更加从容。在这么多双眼睛的注视下，她的声音听起来极具革命性。

"人类历史上最伟大的运动是对真理的实验。在那些运动中，少数正义的人要被迫反抗强大的压迫者，不是因为他们所做的事看上去很简单或是很可能实现，而是因为他们知道他们更接近正义、全知……和真理。当你更接近那种真理时，毫无疑问，你也就更接近于精神。在这样的真理运动中，我们没有质疑的余地。"

房间里的人们纷纷点头，喝着酒，甚至响起轻轻的掌声。

"当然，问题在于，正确的理性要求我们必须质疑每一个真理，包括我们自己的。只有傻瓜才会迷信一切，真正的智慧是质疑的能力。宇宙提供了一个如此不可思议的孛论：欲知何为正确，须质疑何为正确。幸运的是，宇宙已经创造了一种，也是唯一一种不稳定的方式来验证真理：它发出了一个信号。"

字字珠玑。毫无疑问，我所认识的玛拉好像长大了，长成一个更加高大、更有胆量的人。她演讲时盯着每一个人的脸，丝毫没有躲闪。

"摩西还没来得及将以色列人从埃及的压迫中解放出来，就被伟大的真理所眷顾，以燃烧的灌木[1]的形式来到他的面前。这是来自神的信号，告知他的路径是正确的。每一场伟大运动的故事中都充满了类似的例子：人们追求神圣，神圣也会予以回报。

"通往任何一场伟大革命的道路上，都必须有这些信号、戒条以及或代表伟大命运或代表伟大巧合的印记，不论你信仰其中的哪一个。没有它们，真理仍然值得怀疑。但有了它们，一场运动就变成了一场革命。

"现在，我可以直接告诉你们——你们的目标是伟大的，你们的道路是正义的，你们比那些压迫你们的当权者更接近真理。今天，我可以向你们证明。今天，我为你们带来了一个信号。"

房间里鸦雀无声，静得可以听到墙上的旧木头在打弯。房间里的每一张脸都充满期待地朝向她。革命者玛拉，领导者玛

---

[1] 出自《旧约·出埃及记》，"燃烧的灌木"是上帝任命摩西带领以色列人离开埃及进入迦南的起始信号标志。

拉，转过身直视着我的玛拉。

"他的名字是阿瑟。"她说。

五十多张脸一齐面向我。

如果说有那么一刻，我被恐惧和不安彻底压倒，以至于无法控制自己的肠道，那肯定就是这个时刻。我紧紧捂着肚子，在她隆重的介绍下几乎晕厥过去。她说的是我，我是燃烧的灌木。

房间里的温度增高了两倍。我突然开始关心自己脸上的每一道皱纹，连帽衫上的每一个污点，凌乱头发上的每一根卷发。他们能看到我额头上渗出的汗水，以及我不自然向上扬起的嘴角。我能感觉到他们的眼睛在我的胸口上烫出一个个大洞。

"阿瑟。"玛拉的脸在风暴中显得异常平静。"告诉他们，你的祖父是谁。"

我刚准备开口，就差点被自己的口水呛到。"大家好，我……嗯……我是……我的名字是阿瑟。"周围凝视的目光越来越强烈。我看向她，发出求救信号。

"嗯——"她替我继续说道，"你的祖父是……"

我把眼睛睁得大大的，使劲地摇摇头，我想让她知道我绝不可能告诉一屋子的人我的爷爷是——

"阿瑟·路易斯·普尔曼。"她替我说出来了。

我听到了房间里每一只腕表上的嘀嗒声。没有人举起酒瓶，也没有人举起香烟，他们只是呆呆地坐着，每一双眼睛都在渴求一个解释。我试着把注意力集中在脚下的地板上。

"很抱歉,"杰克的声音从我身后传了过来,"阿瑟·路易斯——是那个阿瑟·路易斯·普尔曼吗?"

玛拉点点头。

"我们的阿瑟·路易斯·普尔曼?"杰克问道。我转过身面对他。他们的谈话刚刚结束几分钟——他们的阿瑟·路易斯·普尔曼就来了?

"玛拉,我很喜欢这种戏剧性的表演,但这种可能性……我的意思是,你有任何证据吗?或者——"

"阿瑟,把照片拿给他看。"

我没有立刻拿出照片,而是紧紧抓住裤子的口袋,让里面的照片贴上我的大腿,试图跟上他们的节奏,可那些话只是在脑子里原地转了一个圈。我看了看杰克,又看了看玛拉,然后又看了看杰克,又看了看玛拉,痛苦地意识到一群陌生人正在可见的黑暗中静静地等待。玛拉的表情非常坚定,冲我放在口袋里有些扭曲的手点点头。于是我照做了。

整整一分钟,杰克一直端详着照片,偶尔抬起头瞥上一眼,把照片中那个睁大眼睛、满头金发的八年级学生和他面前这个脏兮兮、阴沉沉的十八岁少年作着比较。

最后,他抬起头,低声说:"我的天啊,你真的是他的孙子。"

房间里爆发出热烈的掌声。我微微笑着,不知道自己做了什么值得受到如此热烈的欢迎。"给这两个孩子拿点化学品来！"有人大吼道，声音穿过再次响起的拉马尔在扬声器里的歌声。一个杯子被塞进我的手里，里面混合着可疑的银色碳酸物，闻起来更像酒精，而不是雪碧。庆祝的现场一片混乱，人们蜂拥在我的周围，我的饮料甚至溅到了几件黑衬衫上。

"这是什么？"我透过噪音，冲着玛拉大喊。"我为什么是……灌木？"

"你没告诉他吗？"杰克走到我们两个中间，举起自己红色的一次性杯子，以免它从手里掉下来。"他真的什么都不知道？"

一个穿着黑色运动裤和粉色破毛衣的金发美女抓住了我的胳膊。"他把自己的名字给了你？"她的脸距离我不过几十厘米。

"嗯，是的。我是说，他……我猜……那个……他是给了我爸爸，然后，我爸爸给了我。"

她晃着身子，靠在我的胸前，双手抵着我的胸口。"哇。"她的呼吸带着温暖的烟味，吹在我的脸颊上。我猜那是凯特琳的气息，我挣脱了她。

"你想要答案吗？"玛拉拽拽我的胳膊，开心地看着我。"或者你更享受能成为一个戒条？"

"我想要答案。"我说。她拉着我穿过人群，钻过后墙上的一道门，来到一个更安静、更狭小的房间。杰克已经在那里等我们了。

"我们那次遇到时，你为什么不告诉我？"杰克问我，然后转向玛拉。"你是怎么找到他的？你怎么知道他的存在？"

"是他找上我的。"玛拉盘腿坐在一张桌子上。"我和你说过了，这是一个信号。"

"好吧，不管它是什么，这……太难以置信了。我和蕾拉早前曾经查过一次。我们知道这个孩子的存在，但当时只找到了一些和网球有关的垃圾信息。"昏暗的灯光下，杰克每隔几秒都要瞥我一眼，他在阅读、判断、记录我脸上的每一道皱纹和我身上的每一块肌肉。"你确定我们可以相信他吗？"

玛拉笑了。"我确定。他很诚实。有时他还会从尖叫中醒来。"

我的脸有些发热，但杰克却笑了。"那就好。"他第一次直截了当地面对我说话，用他那肌肉发达的长胳膊搂住我的肩膀，距离我很近，近到可以闻到他身上的味道。"那你也是脑子出了问题，和我们一样。"

"我不知道你们在说什么。"我坦白道。

杰克点燃一根香烟，吐着烟圈，烟雾在他的脸前打转。"所以，你并不知道我们是谁？"他指了指玛拉，"她是谁？她的姐姐是谁？"

我摇摇头。

"你的祖父是谁？"

我犹豫了一下，再次摇摇头。

"哦，那你需要补一补历史课了，你可能需要坐下来。"

杰克很随意，用一支烟就能毫不费力地让自己散发出迷人的魅力。我拿出我的"美国精神"，试图也漫不经心、毫不费力地点燃它，以驱散我内心正在上演的马戏。但打火机总是打不着，还没点着烟，火就灭了。

杰克清了清嗓子。"你知道'怪力党'吗？"

我摇摇头，尽量不去注意他的失望。

杰克掏出自己的打火机，凑到我的香烟前。"好吧，那我们就从这里开始吧。"

"1967 年，世界末日正在来临。当时越南战争正打得激烈，美国的政治腐败已经蔚然成风，而亨特·S. 汤普森[1]是当时最优秀的提倡社会公正的记者之一，我相信你们都听说过他"——我点点头，假装听说过——"他决定发起一场社会运动。他发现当时的政府已经把美国搞得不成样子，他认为美国不仅需要新的政治选择，而且还需要一个新型的政治选择，一种完全基层的、可以脱离体制的东西。

"于是他在科罗拉多州的阿斯彭找到了一座小城，这里的市民并不关心政治，然后他开设店铺。他的想法是，要找到所有被政治世界忘却并被剥夺政治权利的人，让他们投票给他的政党——怪力党。这个政党一共有两位候选人——乔·爱德华兹竞选市长，汤普森自己竞选治安官。他把他称之为"投票人的

---

[1]美国著名记者、小说家，"刚左"新闻教父，新新闻主义的代表人物之一，《滚石》头牌作家，也是其中最传奇的一位。

头儿"的吸毒者、机车党、罪犯和移民团结起来，将他们变成投票集团。这一切都很讽刺——我是说，连政党的名字都是'怪异的力量'——但他想证明的是，当可以团结那些没有人关心的人时，我们的数量就会比敌人多得多。"

"所以——"

"别急，我还没有说完。"杰克快速地踱着步。"在经历了一些挫折之后，随着选举的临近，亨特意识到他们注定会失败。他在给《滚石》杂志的詹恩·温纳写信时说道：'这里的前景十分严峻……我相信你已经看到我在时机和规模上所面临的问题……但竞选治安官的表演只是整个剧情的一小部分。'他已经意识到，失败意味着整个运动不会达到他想要达到的影响力，事实上还会适得其反。人们会想，如果连阿斯彭都赢不了，其他地方还有什么希望呢？他意识到解决方案不可能会来自现有的框架。于是他开始着手做一些更重要的事。

"1967年，在怪力党的幌子下，就在我们现在所站的这个房间里，他成立了一个独立的组织，一个秘密的组织。他亲自寻找当时最优秀的倡导社会正义的作家，并将他们训练成一支由先知组成的军队——老实说，用'先知'这个词来形容最贴切不过了。然后，他把他们派出去，从一个城市到另一个城市，去向年轻人宣讲，让他们躁动、愤怒，让他们反抗。要记住，抗议在当时的美国还没有真正开始。当然，有些人已经开始了，但只是零零散散的，因此，报纸也只是把它们当作边缘运动而不予重视。美国人当时都太害怕尼克松了。

"而结果却是一发不可收拾的。抗议活动开始在全国蔓延；萨维奥 [1] 运动、爱之夏、芝加哥的怒之日 [2]、俄亥俄州的骚乱——这些都是来自同一个地下团体，它由十五位作家组成。他们的照片遍布各处，他们的指纹被刊登在各家报纸上，但却从来没有人弄清楚这到底是怎么回事。他们必须保密，因为他们知道，如果尼克松听到这样的消息，会从源头把组织消灭掉。当时是六七十年代，人们被杀的代价要低得多。这些运动规模之大，我是说，正是这些抗议活动终结了越南战争，它们都是由这十五位作家发动的，在一个绝妙的想法的驱动下。而杜克 [3] 才是背后真正的领导者，但他知道自己不能与这个组织靠得太近。人们都认识他。为了进行实地指挥，他带来了一个十七岁的孩子，是他在旧金山的一次抗议活动中认识的。这个孩子生气勃勃、满腔激愤，虽然有点骄纵，但非常聪明。你知道他是谁吗？"

话哽在我的喉咙里。"我爷爷？"

玛拉点点头。"阿瑟·路易斯·普尔曼。美国光荣的人类抗议史。自 1776 年以来美国最为重要的政治运动，至今仍是一个秘密。"

我来来回回地看着他们两个人。"所以你们——"

---

[1] 马里奥·萨维奥 (Mario Savio)，美国政治活动家。
[2] 1969 年 10 月发生在芝加哥的为期三天的抗议运动。
[3] 杜克是汤普森自传体小说中主角，故汤普森常以"杜克"自称。

"我们就是那场运动的 2.0 版，"杰克接过了话茬，"在你爷爷，抱歉，是在你祖父，在他……去世之后"——他停顿了一下，等着我作出反应，但我没有——"我们几个人在一个网络论坛上开始讨论这个组织需要如何复兴。于是我和一个女孩，也就是玛拉的姐姐蕾拉，建立了由自己的作家、音乐家、记者、电脑技术师和律师组成的团队，规模是最初的十倍。我们把这个房间弄了回来——本来他们是准备关掉这个地方的，是我们说服了他们继续营业——为了我们。我们把所有人聚集在丹佛；而你此时此刻竟然会出现在我们的中间，这的确是一种意识形态的复兴。"

　　我有些头晕。"可现在并没有征兵，更别说战争——"

　　"哦，有的，的确有。"我想起了我们在火车上的对话，他坚称美国正在或即将进行某种全面的阶级战争。"某种企业性质的统治阶级正控制着这个国家的一切，"他继续说道，"他们在控制政治，控制媒体，控制公共资源，如果你还没有意识到，那说明他们也在控制你。他们坐在豪华顶层公寓和私人飞机上，一边喝着价值两万美元一杯的香槟，一边看着世界在燃烧。"

　　"你是说……公司？"

　　"别像在讨论大二论文似的！"杰克踱步的速度更快了。我能感觉到他为什么会成为领导者。他太容易激动，太容易憎恨，以至于说话时无法停留在同一个地方。"这可不是什么抽象的概念！他们是真实存在的人，有着真实的嗜好，手里捏着华盛顿以及哥伦比亚特区每个人的生命线，迫使政客们在美国五分之一的孩子即将陷入饥饿时削减福利，在地球上近一半物种濒临灭亡时忽视碳排放量。所有人都知道现在是一团糟，所有人都知道政客只是企业的傀儡，所有人都知道地球正在毁灭，需要有人站出来说话：该死的！我们再也忍受不了了！我们是人民！我们要夺回权利！"

"好的。所以你们打算去……抗议？"

杰克摇摇头。"不，不是我们。我是说，我们曾经抗议过，我们曾经无处不在，但这些都是人们发自内心的真实的愤怒。我们来到这里，只需要引导它。最初那个'伟大的目标'如果放到今天是不会有同样的效果的，所以我们必须更加……务实。"

我开始注意到这个房间里贴满了各种图表和图形：政治区域地图、我不认识的职位民调数据，以及对我来说毫无意义的人名。那些都是打印出来的文件，上面满是涂涂画画的痕迹，黑板上潦草地写满了字，压在那些尚未擦去的旧信息上。

"这其实是蕾拉的点子。你知道整个美国继总统之后拥有第二大政治权力的职位是什么吗？"他并没有等我回答。"是市长。美国大约有二百个城市的市长在职能上享有不受限制的权力——他们可以通过地方法令立法，通过任命建立自己的政府，否决任何提案，甚至重新分配联邦政府的资金。然后就是市政执行官，然后是市议员，而地方政治不过是狗屁不是的一部分。这是需要我们夺回的阵地。

"因此，我们招募了极端进步主义和反资本主义候选人，在美国各地的保守派城市参加地方选举，包括三十三个市政执行官，四十五个市议员和十五个市长。"

说着，他指了指墙上的一张表格：一栏是城市名，一栏是政治职位，最后一栏是人名。我从这份名单上认出了一个名字：内华达州，卡森市，玛拉·巴特。

我转过身，看向玛拉，她正坐在房间里唯一的一张桌子上，半张脸躲在阴影后面。"不过，他们注定会失败——"

"就知道你会这么想。但这就是我们真正的用武之地。美国目前的政治体制基础是由依然维护和控制它的老年人和富人建造的。令人沮丧的是，这也意味着他们的选举制度和他们的候选人一样陈旧。这就是年轻人的优势所在。外面的那些人——"他回头指了指刚才那个房间——"他们中有一半人是电脑工程师，而且他们真的非常非常了不起。他们编写了一些程序，这些程序可以入侵存有选民名录的电脑和投票机器，在没有实际接触的情况下自动登记选民，让他们的选票与选民产生联系，并提交他们的选票。在这个过程中，也许我们的候选人会得到支持。也许这就是这些人想要的。也许这座城市无意中完成了自这场寡头闹剧开始以来一直想做的事情。"

"所以……你们要操纵选举？"

"不，"杰克厉声说道，"我们是在提供建议，告诉人们这是他们一直想做的事情。从美国诞生之初，另一方就在将投票镇压武装化，是时候有人站出来将投票人数武装化了。你不能在总统选举层面上这么做，因为那要经过太多的审查，但谁会在乎一个地方选举呢？大多数情况下，我们是说几百张票就可以左右局势。我们是将美国城市的权力移交给真正想要保护它们的人。"

"但是——他们甚至都不住在这些地方。她怎么可能成为市长呢？如果——"

"阿瑟，"他打断了我，"你现在就像走到了"十级阻力"的第九级，所有这些问题都已经得到解决，我们已经登月，请享受吧。"

"好的，"我大脑里的引擎还在运转，"好的，所以你们是新的怪力党……？"

"不，怪力党只是掩人耳目。我们是更重要的那部分，我们才是传播思想、引发骚乱、鼓舞大众的人。"

"那你们叫什么？"

杰克笑了笑，敲了敲房间里正对着门的那面墙。简直难以相信，我刚刚竟然没有注意到——壁炉上方的墙壁上完美地画着杰克围巾上的符号：一个拳头，握着一根绿色的小树枝，旁边是几个粗体的大字：

伟大的目标

3.

2010 年 4 月 30 日

脚踏上水泥地
麦加和墨尔本
阿瑟
跟随我的步伐
穿过冰冷的水泥台阶
但我对自己的脚步充满信心
一个老人的建筑
墨尔本和陌生的温暖
我的身体在外面
看着阿瑟
有些日子里

我能感受到我们永不动摇的精神——
在冰冷的建筑里，在柔软的沙发上
在窗边的彩灯下
17D，我们的
在浓浓的酒香烟雾中
在悠扬的音乐中

我想说

我们放弃吧

这不是你所想的你

你不是你所想的你

我只是怀疑

但现在，我只是怀疑

———阿瑟·路易斯·普尔曼

4.

我穿过房间，走到这面刻满字的墙壁前，爷爷那本书的献词被藏在一个显眼的地方。我伸手去摸，就像伸手去触摸他一样，但我不知道他是否会回应我。

"你是怎么知道这些的？"我回头问杰克，"你怎么知道我爷爷……"我停顿了一下，试着整理问题。"我是说，我……我曾和他生活在一起，我的父亲是他的儿子，而我们却对此一无所知。你凭什么这么肯定他曾经出现在这里？"

他扬起嘴角，微微一笑。"首先，是他自己告诉我们的。"

他踢了踢墙脚。在"伟大的目标"的下方，刻着几十个人的名字，全部粗体字，周围的墙纸已经破损，显然这部分墙壁存在的时间是最长的。墨迹已经在消褪，但在第一排名字的顶部，我依然可以辨认出前六个人的名字：

欧内斯特·班克斯

亨特·S.汤普森

奥洛·科佩克

乔纳森·刘易斯

杰弗里·科佩克

阿瑟·路易斯·普尔曼

我弯下腰，用手指着它们。爷爷在这里写下了他的名字。我起身，面对杰克："好吧，你是怎么知道的？"

"此话怎讲？"

"你是怎么知道的？这个房间，还有我爷爷……是谁告诉你的？"

他笑了笑，火光在他的脸上跳动。"这里可不止你一个人有王室血统，"他说着从口袋里掏出一个小小的金属物件，在手指间舞动着，"这是一枚印章，是刚左拳[1]，不过拳头里握着的不

---

[1] 指亨特·S.汤普森在竞选中曾经使用过的标志，其形状是一个红色的拳头，紧握着一个绿色的佩奥特掌（原产于北美的绿色小仙人掌，有致幻效果）。

是佩奥特掌，而是一根橄榄枝。这就是他们的标志，他们的印章。世界上独此一份，只会用于与'伟大的目标'相关的纸质文件，而它过去曾属于我的生父。"

他抓住我的手，把印章举到面前，轻轻地把它盖在我的手背上。然后，他吹干墨迹：暗暗的，黑黑的，印章的图案落在我手背的正中央。

"杰克……汤普森。"我看了看墙上的名字。"你是他的孙子？"

"他的儿子。"他冲着我微笑。"汤普森和普尔曼，转世，浪子回头，就在这一切开始的地方。只不过，这次的目标更加坚定，"说着他指了指那个房间，"从那里，会诞生某些重大的影响力。这些人，他们都是认真的，这不仅仅是我们的事情，也是我们所有人，这是我们所有人的信仰。"

我点点头。这的确会让我们的家人变得神圣，我想。这会让我们——

"上帝！"从另一个房间里传来一声尖叫。一个黑头发男孩走了进来。"杰克，要想在数据中心大楼里抓住格林伯格，我们需要有人先在大楼里跟踪他，但凯德不想——"他看到我时停了下来。他的年纪可能比我大不了多少，下巴上没留胡子，眼窝深陷。

"凯德是害怕摄像头吗？"

男孩点点头。我看了看杰克，又看了看男孩。抓住格林伯格？这听起来可不像是会对投票机器做的事情。

"告诉他我会亲自动手，"杰克大声说，同时也是冲屋外的某个人说，"我要穿上一件衬衫，上面写上'两百年前你们借钱给奴隶主，现在唯一不同的是你们不再是中间人！'"

男孩摇摇头走了。我试图引起玛拉的注意，但她一直盯着地板。

男孩走远后，我低声说："我以为你们只是——"

"美国数据中心大楼掌握着有关美国短期无担保贷款45%的信息，而这些都是发薪日必须偿还且足以压榨美国穷人的贷款。两周前，他们同意把收集到的信息卖给执法部门，好像这些人民的生活还没被折腾够似的。所以我们要借用他们的首席执行官，只是一两天而已。"杰克沾沾自喜，但他一定感觉到了我的不安。"听着，我们不会伤害任何人，这位首席执行官会有饭吃，会有地方睡觉——考虑到他犯下的罪，这里就算是豪华监狱吧。"他看出来我并不买帐，而且玛拉也没有力挺他。"我们只是想利用手中所有的武器去战斗，恐惧就是一件武器，你的爷爷帮忙阻止了这个国家的帝国主义运动，因为他不怕让自己捐躯。是时候有人站出来做同样的事情了。"

"但是……你不会去杀人吧？"

"当然不会，"杰克笑了笑，"我们只是想向他们证明，我们有能力杀人。"

那个男孩又回来了。"他是认真的，他不——"

"闭嘴。"杰克点燃一根香烟。"我马上回来。"那个房间里的人像红海一样被分到两边,杰克消失在了中间。

过了一会儿,我确定我能感觉到地球的旋转速度已经增加了两倍,就像一根常态的、可见的、可以预期的、刻意安排的横轴在我面前不断地移动。尽管我试图将大脑调整到适应它的角度,但它仍然和我保持着几厘米的距离,于是整个世界开始失衡、失控。当我的目光越过那个房间里志在参加革命的所有人的头顶时,我感觉到那个横轴在加速旋转。

我一脸困惑地转向玛拉。"他们是要去绑架吗?"

"是的,"她看了看墙上的图表,"那是杰克的主意,不是我姐姐的。他说那是完全非暴力,但是……我不知道。"

我盯着她,但她不愿直视我的目光。"你是什么时候决定带我过来的?"

"其实,"她低下头笑笑,"反正我是要过来的,你只是一个不错的附加物。"

"为什么不告诉我?"

"要毁掉这个惊喜吗?"

"对你来说这是惊喜?"

"你并不是每天都能告诉别人你拥有王室血统,"她轻快地拍拍我的肩膀,"而且,如果提前告诉你实情,我们可能就不会在这里了。这些人的确能帮上忙。"

"但这——"我停顿了一下,回想起我们相遇的可能性。

A Lite too Bright

"是你先找的我吧。"

"不。"

"是你追踪到我的。你知道我会出现在那列火车上，然后——"

"阿瑟，你是在两列不同的火车上遇到我的。是你跳进车厢，撞到我的身上。"我能感觉她在故意慢慢地靠近我。"尽管我很想把这件事归功于你，但事实上是你先找到我的。"她离我的脸只有几厘米远。"但这并不是意外，而是一个信号。"

我屏住呼吸。她走回到桌子旁，拿起她的外套。

"所以你的任务是……成为内华达州卡森市的市长？"

"很酷吧？算是升职吗？"

"你去过内华达？"

"是的，前几天刚去过。"

"那里并不怎么酷。"

"我觉得挺好。总是下雨。"

"那里是沙漠。"

"很高兴知道这个消息。看，我现在已经是那里的居民了。"她递给我一张内华达州的身份证，上面有她的照片，名字是"玛拉·巴特"，下面是一个卡森市的地址。同样的脸庞，同样的笑容，同样的玛拉，但我几乎认不出她来。

"那我们现在要做什么？"我问。

"做什么？不是找到了他的日记吗？！我们要在这个组织里

找几位历史专家，说不定还有懂文学的，让他们和我们一起梳理手上的这些东西——"

"玛拉。"

她停住了。

"我不想那样。"

"不想哪样？"她扫视了一下房间。"阿瑟，这些人可是了解他生活的专家！他们正是你想求助的人，我可是送给了你一支军队！"

"我知道。"我呼出一口气。"我知道。"

"然后呢？"

"只是……我不知道让事情变得更复杂是不是一件好事。这些人我一个都不认识。"

"我认识！"

"可我昨天才认识你，而且刚刚才发现你是……"我指了指墙上她的名字，"你为什么非让我和这些人讲这么多关于我爷爷的事呢？"

"因为他们会比任何人都关心他，而且他们会帮忙！我是他们中的一员，所以请不要再说得像是我们不认识他们似的。我也属于这些人。"

一瞬间，我们都很不自在，玛拉和我试图用目光和解。她不相信我竟然不会感激她，而我也不相信她竟然期望我会感激她。

"我不能对他们撒谎，阿瑟，"她说，"我不能对他们有所隐瞒。"

"我们至少可以考虑一下？比如说，一个晚上？"我朝杰克消失的那扇门点点头。

她再次陷入沉默，假装在看墙上的字。"好吧，"她终于作出决定，"我们明天再告诉他们，答应我你不会告诉杰克，要是让他知道我有事瞒着他，他会杀了我的。"

我点点头，不确定她是不是有点夸张。

玛拉递给了我一个杯子，拉着我回到之前的房间。"你会喜欢这些人的，阿瑟，我知道你会喜欢。我认识他们很多年了。我姐姐常说这些人非常正义，他们都不知道谁会在哪里停下，谁会在哪里开始，他们共用一个统一的大脑。"

"你姐姐呢？"我转过头问。她一个劲儿地推我。"她不应该也是领导吗？"

玛拉没有回答，只是把我推回到还在庆祝的人群中。几乎就在同时，她也融进了人群，取代她留在我身边的，是之前那个金发女孩。

"很抱歉——"我试图对她说，但她阻止了我。

"这是一个聚会。"她的身体在不停地摆动。"我们是在庆祝——你没有听到吗？阿瑟·路易斯·普尔曼的孙子在这里。"

"我知道，"我的声音在房间里显得很轻，"那就是我。"

"哦，真酷。我叫劳拉。"

我喝了一大口银色的饮料。

夜晚就这样继续着。音乐声越来越大，饮料越喝越快，人们融合成了一个会跳舞、会大笑的独立的有机体。我偶尔会回想起爷爷的形象：年轻而有头脑，领导着一个秘密的政治组织。但随着疑问的增多，我觉得最好还是先把它们放下。在充满活力的"现在"面前，沉闷而又模糊的"过去"变得出奇地不重要。

我看着杰克和玛拉，他们正在角落里悄悄地说着什么，微笑着扫视整个房间。有两次，她发现我在盯着她；又有两次，她给我倒了一杯新饮料，然后向我这个"一时间有些懵的傻子"敬酒。过了一会儿，我发现他们吵了起来，玛拉在大喊，杰克也怒目而视，而我心里则乐开了花。

凯特琳突然出现了。她在斥责我——"你在喝酒？还跟一帮你不认识的人？你知道你喝酒后是什么样子吗，阿瑟？"——然后她又开始诱惑我——"你难道不想和我在一起吗？你不觉得我比这些女孩都性感吗？"——但她从来不会逗留得太久，每当玛拉的脸浮现在眼前时，她就会消失。

就在我第三次尝试着吸烟并和一大群人合唱一首我并不知道的歌时，在人群中的某个地方，杰克发现了我。他的目光此刻变得锐利而清醒。

"在火车上……"他的声音温和、清晰，穿透了嘈杂的隧道，"我刚想起来，你在看什么东西，是日记吗？还是信件？那到底是什么？"

我感觉自己开始流汗。"嗯，那什么，是——"酒精扯住了我的舌头，湿漉漉地压住我的话，"只是，嗯，只是一些、一些文字而已。"我耸耸肩。"文字。"

"文字？"杰克更仔细地审视着我的脸。"文字……谁写的？"在他面前，我感觉自己很渺小。玛拉出现在他的身后，看见他向我走近，她睁大了眼睛。

"嗯，只是……线索……什么的。"

"可爱的朋友，"他说，这让我感觉自己更加渺小，"那是谁的线索？"

"嗯，是我——嗯——是——"我感觉有谁在用我的声音说话，就像一个小孩子。但我不在乎，我什么也不在乎，我只想让他离玛拉远远的，我只想在他面前给玛拉留下深刻的印象。"我……爷爷的，阿瑟·路易斯·普……尔曼。"我一边说，一边冲玛拉得意地笑笑。

她的眼睛放大了两倍，我立刻后悔了。

"线索？"杰克挡在我们两个中间，"你爷爷留给你的——线索？是他写的吗？什么时候写的？"

"不，不，嗯，不是……只是一些普通的东西，"我试图往后退，"只是一封信——或者两封……什么的，我不知道。"

"我能看看吗？他什么时候写的？"杰克一直盯着我。"如果你现在在这里，就要和他们一起……阿瑟。"我看到玛拉的眼睛放大了三倍。"是他去世前最后一个星期写的吗？"他又朝我迈近了一步。"你现在带在身上吗？"

"其实，杰克，"玛拉笑着跳到我们中间，把他往后推了推，"有件事我们的确需要你。比如那个登记簿，就是前台的那个人？"

他并没有把注意力放在她身上。

"杰克，"我看不到她在对他做着什么鬼脸，但我能感觉到她的屁股贴着我的大腿，"那个登记簿？你能拿到吗？"

他的眼睛在搜索着我涨红的脸，正在我的皮肤下挖洞，好看我把那些没有告诉他的事情藏在了哪里。他知道我还有更多的事在瞒着他。

"杰克。"

他扭开了脸。"好。是的，是的，很简单，我去找下卢卡斯，我们现在——就去帮你拿那个登记簿。"

"该死的！"玛拉私下对我耳语，然后和我一起跟在杰克的后面。

他带领玛拉、卢卡斯和我穿过房间，每隔几秒就抬头看看我，生怕我逃跑似的。"好了，孩子们，事情就是这样。欧内斯特"——他指了指前台的那个老人——"正像孩子一样拿着那个东西。卢卡斯和他关系很好，所以玛拉，你和他一起进去，去拿你们想要的东西。如果不行，我和阿瑟会当你们的后盾。"

所有人都在点头。除了我。

"为什么不让……我……去……"我试着从牙缝中挤出这几

个字。

杰克翻了个白眼。"别紧张，普尔曼三世。"说完他冲卢卡斯和玛拉点点头。

我和杰克静静地坐在门外。我不明白，他为什么非要让我们两个单独待在一起？为什么不让我也一起进去？除了那个原因，我想不出别的——他就是想和我单独待在一起。

"他是什么样的人？"杰克问。

"啊？"

"你爷爷。"他没有转过头看我。

"我……我没看过那本书，我不知道那对你们有什么特别的，他没有——"

"不，我是说他是什么样的人？"

"哦，我……我不知道。有点健忘吧，有点……嗯……容易生气，差不多……到最后就是阿尔茨海默症。他不怎么说话，只是……嗯……会经常重复自己的话。他……再也没写过什么东西，如果你相信的话，其实不是你们想的那样的。"

窗外某个地方响起了铃声。

"他……他经常读圣经，还会……看棒球比赛，很多。他记得很多……书里的句子。"

杰克依然没有回答。于是我问了一个问题。

"和……像亨特……亨特·汤普森这样的爸爸一起生活，是什么样的感觉？"我等了一会儿，然后又重复了一遍问题。

"我从来没有见过他。"杰克说。

我不知道该说什么，只好专心地呼吸。

"那是一个意外。他当时年纪很大了，所以……尽管如此，他还是会给我写信。哦上帝，"他突然转过身走向门口，"里面到底发生了什么？"他透过玻璃窗往里看着。"看在上帝的分儿上。"说完他推开了门。

透过窗户，我看到里面的一幕幕像电影一样从开始到结束：杰克冲进房间，所有人都回头看他；杰克从塞在牛仔裤里的衬衫下面，掏出一把黑色的小手枪；他用枪直接抵住那个老人，老人瑟缩到桌后，颤巍巍地把登记簿推到前面；杰克叫嚷了几声，吓唬着那个已经屈服的老人；玛拉和卢卡斯都盯着地板。电影的进度如此之快，让我的胃里翻江倒海。我瘫坐在墙边，用右手捂住嘴，等着一阵恶心的感觉快点过去。

杰克回头看向玻璃窗，示意我进去，我照做。

玛拉已经打开登记簿。"2010 年……是哪一天？"

"4——4——"我深吸一口气。"2010 年，4 月，30 日。"我低声说，然后再次捂住嘴。

玛拉开始飞快地翻页，一边翻，一边自言自语。"2008年……没有……2011 年……翻回来，2010 年……6 月……5 月……"

"怎么——怎么写的？"我问。

我不停地看向那个老人。他的眼睛睁得大大的，目光一直没有离开杰克的枪管，枪依然被固定在他的眉毛中间。我从未在现实生活中见过枪。在电视上，那些枪看上去特别假，就像玩具一样，它们只是代表了一种动作，除了能发出一声巨响之外，什么也做不了。我现在和它靠得如此之近，甚至能看到它的构造：冷酷的黑色金属，真实的子弹。

杰克顺着我的目光看向那个老人，放下胳膊。"看到了吗？"他说，"如果你按照我们说的去做，就会简单得多。"

玛拉摇着头。"没有，没有阿瑟，没有普尔曼，什么都没有。你确定是这个日期吗？"

我点点头。"除非，他——"我轻轻地吸了一口气，就像在用吸管呼吸。"除非他……迟到了，"我呼出一口气，"或者压根就没来。"

她摇摇头。"这个日期附近什么都没有。该死的！"她又往前翻了几页，然后又往后翻了几页。"那个星期只有一个人人住过。"

"叫什么名字？"

玛拉的手指在登记簿上摩挲着。"路·瑟尔曼。"她猛地抬起头。"我知道这个名字。我在哪里看到过它？他是……我想他可能是个……作家……"

"一位抗议作家，"杰克说，"七十年代曾为《芝加哥论坛报》工作。萨尔·汉密尔顿的朋友。"

"他一定是用了假名。"玛拉砰地一下合上登记簿。"17D房间。"

那个老人没有动，于是杰克再次举起枪。"来吧。"他命令道。老人慢慢地从墙上取下 17D 房间的钥匙，头也没回。玛拉抢在杰克之前拿到钥匙。"谢谢你，欧内斯特，"杰克说，"下次你可以不用把事情搞得这么复杂。"

"见鬼去吧。"老人一边嘟囔，一边从桌上拿走登记簿，消失在后面的房间。

我闭上眼睛。房间在旋转、加速，我和它一起旋转、加速。灯光在我的眼皮下闪烁、旋转、扭曲。我集中注意力呼吸。呼、吸，呼、吸。我能听见玛拉和杰克的对话，但却看不见他们。

"你这是在干吗？"她大喊。

"你需要那个登记簿——"

"可也没必要威胁一个老人啊——"

"我不会开枪的！我只是没有那么多闲工夫——"

"你是个混蛋。这就是你的问题！"

"别烦我。"

"蕾拉肯定会非常生气，要是她——"

"她不在！而且这恰好是一个非常重要的教训，我没有那么多闲工夫——"

"你真是个混蛋。"

"这小子觉得我们能在 17D 房间里找到什么？"

"不，"她说，"是我们，不包括你。"

"玛拉，别犯神经了，这是——"

"不，你不了解他是什么样的人，他……"

他们似乎走远了。我让自己说完了这句话——他很聪明，他对这件事很谨慎，他更擅长独自工作——但我知道这些都不是，更有可能是——他很难对付，或者他很复杂，或者他很困惑。凯特琳的声音盖过了每一个音节。我倚着墙，在某个地方，等待着有人告诉我该去哪里，努力保持着清醒。

过了一会儿，我感觉自己的腋下多了一个肩膀，试图稳住我的身体。"走吧，"玛拉说，"我们还要找很多东西。"

"杰克呢？"我嘟囔着，尽力撑开眼皮，好看清眼前的路。

"这里不适合他。"说完，她推着我向 17D 房间走去。

5.

房间里只有一个荧光灯，直接挂在床的正上方。我瘫倒在床上，试图睁开眼睛。世界正以慢动作的形式运转着，光线溢向四面八方，照亮我的周围，让世界聚焦。

这个房间很简单，米色的家具，墙角的墙纸已经磨损。床上铺着硬邦邦的灰色床单，闻起来就像我想象中的尸体衬衫上的味道。我往左看了看，一个布满灰尘的旧闹钟上显示"3:45"。

玛拉递给我一个倒满了水的纸杯。我从来没有如此喜欢过自来水。"好吧，我们在这里能找到什么？"

我环视了一下房间。没有什么可以藏东西的地方。一张床、一个床头柜、一盏灯。"我不知道。肯定有什么吧。他肯定留下了什么。"

"阿瑟，这个房间被清理过。即使留下什么，也可能都没有了。"

我轻轻地点点头，试图不去打扰正猛烈跳动的脑神经，但我失败了。

"已经五年了，"她继续说，"即使他想，又怎么可能留下什么呢？藏起来吗？墙纸的后面？我是说，这可能还需要你我之外更多的人来帮忙。"

我们都很久没有说话。我的每一个动作都能让我想起自己经历的另一种疼痛。我试图在更多的睡眠、更多的水和更多的酒精之间作出抉择。

"有没有可能……"我开口了，"是我们弄错了房间？也许17D代表的是别的房间？"

"其他房间会有什么不一样呢？"她一脸严肃，"说实话，阿瑟，我们可能需要更多的帮助，至少是其他人的意见——"

"玛拉。"我打断了她。

"别这样。"

我等了很长时间。"你知道杰克从来没有见过亨特·托马斯吗？"

"是汤普森。是的，我知道。她的生母只告诉了他他的父亲是谁，甚至——她当时被一个收容机构收留，所以……所以我也不知道。直到几年前他才用现在这个名字，总之有点奇怪。"

"嗯，我的爷爷可是真的。"我向她保证，虽然我不知道为什么。

"好的，"她说，"那就先弄明白他都去了哪里。"

我闭上眼睛，看见爷爷出现在房间里，躺在床上，盯着四面朴素的墙壁，呼吸着腐浊的空气，在创作，在重温，在跌跌撞撞地回到他过去的习惯里。我希望他没有我这么痛苦。但事实上，他可能比我痛苦得多。

"这里有没有碎纸片？"玛拉摇摇头。

"有和圣经有关的东西吗？"玛拉摇摇头。

我指了指房间里两扇门当中的一扇。"那是浴室吗？"

玛拉点点头。

"里面有马桶吗？"

"嗯？"

我闭上眼睛。"能帮我检查一下马桶的管道吗？"

"不，绝对不行。"

"帮个忙，玛拉，看它能不能正常使用。"

"我看起来像水管工吗？我怎么可能知道它——"

"玛拉，闭上嘴，去看看马桶盖。"

玛拉盯着我看了一会儿，然后慢吞吞地从床上爬起来，走进浴室。我听见她打开马桶盖，发出陶瓷碰撞的"叮当"声。"嗯，好像——"玛拉在厕所里尖叫起来。当马桶盖碰到马桶座、然后又摔到地板上时，发出了巨大的碰撞声。

过了一会儿，她才探出头。"有一张纸！真的有一张纸！就塞在马桶盖里！你怎么知道那里会有这种东西？"

我微微笑着，玛拉蹦蹦跳跳地回到屋里。"我爷爷过去就喜欢拆别人家的马桶盖，不放过任何一个，有时候家里所有的马桶盖都会被他拆下来。我爸爸还非常不爽。"

"为什么会这样？在他记忆模糊的一生当中，他是一个水管工吗？一直在寻找一个完美的抽水马桶？"

我靠着枕头，摇了摇头。

"那你觉得他是在干什么？"

我咽了咽口水，喉咙很疼，但我还是笑了笑。"寻找线索。"

她看了看我，打量着那张纸，然后笑了，像是找到了可以被拼在一起的拼图，拼图盒上的图片也似乎更加清晰了。"好吧，福尔摩斯，来解谜吧。"

我打开那张纸。

"大点声念。"她坚持道，然后跳到床上，坐在我旁边，和我用一样的姿势无精打采地靠在那里，后颈抵着我的枕头。她闭上眼睛，我盯着她，她的脸离我太近，近得让我无法思考。

237

她再次睁开眼睛。"嗯？还不开始吗……"

我低下头看着那张纸。她又闭上了眼睛。我开始大声朗读：

2010 年 4 月 30 日

我第一次感觉到你
是在三十秒的时候
我被推给这个世界
你就在那里
色彩、呼吸和温暖

成长是
向着你生长
你的每一个字里都有你的碎片
学习语言只是为了让我替你说话
学习文字只是因为它们不能满足你
色彩、呼吸和温暖
阿瑟

我感觉到了你
在我们的灵魂里碰撞
那时我十八岁
你比我大一岁

就像是发现了我一直都知道的东西

你是呼吸

你是色彩

你是温暖

终于，你在那里

我仍能感觉到你

当温暖消失

世界变得灰暗

我的呼吸消失

那些令我失望的文字

是我必须去记住你的一切

去重新重造你

阿瑟

色彩、呼吸和温暖

我要创造你

用那些永远都不够的文字

我写下了

这个梦

这个房间

这种伟大

这种爱

一千次

想象我们在一个又一个生命中

在一个又一个身体中

相遇

最终面对面的时候

所有的文字都已落空

但是这个早晨

我在距离你百万千米之外的远方醒来

熟悉的小号提醒我，我不再是过去的自己

天使在用你的声音对我说

他们说

这条路将变得更加崎岖

弯路会变得更加清晰

轮胎的胎面将磨损得比

指尖的皮肤还要薄

但只要我一直前进

我就会在天堂中找到自己

并在那里找到你

——阿瑟·路易斯·普尔曼

6.

当我回过头去看的时候，玛拉的眼睛里已满是泪水。"别说话，"她一边擦眼泪，一边说，"真的很好，对吧？我也可以有点情绪化的。"

"是的。"我说。

"你不喜欢这首诗吗？"因为流下来的泪水，让她的声音听上去水汪汪的。

"不，它很好，只是我……我没有……我只是没有立刻注意到这里面有什么，如果从线索的角度来说——"

"哦，别说了！"她拍了拍我的胳膊，"还是欣赏这首诗吧！我只是想说，你能想象吗？有人会这样写你？那种爱？你的奶奶真是个幸运的女人。"

我感觉喉咙被哽住了。"嗯，也许吧。"

"也许？"

"是他说的，'我十八岁，你比我大一岁。'"

"所以呢？"

"所以，他是二十五岁时遇到你奶奶的。"

"哦。"

"所以，也就是说，还有另外一个女人。这是写给她的。"

我们静静地坐着。闹钟响了，提醒我们现在是凌晨四点。

玛拉站了起来，煞有介事地说：

"认识上帝的最佳方式就是热爱很多事物。"

"谁说的？奥斯卡·王尔德？"

"很接近，是文森特·梵高。"

"他割掉了自己的一只耳朵。"

"好吧，但是——"

"为了爱——"

"是的，但是——"

"——爱很多事物。"

玛拉的脸离我很近，中间大概隔了十五厘米的空气，我们的脸颊贴在同一个枕头上。头顶昏暗的灯光把房间照成了黄色，把她的皮肤晕染成柔软的金色。我从来没有这么近距离地观察过她的脸，直到现在才发现，她小小的眉毛、小小的耳朵、小小的嘴，一切都是如此恰到好处。她的眼睛在镜框里闪着绿光，照亮了整个房间——从床底，到天花板，射出窗外，最后停留在我的身上，直达我的眼睛。

"好吧。"她把脸凑近了些，在我反应过来之前，迅速地、轻轻地亲了我一下。"再读一遍。"

于是我又读了一遍。

7.

2010 年 1 月 5 日

亲爱的日记,

我们的房子今天差点被烧光。有一部分的确被烧没了,所以我们现在是在一家酒店里。

全家人都很恨爷爷,除了我。爸爸不和他说话,当然,他也没有再说过话。所以酒店房间里唯一的声音是运动家队的比赛。我还没有决定是不是恨他。我不知道自己对他是什么感觉。

让我解释一下。

家里人都说爷爷需要帮助。自从奶奶去世后,他就一直在家里找东西,但从来没有找到过什么。如果你问他在找什么,他会挥着手说"别烦了"。我不认为他是故意的,但有时候感觉的确是这样。他每天都会给自己做三明治,但大多数时候,他会中途走开,把三明治留在厨房里。有时候,他也会把三明治放在自己的桌子上,或者马桶上。我倒不觉得这有多烦;我反而觉得挺有趣的。

昨天,他想给自己煮汤。但他不知道该怎么做,也不知道去哪里找到肉汤,所以他在做完第一步之后就放弃了。可问题是,他的第一步是打开煤气灶的开关。

这就是我现在在酒店房间里写日记的原因。

爸爸告诉我，做坏事的好人与一直做坏事的坏老头之间是有区别的，区别就在于，好人会为自己做的事情感到难过，而坏人不知道自己是坏人。他说爷爷对差点把房子烧掉这件事并不感到抱歉。他还说爷爷甚至怪别人把房子弄得乱七八糟。

我分辨不出来他是不是真的不感到抱歉，还是只是忘了道歉。

不管怎么样，这都不是大家彼此冷战的原因。

因为那是火灾发生之后的事情。

我的爷爷是有点钱的。他写了一本除了我之外人人都爱的书。他赚了很多钱，我曾经试着读过它，但太无聊了。也许等到学校强制要求阅读的时候，我会再努努力，但也许也不会。爸爸觉得，因为爷爷把厨房烧了，他应该出钱再重新装修一下厨房。于是他查看了爷爷的银行账户。

就是此时，事情开始变得极度糟糕。

爸爸从来没在我面前大吼大叫过，但今天他这样做了。我猜是因为爷爷一直在从账户里取钱，所以爸爸才会如此生气。即使是奶奶活着的时候，他也一直在填写"每年几千美元"的支票。爸爸认为，严格地讲，这并不算犯法，因为那毕竟是爷爷的钱，但他在如此长的时间里一直秘密花钱，"这简直是把我们逼到绝境。"

现在我们已经身处绝境了，我想我们都不知道接下来要做什么。爸爸说我们应该再版那本书，但爷爷认为那是"胡扯"。

爸爸说爷爷是个"顽固的老头子"，爷爷什么也没说。爸爸说爷爷如果"真的很关心我们"，就一定会同意，但爷爷只是打开电视，看起运动家队的赛前节目。

我相信爸爸会找到办法的。但是现在，家里所有人都很恨爷爷，因为他烧掉了厨房，把全家逼入绝境，但他本人却毫不在乎。

除了我。我不知道自己是什么感觉。

以后再说吧。

阿瑟·路易斯·普尔曼三世

8.

那天早晨，在我睁开眼睛之前，就已经感受到了整个世界。

首先，阳光从打开的窗户照进来，刺痛了我的眼睑，提醒我欢迎它们再次出现。我依然闭着眼睛，我还没有准备好迎接这个世界和它带来的所有光明。

然后，疼痛、冰冷的火热，在我的额头后方聚集。我的脸在燃烧。当我颤抖着举起一只手去感受它的温度时，中途却把手留在了鼻子的上方。我好累，累得无法动弹。我的身体里什么都没有。

我在离家一千六百千米之外的地方。爸爸不知道我在哪里。

我睡在一家旅社冰冷、坚硬的床上，这里被一个秘密社团霸占，他们崇拜着一个至今让我记忆犹新的男人，因为那个人总会忘掉三明治、喜欢喝威士忌。但我无意中又陷入了自己对他的崇拜中，想把他留下的面包屑串在一起，试图了解他。

我的确了解他，至少比以前更了解，至少足以澄清我以前不了解他的地方：他在重温什么？为什么？为什么又停止了呢？他要去哪里？为什么最后出现在俄亥俄州？为什么家里人对此一无所知？为什么这一切都是秘密？

我闭着眼，看见他正在 17D 房间，收拾他的行李，准备回到那个令人讨厌的世界。从 17D 房间开始，他对未来的看法想必都是灰暗的，我想知道是什么在驱使着他前进？为什么他不认为这个地方、这张床和其他地方或其他床都一样很适合躺下来死去？

不过这个答案简单至极。一切都写在昨晚的那首诗里，以及所有的诗里。对他来说，有什么东西在等着他：一个"伟大的目标"，一种"更伟大的爱"，一个"天使"，一个"天堂"，一个他在追逐的"你"；这些东西一直在拉着他前进，乘坐一列又一列火车，去往一座又一座城市。我不知道他一生中花了多少时间去寻找，也不管它是什么，也不管她是谁。

然后，我想起了自己为什么要醒来，为什么要前进。因为这是第一次，当我考虑到要去寻找什么东西时，脑海中闪现的不是凯特琳的脸，而是玛拉。

甚至在我还没睁开眼睛之前，就能看到她：完美、精致、娇小地躺在我的身边，与我共枕，面对着我，不像凯特琳那样总是转过头去。有了她，17D 房间里的未来看起来并不暗淡。对我来说，我知道这意味着什么——意味着我已经准备好，意味着我有了苏醒的理由。于是我醒了，睁开了眼睛。

但玛拉不见了。

9.

玛拉不在浴室，于是我查看了走廊、公共休息区和入口。空无一人。

我开始砸 16 号房间的门，砸了很多次，至少砸了一百多次之后，终于有人来应门，但门依然锁着。透过狭窄的通气口，我认出了卢卡斯的半张脸。

他打了个哈欠，揉了揉睡眼惺忪的眼睛。

"嘿！玛拉在里面吗？"

他摇摇头，面无表情。"兄弟，现在里面没人了。"他嘟囔着，准备关门。

"等等！"

他僵在那里。

"她是印度裔，小个子，有点——"

"没错，我知道玛拉是谁，兄弟。她不在里面。"

他准备关上门，我则用身体拼命挡住，一股反冲力把我向后推去。"不！"我大叫着，"我……一个伟大的目标！我知道全部……知道全部。"

"兄弟，这个我也知道，"他懒洋洋地摇着头，"但他们今天早上都走了，坐火车走的。"

"去哪里了？"

"嗯，"他说着擦了把脸，"我们有一个规定——如果他想让你知道，就一定会带你一起走的。"

我没有回答。全身颤抖，膝盖快要撑不住身体。卢卡斯一定察觉到了我的恐慌，因为他拔下插销，打开了门。

他并没有说谎。床铺上只睡着三个男人，其中一个我认出昨晚曾经在场。房间的其他地方都是空的，除了烟头、杯子和空酒瓶。没有劳拉，没有杰克，没有伟大的目标，没有玛拉。

卢卡斯耸耸肩。"看到了吧，都走了。"然后他砰地一下关上了门。

　　我拖着沉重的脚步穿过空荡荡的公共休息区，心里在想着各种可能性。也许她去了我们原来的房间？6号房？这样她就可以一个人睡一张床？也许她是去给我们弄早餐或咖啡了，随时都会回来。无论如何，她都不可能放弃，因为还有那么多线索需要解开。她不会放弃我们已有的线索，那些一定都是有意义的——

　　汗珠开始在我的额头上聚集，我加速奔向17D房间。**我不知道你是否完全领会了这些信息，我听见她说，会有人愿意为它花很多钱的。**我几乎跑着冲进我们的房间。大脑中最微小、最安静的那部分在期待她坐在床上，手里拿着麦当劳的早餐三明治，微笑地等着我。而大脑中的其余部分则告诉我：那根本不可能。

　　其余的那部分是对的。房间里空空荡荡，比前一晚更冷清。我冲过去撕开我的背包，找到我的衣服和牙刷……其他什么都没有。爷爷留下的四个线索全都不见了。

　　我的大脑在拼命抵制玛拉偷东西的情景，我不想让她变成我不想让她成为的那种人。我试图为她找所有的借口：她是拿去影印了，然后再把线索藏起来，这样别人就偷不走了。

　　但借口越多，就越让人觉得荒诞可笑。唯一合理的解释显而易见：我被骗了，我被骗了，我被骗了。她利用了我，利用了我的社交恐惧，让我觉得自己像个神，这样她的工作就会变得简单轻松。我是多么心甘情愿地让她参与进来，跟在她的后面；我是多么迫切地给自己下了药，让她逃走；前一天晚上，她和杰克在一起时笑得多么开心——一想到这些，我恨不得开车飞出桥外，坠入湖里。我一直在被玩弄——显而易见，从比赛的第一分钟开始。现在，我已经一无所有。

我甚至怀疑"伟大的目标"是不是真的存在。

我甚至怀疑墙上的涂鸦是不是那天早上才写上去的。

我甚至怀疑她的名字是不是真的是玛拉。

我知道没有感觉是什么感觉。灯光一点点散开，开始燃烧周围真实的世界。

我任由灯光吞噬自己。手、手臂、大腿开始感到刺痛，直到失去知觉。

玛拉的脸在虚无中忽隐忽现；她的头枕在枕头上，我痛苦地推开枕头；她的身子靠着架子，我把架子拿开；那盏灯和那些灯光对我的生存构成了威胁，我要比它们更强大。我的身体接管了一切，四肢盲目地摆动，抓、拉、扯、扔、尖叫、呻吟，乞求一切都走开，但没有。于是我投降，我的神经正在自己苏醒。

我拿上背包，离开房间，低头快步走出旅社的大门。灯也跟着亮了起来，前台的老人一定在盯着我，但我没有停下来道歉，没有停下来看，反正我也看不见他。

一阵冷风吹在脸上：悲惨、绝望、刺痛、彻彻底底的寒冷；

那不是我的脸，而是我身体的脸。它拖着我走过一条条惨淡的街，在寒风和车流的夹击中颠簸，冲进街道，冲进汽车的洪流中。

"阿瑟，你没事的，让自己慢下来。"梅森小跑着跟上我。于是我加速，超过他。"深呼吸。"

梅森总是这样，总是在事情出现纰漏时试图对我说谎。每当我带着盛怒回家，对凯特琳和她故意让我嫉妒而采取的种种手段感到愤怒时，梅森就会提醒我：挫折是学会爱一个人的必经过程。然后他会问我一百个问题——她说了些什么？她是怎么说的？我认为她想从我这里得到什么？当然，他根本不想让我感觉更好，他只是想知道我知道什么，就像玛拉一样。

我张开嘴，让空气冷却我的肺，直到胸腔开始发烫，然后用我的左拳用力猛击它。我把左手伸到石膏下面，那里就像骨折当天一样灼痛，骨头与骨头之间那完美的、融化的、熟悉的、肉体的、不自然的摩擦声把所有的疼痛传导到一个没有感情的地方，我的耳朵里有一个声音在尖叫——

"事情不一定是这样的！"梅森竭力让自己的声音听起来很平静，但我听出了他的惊慌。我总能知道我会在什么时候让他惊慌。"我们会打败它的，我们之前做到过。"

我发现自己正走在另一排废弃的建筑物前面，店铺已经关门，用木板封住了窗户，这些商户可能认为根本不值得继续尝试吧——在面前一百米的地方，我看到有鸟儿飞过玻璃窗。

"停下来，和我说说吧。"梅森想抓住我的肩膀，但被我甩开了。"说说吧。"

"说什么？"

"到底发生了什么？你为什么走得这么快？为什么一直那样打自己？把一切都告诉我。"梅森坚持不肯走出我的视线。"告诉我刚刚发生了什么，你们在争些什么。我发誓说出来会感觉好一点，之前都是这样的。"

我停下来喘着气，我的呼吸慢慢在我面前显现出来。我盯着他。

"什么？你觉得我会和她说吗？"他丝毫不退缩，"你可以相信我，阿瑟。"

我加快速度，开始往前走，想甩开他；在横穿一条州际公路时，一辆科迈罗恰好从多座客车道上驶过，诱惑着我打破车窗，抓住司机的衬衫把他拽出来丢到人行道上，然后自己坐进去，加速驶入科罗拉多的群山之中，径直开上一座山，去往某个看不见身后世界的地方，不顾一切地飞入眼前的世界。

"她不值得这样，朋友，"梅森喊道，"她和我说过没问题的。"

"滚开！"我大吼回去，冲着那道光尖叫。光变成一道砖墙，在我的周围渐渐闭合，速度越来越快，已经骨折的手上的那枚戒指让我窒息，砖墙还在不停地逼近，我觉得自己需要做点什么，哪怕以后会后悔，我需要打破它，才能生存，一束无比强烈的光正从我旁边的窗户里倾泻而出——

我停下来，抬头看着它。那是十几只红色的小鸟，西部唐纳雀，正在"博德书店"四个字上拍打着翅膀，啄着我身边的玻璃窗。跟着这些小鸟，我找到了昨晚看到的那家书店。那道光线缩回到了光源上。

在现代社会，这种书店是一种不合理的存在。书看上去一本比一本古老，甚至几乎连"旧"书都算不上，杂乱无章地堆叠在两侧，从中间分开一条线。一边是虚构类，另一边是非虚构类。

我再次感觉到自己皮肤下面的身体，左手在无法控制地颤抖，胸腔和脸颊因为疼痛而肿胀，皮肤被寒冷侵蚀着。

老店主从后面走出来，仅剩的一小丛头发紧贴在布满皱纹的头颅两侧，就像一片小森林，眼镜腿儿也消失在了森林里。"有什么事吗，小兄弟？"

"随便看看。"我低声说。

"好吧，如果你想找哪本书，可能得需要我帮忙。"他斜靠在后面的墙上。

"那些鸟儿是怎么回事？"

"是从一本书里飞出来的，"他说，"我最喜欢的一本——"

"为什么不把这些书分分类呢？就像其他书店那样？"

"有的，在这里。"说着他用两根手指轻轻地敲了敲自己的脑袋。

我拿起一本书，海明威的《流动的盛宴》。"这是一本回忆录，非虚构类。"

我把书扔到另一侧，老人笑了。"好吧，那是作者自己说的。"

"没错，他最有发言权。"

"不过据我所知，一个人的成长史通常都是虚构的，并不是事实。"

"不。"我说。

"仅仅是因为有人说了发生过——"

我拿起另一本非虚构的书，冲他挥挥手。"不，因为它的确发生过，在他的过去，那就是非虚构。"

"好吧，"老人耸了耸肩，"过去就是这样，孩子，我们都认为那就是真的。"

我转身回到虚构区。

之后足足五分钟的时间里，他都在看着我从任意一堆书里取出一本，翻过第一页，然后再把它扔到另一堆书里。即使我一直在攻击他的"分类系统"，他也始终微笑着。

"你怎么保证这个地方能一直营业？"我问。

"什么？"

"我是说，从做生意的角度讲，你的顾客很多吗？我来得也许不是时候？"

老人并没有反击。他笑着摇摇头。"不，我想不是的。"

"不知道在过去十年里，你有没有写过什么书？"

"不，我想没有。"

"那这里怎么能一直营业下去？"

他耸耸肩，继续笑着。"生命总能找到出路。"

"有一本书，有一个词是关于工厂的，我之前从没听说过。"

他收起笑容，严肃地抱着胳膊。"你到底需要什么，孩子？"

"只是随便看看。"我在虚构区后方的架子上发现了几本书。三本平装小说，封面已经卷了边、褪了色，但仍能看到用彩色铅笔画的木屋和灰紫色的天空。

"你可是发现了我们的珍藏品。"老人径直从我边上走过，拿起第一版的《遥远的世界》。书在他的手里被翻来翻去。"这可是作者的亲笔签名版。几年前我弄到了几本，然后卖掉了其中几本，这就是我们这里能一直开门营业的原因。"

这话让我大吃一惊。"阿瑟·路易斯·普尔曼的……亲笔签名？"

他轻轻地晃了晃手里的书。"生命总能找到出路。"

"你是……我是说，他是怎么签名的？你怎么弄到它们的？"

"这倒是个很重要的问题，不是吗？不过即使我告诉你，你也不会信的。"

我什么都没有说，只是看着他，而他一直看着书。看到人们把爷爷很久以前就已经放弃的东西抱得那么紧，这让我产生了一种很奇妙的感觉。我从没有见过有人这样看着爷爷的东西。

老人将书递给我，我回到屋子的正中央，坐在一堆横跨虚构和非虚构界限的书上，不确定哪一边是哪一边，也不确定自己是在哪一边。

老人讲故事时，身子有些颤抖。"他只是在这里闲逛，和你一样，可怜的家伙，看上去冻坏了，一直在一个小本上写着什么，一遍遍地念叨着他的名字——'阿瑟，阿瑟。'我问他'你在找什么，伙计？'你知道吧，我还以为需要替他找一个养老院。但我还是想帮他，然后就在他的小本上看见了他写的书名——《遥远的世界》，于是我说'哦，这个书我们还有几本，我来找找'。当我找到书时，我看到了封底的照片，不知怎么，我一下子明白了。当然，封底的人像个孩子，实际上有点像你，但是……我一眼就看了出来。我想，这就是作者！他身上带着身份证；没错，就是阿瑟·路易斯·普尔曼。他一直在说'我要坐火车'。我说没问题，如果他不介意在路上给几本书签名的话，我会带他去火车站。一路上，他大部分时间都在日记本上写着什么，并不怎么注意我。但当我把书递给他时，他也真的都在上面签了名。"

我咽了咽口水。这种巧合的感觉真的太美了。我开始觉得胃里很不舒服。

"你在那本日记上看到别的了吗？"我平静地问，眼睛来回打量着书的封面。

他摇摇头。"没有，他不想让我看，这是肯定的，我只是瞥到了几眼。"

他把书递给我。书在手里显得很轻，仿佛稍微一用力，就会把它捏碎。

"他甚至还写了题词，"他咳嗽了几下，继续说，"我像个傻子一样喃喃自语，说着书店，说着自己没钱，还有一些乱七八糟的废话，但他什么也没说，只是在每本书上写了四个字。这四个字，就是全部，也改变了我的生活。"

书的四个书角正绝望地蜷缩着，封面上还残留着污渍。这本书已经被读过太多次，快要散架了，装订线也已经开裂，有爷爷签名的扉页已经脱落，扉页上赫然写着四个字——那是他有些犹豫的笔迹——

继续前进。

A Lite too Bright

MCCOOK
麦库克

1.

1970 年 5 月 1 日

我只是一个由我遇见过的人和他们的随身之物拼凑起来的马赛克。

过道对面的女人有一张单程票，她正匆忙地把生活带向生活。她想象自己身在一个名叫印第安纳的地方，在那里，她的三个孩子会更加幸福，自己也将毫不犹豫、毫不畏惧、义无反顾地带领着他们。他们的名字不是传统意义上的名字，而是创造了他们的爱的认证。

宝藏。

珍贵。

美丽。这是最小的孩子的名字。她满车厢地跑着，天堂就在她的手指上。她不在乎我们年纪大了，不在乎我们长得和她一点也不像，也不在乎我们看上去很危险。她还小，还没学会如何去爱。相反，她跑过来，抚摸我们的脸，满心欢喜，充满好奇。这是我们的本性。她是一个可以自我应验的预言，

而我是她的眼睛。

我们旁边的男人无法站立，无法说话，无法思考。他裹在

自己的夹克下，冷得瑟瑟发抖，因为他把所有的温暖都留在了一个女人家的门口，而那个女人却永远无法回馈他。他想象自己身在一个名叫纽约的地方，那里没有乔安娜，但为了能迈出离开她的第一步，他不得不用口袋里的酒瓶让自己镇定。

每一天，他都要从问自己问题开始，

这样值得吗？

我是否应该重新开始？

威士忌的回答是：只要不离开威士忌，他怎样都行。他说这是他经历过的最糟糕的事，但也是他唯一爱过的事。他甚至不知道从哪里开始重新找回自己，而我是他破碎的心。

窗外的男人站在一片过于广阔的田野上。这个世界，对于一个人来说，太大了。他的地平线每天看上去都一样：早晨是灰紫色的，夜晚是灰橙色的，然后被浅绿色的玉米地刺穿，在风中整齐地摇摆。唯一会发生变化的只是风。他的手已经被磨破，因为他必须要用这些工具来支撑他从未选择过的生活，他注定出生和注定死去的生活。

但他的手并不软弱，他的手起了水泡，磨出了老茧。他的手痛得更厉害。

每天清晨七点三十分，他看着火车驶过，每天都在等待它永远不会停下来。

每个春天，他看着生命开始。

每个秋天，他看着生命死去。

每个夏天，他挥汗如雨，直到一无所有。

每个冬天，他焦虑、祈祷。

每一天，他看着火车，但是火车开得太快，

现在，他只等待结局。

但他并不悲伤。

每天早晨醒来，他都会看着火车，因为在需要的时候，他总是很坚强；在需要支撑自己世界的时候，他总是很坚强，而我就是他充满希望的双手。

我只是一个由我遇见过的人和他们的随身之物拼凑起来的马赛克。

——阿瑟·路易斯·普尔曼

2.

"早上好，哀鸣的晨鸽们！起来啦！张开双臂拥抱新的一天吧——不过，说实话，不要太激动。这里只是内布拉斯加州而已，还有一段时间呢。

"我们将准时抵达麦库克，如果没有人跳上车加入我们，我们将立即出发，向新的一天进发。

"如果有人需要我，我就在这里为下一站的站名卖弄几个聪明的文字游戏，那就是……霍尔德里奇。我需要所有能帮上忙的人来这里帮帮我。

"就这些，你们卓越而又忠诚的列车长敬上。"

3.

火车在轰隆隆地前进，把我从半昏迷中摇醒。我一直没有睡着，因为我的眼睛是睁开的，但我不记得上一次眨眼是什么时候。可能是好几个小时之前，也可能是一整晚。

我在美铁丹佛站的售货亭买了一份美国地形图，柔和的蓝色和绿色让整个国家在我面前慢慢展开，平原过渡到山脉时会变成橙色，而遍布全国的美铁车站会用黑点标出。我把迄今为止去过的所有城市用线连了起来，用拇指内侧量了一下它们之间的距离，然后再画出未来的行进图，并在可能有意义的地方画了个圈。火车正驶出我下一个圈起来的地方，我盯着地图很久，觉得上面也没什么需要我特别注意的地方了。如果我能破解他在丹佛留下的线索，说不定还能弄明白点什么，但那个线索连同其他线索一起被偷走了。

　　火车正慢慢深入地图中央那块巨大的天蓝色区域——也就是被人们津津乐道的"大平原"。不知道中西部的人们是否意识到把他们所处的地区称为"大平原"是一种多么大的讽刺，就像他们的平凡中真有什么伟大和卓越之处似的。我不知道中西部的人们是否喜欢这种讽刺。靠近车站外侧的指示牌上写着"内布拉斯加州，麦库克"，但也可以是"内布拉斯加州，随便哪里"。反正都一样，在同样广阔而令人绝望的天空下，只有长长的、缓坡而下的玉米丘陵。

　　对于所有可怕的、扭曲的、不可调和的困惑，以及看着从眼前经过的世界，我感到一种奇怪的满足。我坐在火车后段的一个窗户旁，感受着列车从东边驶来、向西边驶去。我曾在某个日间脱口秀节目上听到一个佛教僧人说过，他过去的工作都是和死囚打交道，而那些死囚其实比大多数他认识的正常人更加平静。"我们都在死牢里，"他说，"只不过死囚知道自己什么时候会死去。"在我的想象中，大概就是这样的感觉：当你看到死亡就在你面前，当你和死亡产生了一种关联，不是作为一个陌生人，而是作为一个和它有过约定的熟人，那么无论你朝什么方向走去，你都会感到满足。

至少我知道这就是爷爷的方向。至少我知道我在做他想让我做的事。是他亲自告诉我要继续前进，所以我继续前进。我看着外面的天空，希望能有一颗燃烧的行星划过天际。

当火车嘶吼着慢慢停下来，我看见窗外有一个男人。当火车经过时，恰好能看到他完整的身影。他独自站在一片广阔的草地上，在渐渐融化的白雪和晨曦的微光中，穿着褪色的蓝牛仔裤，一件冬装夹克，脸上的表情我曾见到过千百次：近乎茫然的，但却充满希望，挥之不去。

他张开双臂，双手指向铁轨，像是在寻找我，甚至把手伸进了车厢。我身体里的所有部分都在瞬间被冻结，连呼吸和血液都停止了。

那是我的爷爷。

他还活着。

我一动不动地坐着，呆若木鸡。当我把脸贴在窗玻璃上时，他却已经消失在晨雾中。

我一直坐着，盯着窗外，推开靠在窗上的靠垫，撕掉粘在窗上的美铁标志，因为它们挡住了他曾经出现过的地方——那个我认为他曾经出现的地方。

是一种幻觉。当然，这是幻觉。他不可能真的在那里，在内布拉斯加的田野上。

我试图从脑海里摆脱他的样子。

但从静止的火车往外看，外面的世界似乎曾在哪里见过。木质结构的车站，很不起眼，后面的地平线是灰紫色的，被浅绿色的玉米秆刺穿，随风一起摇曳着。不同颜色之间的间隔模糊而柔和，几乎就像是用……彩色铅笔画出来的。

我之前见过这个画面，还有画面周围的浅红色的字。

那是他那本书的封面。

《遥远的世界》的封面。

海市蜃楼变成了现实。

我把背包甩到肩膀上，跌跌撞撞地走下阶梯，经过美铁乘务员准备关门的地方。

"嘿，朋友！"我从他身边跑过时，他一把抓住我的背包，大喊道，"要关门了！你不能在这里抽烟！"

"我知道！"我已经下了火车，走上站台。

"好吧，这里可能不是你的目的地！下一班火车要明天才有。"

我的脚不听使唤，自动地往西走去，离铁轨越来越远。

"有人接你吗？"他在我背后喊道，"这里什么都没有！你要去的地方什么都没有！"

我绕开一堆堆的残雪，跳下木头站台，跳到草地上。我已经走出很远，甚至没有听见火车关门的声音。

晨雾比在火车上看起来更浓，但我却让自己越陷越深，越跑越快，牛仔裤内侧的线头在互相撕扯着。

火车开始移动，沿着铁轨向东行驶。我们的方向是相反的。火车很快就不见了。

我依然在奔跑，晨雾逼得越来越近，在我的胸腔里进进出出。我的呼吸开始减速，我的双腿开始犹豫。晨雾中，我看不清方向；我是不是已经偏离了轨道？我转过身，慢慢向前走，直到——

在前方几十米远的地方，一个身影打破了迷雾。首先出现的是他的轮廓：双臂张开，面向刚才火车经过的方向。他是真实的。

"爷爷！"我忍不住大叫。他的头转向我，一动不动；一个鬼魂突然意识到凡人的眼睛可以看到他。我伸出双臂。

但他没有靠近我。相反，他转过头，朝相反的方向走去。"爷爷！是我！阿瑟。"我用积攒了五年的力量喊着。他却开始跑了起来，披荆斩棘，越来越快地远离我。"爷爷！你在干什么？！我是阿……"

他毫无预警地一头扎进左边的田野，棕色的外套后面留下几根瑟瑟发抖的玉米秆。我毫不犹豫地跟着他冲了进去。

刚一进入玉米地，世界就发生了巨大的变化。没有晨雾，高高的叶子挡住了大部分晨光，仅有微弱的光线穿透树叶射了进来。这里更加凉爽，也更加寂静。显然，玉米地里有风，但却听不见风声，因为风的呼啸无法穿透它们的堡垒。这里唯一的声音就是偶尔"唧唧"的虫鸣。

我缓缓前行。每推开一根玉米秆，它都会反弹回来，锋利的叶子就像纸的边缘，割着我的皮肤。我的眼睛开始刺痛，我想起爸爸曾经告诉过我，玉米叶子上残留着许多杀虫剂。我的脸和手已经肿了，让人几乎无法忍受。但我还是继续走着，在迷宫里越走越远。

不知道过了五分钟还是三十分钟。我视野中的每一个方向，都空无一人，只有秸秆、叶子和无尽的黑暗。

"阿瑟，你说的都是幻觉，"桑多瓦尔医生坐在林中空地的橙色高背椅上说，"当你专注于某个人时，就会把他们投射到这个世界里。你们的那些交谈，都不是真实的。"

"这次是真的，"我停下脚步，"我看见他了。"桑多瓦尔医生摇摇头，在他的便签本上写着什么。"你在写什么？"

"你看到的人都是你记忆中的样子。你不觉得他们总是穿着同样的衣服吗？这就很奇怪。或者他们在交谈中总是说着同样的话？"

"他就在这里，"我气喘吁吁地说，"我看见他了。如果是幻觉，他不可能会从我眼前跑开。"

"你要问问你自己，阿瑟，这些错误的记忆，这些梦境——

它们究竟在保护你远离什么？你又在逃避什么？"

"这次不是假的，我看见他就站在——"

"又来了。"

"怎么了？"

"你是在回避问题。你是在逃避自己。你是在用玩世不恭来遗忘——"

"不，我没有！"我扭动着身子，抓起泥巴朝他的方向扔过去，泥巴轻轻地落在地上。

就在他刚刚坐着的地方，距离我几米远的地方，几根玉米秆在沙沙作响。我立刻跳了起来，越过低矮的玉米秆，抬起胳膊挡在眼前，以防叶子袭击我的脸。越来越多的玉米秆在移动。有人在我前面，还有一条我可以追随的小路，一个人正在玉米地里艰难地行进。

那个人在我前面移动得越来越快，碰撞的声音也越来越大。我看见玉米秆突然转向另一个方向，我猛地扑向左边，想要阻挡他。但我的动作太急太猛，脚绊到了地上废弃的玉米秆，将它连根拔起。而我自己也向前飞了出去，跌倒时，一件棕色的外套从一片玉米秆和玉米叶中冒了出来。我故意用身体撞向他的一侧，两个人同时滚落在地上，玉米秆也跟着一起倒下。

世界再次陷入沉默。

"爷爷？"我低声说。我们谁都没有动。

迎着穿过玉米地的柔和的光，他的脸第一次显现在我的面前。脸上的皱纹比平时更深，因为皮肤又和地球重力对抗了五年。他离开时，头发还算浓密，现在已经几乎没有了，嘴唇开裂，满是尘土。

但他的眼睛却像镜子般闪闪发光，一如往日。

我的眼泪止不住地流下来。我紧闭双眼，哽咽着说不出话。"为什么你……为什么……没有人……告诉我……你还活着？"

"阿瑟。"他的声音比我想象的要高。

"为什么不告诉我？"

当我再次睁开眼睛，他开始在我面前变得模糊，形象开始发生变化。那不是他的皮肤，不是他的头发，也不是他的声音。

"告诉你什么？"那个人揉着自己的右臂，"你为什么会在这里？"

我颤抖着。"你不是……"我无法停止自己像幽灵一样盯着他，尽管我现在已经意识到，他不是爷爷。"你是……"

"亨利。"他点点头。

海市蜃楼再次变成了现实。

4.

叔祖父亨利几乎没再和我说过话。我们一路走出玉米地，穿过铁轨，踏过正在融化的雪，走向他停在附近辅路上的那辆生锈的皮卡。

"你可以先和我住一起，"他开口了，"我有一张沙发，下一班火车明天才来。"我向他道了谢，他也自行结束了我们的谈话，打开调频收音机，里面发出嘶嘶的爆裂声，播放着关于玉米价格和冷空气将至之类的消息。

他长得很像爷爷，甚至连举手投足也会让我十分不安。他懒洋洋地蜷缩着身体，靠在驾驶座上，耷拉着同样宽阔的肩膀，微微前倾，像是要永远地占领驾驶座。爷爷以前也以同样的姿势成为他客厅椅子上的一部分。

即使是爷爷活着的时候，家里人也很少提起亨利。我从来没有见过他，他也从来没有来过家里。而在他的成长过程中，少数去过内布拉斯加的几次，也都被当作一种惩罚。亨利本人也只是大家偶尔谈起对中西部的谴责时会被顺便提及的人：**别去射击场，阿瑟，我们可不想让你和你爷爷的兄弟亨利一样，变成红州的疯子。**

但他却是爷爷活生生的遗物。

"为什么我之前从来没有见过你？"他那辆红色的老雪佛兰

在石子路上颠簸着，我打破了沉默。他耸耸肩，没有回答，就像这个问题是从调频收音机里播出的那些毫无意义的新闻。"你也从来没有来过我们家。"

铁轨在后视镜里消失了，整个世界变成了玉米地。车子驶得越远，玉米地向四面八方延展得就越宽，延展到每一个地平线。如果你是生活在这样的环境里，会很容易相信这个世界本没有其他东西，就像到达每一个能量场的尽头时，地球都会掉入银河系。也许这就是当地人从未离开过这里的原因。

"你想过来我们家吗？"我问。他第三次耸耸肩，最后喃喃着，"路太远了。"

"我知道，"我说，"我只是觉得在过去了这么久之后……这有点疯狂……我从小就听说过你的事情，但遇见你的唯一方式竟然只是无意中……"我停顿了一下，努力记起我是怎么看见他的——不是无意的，而是等待，站在火车外面——就是我乘坐的那辆火车，"只是等待。"

他在座位上动了动身子。

"你在火车附近干什么？"

"只是等待。"

"等我吗？"我问。他没有回答。

"如果我没有下车，你打算怎么办？"他没有回答。

"有人告诉过你我会去那里吗？"他还是没有回答。这一次，他伸手去调收音机，试图淹没我的声音。

"你不用骗我，"我一边说，一边把收音机的声音调小，"你怎么知道我会在那辆火车上？是我爸爸告诉你的吗？是他叫你来接我的？"

亨利哼了一声。

"回答我！"我差点吼出来。他一脚踩住刹车，转过头，看着我，整个身体、胸膛和肩膀向我的方向转过九十度，用和爷爷一样的表情打量着我。"我已经十五年没和你那个该死的爸爸说过话了。你觉得我会帮他做事吗？"

在他面前，我感觉自己很渺小。"所以……你只是碰巧在那里？"

他又盯了我一会儿，然后转向方向盘，看着前面的路，再次踩下油门。"我想是吧。"

在到达他的房子之前，我们一直没有说话。

这是一个单层的简易棚屋，建在一片玉米地周围的空地上，屋顶从左向右倾斜着。草坪上散落着农用工具，被埋在长得如此高的草丛里，想来肯定也是多年没有移动过了。屋内，蓝色的墙纸已经碎裂，露出后面的墙皮，客厅里只有一张粗花呢沙发和一张咖啡桌。桌上放着三本书——《圣经》《内布拉斯加的鸟》和一本破旧的《遥远的世界》，书下面是一摞厚厚的《芝加哥论坛报》。"嗯。"亨利终于在我们进屋时发出了声音，冲厨房点点头，示意我们可以去吃饭。然后他再没说一句话，闪进了谷仓。

冰箱门上贴着来自我们家的最新的圣诞贺卡。我讨厌圣诞卡，所有的圣诞卡都不过是假装正常的毫无意义的习惯。记得有一年圣诞节，爷爷笑着问我妈妈："你觉得我穿一件领口带纽扣的衬衫怎么样？看上去是不是没有那么悲惨？"冰箱旁边的墙上挂着一部电话机。

我只记得两个号码——第一个我曾经拨过一百多次，可以不假思索地拨出去——555、158、5678——不过那头的声音应该是梅森的。我会想起所有给他打电话的时光，他会接电话，告诉我当时我所要知道的一切。然后我会意识到所有这样的时光都是胡扯，会想起他如何利用这些时间接近我，偷走了对我来说很重要的东西，现在我知道了。**对不起，阿瑟。该死的，梅森。**

另一个号码是凯特琳的——555、158、3353。"你需要有人照顾。"我听见她说。"你非常需要我。"我能看到她站在她家厨房的桌子旁，两腿交叉，探着身子，冲着电话点着头。

"你疯了吗？"

房间的另一头传来一个声音，不是凯特琳，是玛拉，冷漠地坐在粗花呢沙发上，用手抚摸着亨利的旧收音机。看到她，我会头痛欲裂，她会让我更想给凯特琳打电话。"千万别做会后悔的事。"玛拉警告我。

"你需要有人照顾。"凯特琳低声说。我回过头，透过厨房的窗户，看到亨利正在给十几只兴奋地围着他跑的鸡撒食。我知道鸡没有任何情感的羁绊，但是看着它们像亨利轨道上的小行星一样围着他飞跑，我很好奇他是不是知道鸡类科学家们所不知道的事。他没注意到我，于是我用右手拿起旧旧的塑料听筒，举起来放在耳边——

没有拨号音。我把电话重重地挂了回去，玛拉和凯特琳消失了。

我给自己弄了几片吐司，一边吃，一边打开橱柜。里面大部分都是空的，没有任何迹象表明爷爷曾在这里逗留过。在最后一个靠近后门的橱柜里，我发现了一沓信封，看上去像是写给亨利·普尔曼的正式信件。我翻看了一下，最上面一封的日期是1969年2月，来自麦库克第一银行：

> 普尔曼先生，
>
> 我们很遗憾地通知您，鉴于过去十二个月里您未能按时支付贷款，您的房产已进入终止回赎程序。您的按揭贷款逾期未付金额共为458.12美元；请于十（10）个工作日之内将这笔钱汇至我行，否则我们将被迫……

但我并没有在这个房子里看到任何终止回赎的标志，也没有任何迹象表明我们非法进入了一处别人的私产。也不知道这是以前房主的房产，还是银行已经免除了余款。

我拿起下面的一封信，日期是1974年10月，来自同一家银行：

普尔曼先生，

　　我们很遗憾地通知您，鉴于过去十八个月里您未能按时支付贷款，您的房产已进入终止回赎程序。您的按揭贷款逾期未付金额共为 865.76 美元；请将这笔钱……

余下的信件都是这些内容，讲述着叔祖父亨利与银行的斗争史。先是 1977 年，然后是 1980 年、1982 年、1987 年（此时银行已经改变了终止回赎通知的格式）、1991 年、1995 年、1999 年、2002 年，至此便中断了很久，然后又从 2010 年重新开始。最近一封是两个月前的，显示他如今已经欠下 2.2 万美元的贷款。

我向窗外望去，亨利已经喂完鸡，开始喂猪。他坐在猪食槽后面的栅栏上，看着它们吃食，偶尔会拍拍靠边上的一头猪。他对它们笑了笑，它们似乎也对他笑了笑。"比该死的猪还要开心。"这是爷爷常说的一句话。

我把信放回到柜子里，走进客厅，瘫倒在粗花呢沙发上。沙发坐上去很不舒服，让我觉得有些发痒，唯一的毯子是一条羊毛被，大约只有我身体一半的长度。可我还是把自己裹在里面，躺了下去。

我从书架上抽出《内布拉斯加的鸟》，翻了一遍。可内布拉斯加州并没有唐纳雀，也没有迹象表明爷爷曾经碰过这本书。

5.

傍晚时分，我睁开眼睛，被炉子上的平底锅发出的"叮当"声吵醒了。夜幕已经降临到内布拉斯加州，方圆几千米内唯一的光亮来自于亨利的厨房。除此之外，房子、院子、田野、整个内布拉斯加州，都是一片漆黑。

我的头终于正常了。持续了二十四个小时的疼痛终于得到缓解，太阳穴也不再跟着肯德里克·拉马尔的节奏猛烈地撞击。

我转过一个拐角，看到了亨利，他冲桌子点点头，并没有说话。他已经准备好了两个餐位，其中一个面前的桌子上放着他唯一的叉子和唯一的盘子，盘子上堆放着煎蛋和八片吐司，旁边还有三杯牛奶。我坐了下来，他把平底锅端到桌上，然后喝了满满四升水。我一定是他多年以来的第一个用餐伴侣。

"别急。"我拿起叉子时他阻止了我。"加州没有这个规矩吗？"

他低下头，合起双手，闭上眼睛。出于礼貌，我也像往常一样，半闭着眼睛，看着他缓缓地和上帝对话。

"谢谢你，上帝，耶稣。"他的声音很轻，似乎很紧张，不敢让人听见。"感谢大地，这就是我所需要的。谢谢你的玉米，还有鸡蛋，还有猪和鸡，以及来自它们的全部祝福。谢谢你的大草原，谢谢内布拉斯加州，谢谢你，妈妈，希望你可以照顾她。谢谢你来我的家。为了傍晚的日落，还有清晨的火车。我为你们而活。阿门。"

我噘了噘嘴。这就是宗教——除了该死的谷仓里的几只动物和2.2万美元的债务，亨利一无所有，但上帝赋予他的某种想法却让他满足于这种沉默的半生存状态。我的爷爷也总是这样对待自己的疾病，阅读圣经，并按照它生活，仿佛丧失记忆是上帝赐予他的神圣的礼物，而不是可怕的负担。

我们默默地吃着。我想问问关于爷爷的事，关于他在此处逗留的时间，关于他最后一次的旅行；可亨利压根没给我机会。他的头一直没有从平底锅上抬起来过，并以快我两倍的速度把煎蛋从锅里铲到叉子上，再放到嘴里，然后用一小口水迅速地把鸡蛋冲下去。当他锅里的煎蛋变得越来越少时，他靠在椅背上，大声叹了口气，在我还没来得及说话之前开了口。

"你为什么会在这里？"他把两只手搭在肚子上。即使他一直在室内穿着棕色外套，但他小肚子上的肉还是被挤了出来。

这是一个非常复杂的问题。"我是想走走他以前常走的路线。"我决定这么说。

"他？"

我咽了咽口水。"我爷爷？你的兄弟。"

"嗯。"他用舌头清理干净牙齿上的鸡蛋残渣，然后向我身后的窗外望去。他动了动身子，表情没有任何变化。他什么也没说，就像爷爷一样。

"我其实是在想——"

"你为什么要这么做？"

"我为什么……要重走他的路线？我……我是希望这能帮助我更多地了解他。我想了解更多关于他的生活。"

"嗯。"

"你介意吗？"我深吸一口气，决定试一试。"你介意我问你一些问题吗？关于我去过的地方……我只是想看看你了解它们多少？"他没有拒绝。于是我继续说下去。"好的。首先，我去了埃尔科，遇到了苏·科佩克。你认识她吗？"他没有反应。"然后又去了格林里弗，和大雷酒吧——"

亨利再次猛地呼出一口气，就像猪在打呼噜。"很抱歉，让你失望了，"他说，"我并不是很了解这位兄弟。"

我放下叉子。他无视这些问题的方式让我又想起了爷爷，只是亨利并没有丢失记忆。

"他确实在这里逗留过，对吗？"我问。

"只有一次，四十年来。"

问之前我就知道这个答案了。"是五年前吗？"

他耸耸肩。

"但他以前经常来这里，对吧？他以前常在这里——"

"那是很久以前了。"

"每隔几个星期，对吧？六十年代，或者七十年代？他一直都来，对吗？因为我去过格林里弗，那里的人说他每过几个星期就会去那里，所以我想他的火车路线应该是——"

"那是很久以前的事了。"亨利开始收拾桌子。这是他要躲开我的借口。

"他为什么不来了？"

亨利在洗碗池边停下来。夜幕已经完全降临，他什么也没看，但我还是顺着他的目光看过去。谷仓、草地、玉米、大草原、猪、鸡、猫，他的整个生活都在外面，但在黑暗中是看不见它们的。他的脸上毫无表情，炉子上闪烁的光芒从浅白色的洗碗池瓷砖上反射过来，从下面照亮他的五官——茫然、毫无疑问、极度空虚，就像他急于要遗忘的兄弟一样。

我改变了策略。"他是……什么样的人？作为一个人来说？"

再一次，亨利呻吟着想要转移话题。"你比我更清楚。"

"并没有。"我说。这让亨利很惊讶。"当我长大到可以和他对话时，他的病已经相当严重。我生命中的大部分时间里，他……他都不是他自己。"

亨利停顿了很长时间，靠在洗碗池边。"那你是怎么知道的？"

"什么？"

"你怎么知道那不是他自己？"他摇摇晃晃地转过身，"你怎么知道那不是他自己？"

"因为，我——"我再一次被逼入死角。"那不可能是他自己，他一定是不同的。比如他年轻的时候？脑子还够用的时候？写那本书的时候？"

"我从来没看过那本书。"亨利嘟囔着。

"我也没看过。"

"我们还真是一家人。"

看着站在房间那头的他，我有些心痛。

他回到桌子旁，瘫坐在椅子上，把整个身子的重量都压在上面，就像陷进泥土里。这让我想起他那天早上站在火车前的情景：手伸开着，仿佛那些草地、泥土、雪、风都无法与他的皮肤分开，就像他站在那里那么久，已经成为世界的一部分，那是他的一部分。

我曾在脑海中幻想过这一刻，那是和爷爷在一起。亨利说话时很像爷爷，走路时也很像，忽略问题的方式更像，他会像爷爷一样用坚定而又无法解释的虚无的眼神盯着前方，像爷爷一样扛着所有未经检验的生活的重量。但在我面前，他们两个无法兼容。即使他们之前曾经一起生活，亨利也早已将它抛诸脑后了。

但这并没有阻止我在失望中继续前进。"那你们小时候呢？你们那时候什么都没做过吗？他那时长什么样？"

他没有回答我。

"至少你能告诉我他是什么样的人吧？在得病之前？"

亨利没有回答我。我的沮丧感终于爆发。

"上帝！你们两个之前到底发生了什么？"

他冷漠地挺了挺身子，一动不动地坐着。

"没什么。"他慢慢地说。"我们不怎么说话。即使说过，现在也不重要了。很抱歉，让你失望了。"他深深地吸了一口气，转过身面对我。"但是，除了我们都是从同一个方向滑入这个世界之外，我和他没有任何共同之处。我过去没见过他，现在也没见过。如果你再次平白无故地使用'上帝'这个词，我就让你睡在第15号县道边上。恳求吧，恳求吧，恳求上帝宽恕你。"

从我坐着的地方，可以看到炉灯正照着他的头，照亮他脸部的线条，滑过他脸上所有的皱纹。我没有听到威胁，也没有听到愤怒。但我听到了他的声音，响亮而清晰。就现在，我轻轻地咽了咽口水，用更小的声音说："那你今天早上为什么会出现在火车站附近，亨利？"

"告诉过你了，在等。"

"等什么？"

房子在风中呜咽，年迈的地基被来回地推拉，大草原试图将它连根拔起。"只是不想错过他。"

我的心猛地一沉。

还没有人告诉过亨利，他的兄弟已经死了。

他抬起头，我感受到了他悲伤的重量。我看见他带着这种悲伤，伸出双臂，平静地审视着火车的每一扇窗，就像今天一样，每一天都这样。持续了多久了？五年？十年？四十年？

我们两个都没有再说话。大约过了十分钟，我听到他椅子摩擦木地板的声音，周匝没有一个人迎接它的回响。他盯着桌子中央，一动不动。我试着张了三次嘴，想告诉他发生了什么事，但却发不出任何声音。

最后，他抬起头看着我。"当你看到他时，告诉他我还在等他。"

我咽了咽口水。"当然，"我低声说，"我……当然。"

他没有说话，一把推开椅子，从桌旁站了起来，消失在客厅里。

我独自坐在桌旁，看着亨利刚刚离开的门口。

在他的一生当中，一定有某个时刻，他想要的会比现在更多。也许他结过婚，也许他的朋友来了又走，也许爷爷的旅行给了他比现在更快乐的生活，但他不可能一直都这么孤单。我不知道是什么让他走到了今天这一步，每天开车去火车站附近，去等一个他已经认定不会再回来的人。我无法想象他究竟犯了什么错误才会来到这里，也无法想象他空虚的一生中，这些错误又重演过多少次。我无法想象在数十年的隔绝之后，悔恨又会以什么方式堆积起来。难怪他一直和上帝说话，哪怕上帝已经抛弃了他。

除非这就是他想要的。也许他喜欢鸡，喜欢鸡给他下的蛋，喜欢他用来吃鸡蛋的那个唯一的盘子，喜欢把他和整个世界隔绝开来的巨大的玉米地。很难想象，但这里有他的目标，一种不同的目标，舒适而有意义。这里有依赖着亨利的东西，亨利也依赖着它们，如此便够了。生命的循环可以这么微小，这么简单。或许爷爷的生活也不是他想要的生活。

也许这才是爷爷想要的生活，如果他没有意外地成立家庭。也许我就是横在爷爷和亨利完美隐居生活之间的障碍。

亨利又从那个门口钻了回来，手上拿着一张剪报。

"这是他的，"他说，"他上次拿来的。"

亨利一定知道他递给我的这个东西的意义。那是爷爷从一张报纸上剪下来的，上面画着好几个圈，尤其是署名。那个名字我曾在丹佛的登记簿上看到过。我能感觉到我的心脏在喉咙里蠕动：

奥马哈：美国中部的反政治中心

路·瑟尔曼

1970 年 5 月 1 日——充满弹力！

中西部的善良的人们，他们害怕

看到他们的祖国被卖给

出价最高的人，而货币正在被交易的东西
正是年轻人的生活，穷人的生活，黑人的生活！

从中西部，他们看到了美国的
全貌，或者不管它
意味着什么，中西部人特有的
同情心将传递到所有人民的身上，
不分信仰、肤色，和
经济状况；中西部人特有的
同情心将终结这场战争！

来自中西部的
革命即将到来，革命者已经
磨尖了他们象征非暴力的
干草叉，准备好了思想的
枪炮，一场对话式的抗议。

请加入我们，5 月 2 日星期二，在
韦斯特伍德图书馆的密室，去
轻声地谈论革命，去准备吹响
我们的战斗号角！

"看完了吗？"亨利问。我点点头，依然死死地盯着线索。

毫无疑问，这是留给我的。我不知道我在丹佛错过了什么，但他想让我来到这里。奥马哈距离这里只有四站。

　　"他和你说过吗？"我问，"这是留给我的？"

　　亨利把剪报拿了过去。"他什么也没说。"

　　我点点头，感觉胸口处凝聚起对亨利的巨大的爱。"我找到了几篇日记，"我说，"都是他写的，在他最后的——嗯，旅行期间，五年前。在那本书之后。"

　　"好的。"

　　"现在它们不在我身边，但我拿回来之后会给你看的。我觉得你会喜欢。"

　　"不了，谢谢。"

　　这并不是无礼，而是不感兴趣。"只是因为我们都认为他不会再写东西，我觉得你可能想看……我不知道，也许有帮助吧。"

　　亨利眯起眼睛看着我。"再也没写过吗？"

　　"是的，那本书之后，在他得……病之后，你知道吧？他就彻底不写了，除了那些日记。"

　　亨利又盯着我看了一会儿，然后起身离开桌旁。即使失落，他也会把它隐藏起来，这并不难做到。他几乎面无表情。

　　我在厨房里默默地坐了五分钟，盯着那张剪报。一座图书馆的密室，应该很容易找到，堪称易如反掌。我将再一次在最直白、最显眼的公共场所寻找五年前的线索。不过图书馆的确是一个完美的地方。圣经、百科全书、爷爷谈到过的书——所有这些都可以作为一种只有我和他才会说的秘语。坊间还盛传关于爷爷和图书馆的流言——伟大的图书馆。我怀疑那是不是韦斯特伍德一家人干的。

亨利回来时，把厚厚的一沓信封丢在我的面前。他没有坐下来，而是把目光越过我的肩膀，盯着那些皱巴巴的破墙纸。

"这是什么？"我问。但他没有回答。

我小心翼翼地打开第一个信封。纸张陈旧，墨迹已经快要消失，但我还是认出了笔迹。

1968 年 2 月 15 日

亲爱的亨利，

　　这个月心情沉重——不知道妈妈是否给你写了信，她病了。如果你有什么需要我转达的，我很乐意下一次再来。下个月我会从奥马哈过来，和往常一样，我会在铁轨附近等你。

　　感觉我今年像是在周游世界。妈妈的这件事也许是一个很好的机会，我想休息一下。不过不知道这能否行得通——我越是了解这个世界，就越觉得它需要帮助。我想，我恐怕至死都会每天站在瀑布脚下嘶哑地向天空吼叫，乞求水流改变方向。哦，好吧，这就是我选择的生活，我热爱的生活。

　　杰弗里向你问好，杜克也是，这里离家在外的每个人都是。我们是多么棒的一群人啊。你会喜欢他们的。希望今年的庄稼收成会很好。我一直在关注天气预报，他们说内布拉斯加州雨水充足。希望你一直在跳我们的舞蹈，哪怕这帮不到你的庄稼，但会对你的灵魂有好处。即使丑陋如我们，也值得跳舞。

　　顺便说一句——那个老混蛋又看到了自己的影子。你知道的，我说话算话，所以我至死都会信守我们的约定。随信附上一张支票。告诉银行的那些牛皮大王，要想拿走我们的东西，就得更加努力地工作。

——你的兄弟阿瑟

信封里还有一张小小的照片：两个长得一模一样的青年人，互相扶着对方，向前倾着身子，靠在麦库克车站的栏杆上，身后是一条延伸到地平线的铁轨。

　　一共有十几个信封，邮戳都是五年前的。

　　"是他写给你的？"我问。

　　"我们打了个赌。"

　　我抬起头。

"庞克瑟托尼的菲尔。[1]"这是我第一次看到亨利几乎微笑的样子。"那只土拨鼠，每次看见自己的影子，阿瑟就会给我一千美元。"

我顺着信里的文字往回看：那个老混蛋又看到了自己的影子。"如果它没看到呢？"

"嗯，"亨利看向我身后的窗外，"我的兄弟——阿瑟也不会从我这里要走一千美元。"

"那他想要什么？"

亨利完全笑了出来。他的脸上有种异样的东西，被皱纹竭力地阻止了。"一首诗，那个混蛋。他说诗比钱更有价值。"

一切都说得通了——亨利厨房里那些终止回赎的通知、爸爸发现爷爷偷偷寄出数千美元后的勃然大怒——原来这些都和一只土拨鼠有关。眼前的一切向我展示了一个我所不熟悉的爷爷。

"我知道他的记性不好了，"亨利继续说，"我看到了，他连我的名字都不怎么记得。"亨利冲着信封眨眨眼。"但他还是会写信，每年都会寄一封过来，他一直都记得那个该死的赌局。"

他坚定地吸了一口气，像是要把刚才的话吸回去，然后消

---

[1] 在美国宾夕法尼亚州的庞克瑟托尼镇，传承着一个著名的民间风俗。一只名叫"菲尔"的土拨鼠会预告天气，每年 2 月 2 日，如果菲尔看见了自己的影子，回到洞里，就表示冬天会延长六个星期，如果它没有看到自己的影子，就说明今年的春天会来得很早。菲尔的预测日被称作"土拨鼠之日"。

失在厨房角落的一扇小门里。整晚，我再也没有见过他。

房子里到处都是松动的木板，吱吱嘎嘎地呻吟着。整晚，雨水敲打着外墙，形成了一种音乐般的、抚慰人心的、柔和的敲打声，和风的怒吼彼此呼应。

我醒着，坐在桌旁，听着内布拉斯加州的声音，读着爷爷四十年来写给亨利的信。这是我一生都在看的故事，但却从未被真正地讲述过。爷爷的故事、他生命的缓慢进程，还有他疾病的发展，全部无法分割地纠缠在一起。

第二封信的日期是 1970 年 4 月 25 日，和第一封一样振奋人心，他清晰地讲述了他最近的一次冒险，好像他们刚刚见过面。我从来没见过爷爷那样说话，但此刻我已经相当熟悉其中的角色，又是一年带来了"另一个影子和另一张该死的支票，都是因为你那只聪明而又忠诚的土拨鼠"。

从那之后，信的内容开始有了变化。从 1971 年 3 月 2 日开始，这种意识和信息全部停止，化成了披荆斩棘的波浪，破碎后分散成一块块的混沌。那些信读起来就像他的线索一样——就连仅有的细节也相当的隐晦，故事通常没有开头和结尾，写作本身似乎也让他痛苦到难以忍受的地步，甚至连语法规则也从他的笔下溜走了。依旧不能，放下痛苦，他在一封信里写道，写作，有时候会让我忘记，但通常它只会让我记住。

几年后，他似乎完全停止了尝试。信开始变得简短而热忱，只有几句话在提醒亨利他依然住在加州。他生活中最重要的细节在小段落里停停走走，他至关重要的时刻就像剧情梗概一样简单。1975 年 3 月 21 日，当他提到奶奶时，他只在信里说了两句话：我遇到了一个名叫约瑟芬的女人，她很可爱，我们几个星期后就要结婚了。

对于他已经放弃的生活，我常常能感觉到他的些许后悔，或者他至少很渴望去理解。为什么当我想起内布拉斯加州时，我充满了悲伤？他在 2002 年写道，为什么我不能让自己正面这种想法？

信越来越短了。最后一封信的日期是 2010 年，只有一句话，九个字：我看见了自己的影子。

头顶上的灯泡散发着黄色的光，我在灯下一遍遍地读着信。它们证实了我所知道的一切，仅此而已。信里没有讲述他的人生故事，缺少了太多重要的时刻，仿佛爷爷并没有去过那些地方。

尽管如此，每个春天，信都会如约而至。每一次，"混蛋土拨鼠"都会看见自己的影子，亨利也会收到一张支票。

只有一封信打破了这个模式。仅仅一封信，在特定的那一年，他似乎重新恢复了逻辑。这也是我找到的最后一封信，但时间顺序不对，信的底部有被粘贴的痕迹，信封正面的邮戳已经褪色：1997 年 3 月 16 日。

1997 年 3 月 16 日

亲爱的亨利，

怀着如此喜悦的心情给你写了这封信，
我能感觉到，它就像一个快乐的小肿瘤——我的
儿子刚刚
有了他自己的儿子。

他给他的儿子取名阿瑟，
这个剽窃的混蛋。
但我仍然觉得自己配不上把自己的名字献给如此
漂亮的作品。

当他睁开眼睛时，我第一次再度看到了世界。
他看着我，我在他的眼里看到了我自己，我想
成为他的一切。一切又成为可能。

我以为我在过去的生活里懂得并理解爱。结果
我竟完全不懂得。

支票附在信内。

——你的兄弟阿瑟

6.

　　早上七点的阳光照在我和亨利面前的铁轨上，闪着光。一束锐利的光线刺入我们的眼睛。我其实并不需要他早上带我来车站，可当我走出房子时，发现他已经起床，正在清理皮卡上的冰。

　　在这次最美好的旅程里，从一起前往特拉基，再到最糟糕的争吵，在我和他一起度过的每一个时刻里，我并不记得身边的爷爷何时显得真正开心过。在家里，我们不会那样对话，尤其是他。他不会说"我爱你"，不是因为他不懂得爱的意义，而是我并不知道他是否爱我。毕竟，他唯一热爱的似乎永远是他那些不容动摇的概念：耶稣、狄更斯、棒球，以及那些永远不会让他失望、离他而去或会死亡的东西。

　　对他来说，我的存在似乎只是零碎的：在好的日子里，我就是两只耳朵，听他想说什么就说什么；在糟糕的日子里，我就是一张嘴，满是脏话、胡言乱语。无论是哪一种，我的存在都只是为了满足他的需要。像我这么渺小的东西怎么能够影响他这么伟大的人？简直不可思议。

　　但我错了，证据就在我的背包里。在我出生的那一天，他爱过我，他想要过我，他需要过我。我是他再次证明一切皆有可能的标志。单单这封信，就足以改写我们在一起十三年的全部故事。我想象着那些沉默的时刻，那不是漠不关心，而是无法表达的感情的爆发。那些可怕的时刻和令人不快的谈话并不是愤怒，而只是一种疾病，阻碍了他与他爱着的、想要的、需要的孙子之间的联系。

现在，他想让我继续，他需要我找到他。

"今天早上迟了几分钟。"亨利坐在驾驶座上嘟囔着，倾着身子，查看着铁轨的最西头。

我本想告诉他，他的兄弟已经死了。但每次想到苏·科佩克瘫倒在客厅地板上的画面，还有那只藏在盒子里的猫，还有那些被蒙在鼓里的好处……于是我决定不告诉他。亨利需要早晨的火车。

于是，我们一路听着皮卡的轰隆声，收音机的砰砰声，还有均匀的呼吸声，来到车站。七点过后，加州"和风号"列车终于从地平线上呼啸而过。亨利艰难地跋涉在水沟里的残雪中，穿过铁轨，在火车边上站定，闭上眼睛，举起双臂。火车裹挟着风，头发拂过他的脸颊，仿佛在铁轨上震颤着驶过的不是"和风号"，而是他的身体。他的脸上掠过一丝微笑。

我一直跟着他，但在火车快要接近我们时，他已经忘记了我还在那里。我轻轻地拍拍他的背，转身穿过草地，走到站台上。"谢谢你。"我在火车的轰鸣声中低声说。他没有听见，也没必要听见。我头也没回，上了车。

今天的乘务员留着八字胡。"在麦库克站上车的人可不多见呀，孩子！"我拖着身体穿过车门，走进几乎空无一人的车厢。当火车驶离车站时，我加快速度，几乎跑到了后窗旁。

亨利仍然牢牢地站在草地上，同样的暖风从他身上掠过，把他抛在身后。

每天早晨，火车来了，随之而来的会是崭新的一天，就和昨天一样。每经过一列火车，他与他的兄弟就又远了二十四小时，也与上帝更近了二十四小时。他不能阻止火车开走，也不能让火车慢下来。对我来说也是如此，每一天，我都距离我们在一起的时光越来越远，距离他留给我的神秘越来越近，事实本身变成了小说，就连"我爱你"也晚到了整整五年。

但我意识到，每个人都是如此。就像太阳会升起，火车会日复一日、年复一年地运行，这是一种不可动摇、不可阻挡的力量，穿越整个美国，

它会经过我的叔叔婶婶，他们希望它变得更好。

它会经过苏·科佩克，她希望它不会忘记她。

它会经过格林里弗的人们，他们希望它不要打扰他们。

它会经过玛拉，她希望它能把她带到很远的地方。

它会经过亨利，他希望它能转过身。

可它从来不会。

不过，他仍然像一座雕像，一动不动地站在他曾经站了四十年的地方，为它牺牲了自己。火车开得太快，他那双长满老茧的手伸向前方，饱经风霜的脸朝着火车微笑。

我知道明天早晨，明天之后的早晨，以及之后的每一个早晨，他都会在同一个地方，感受着数十年来同样的冲动，带着无法撼动和无法阻挡的信念，只要他耐心等待，终有一天，他会和他的兄弟重聚。

A Lite too Bright

OMAHA
奥马哈

1.

1970 年 5 月 2 日

伟大的游行开始了。正义的集会，要么接近开始，要么接近结束。

奥马哈是一座充满活力的城市；一座他们能看到美国全貌的城市；充满弹力。我们在秘密的地方秘密会面，那是供我们消遣的神殿。

我们将革命的讯息传播到四面八方，而他们又从四面八方涌来，涌入我们虚假的神殿，

现在，这座虚假的神殿渴求变成真正的庙宇；这里挤满了人，我凭什么说它是空的？

我们建造这座伟大的图书馆是为了伟大的消遣，现在它又在乞求真理了，

杜克告诉我它会好起来的；我们注定要这样，我们只是在响应号召。

我告诉他我有我的怀疑，但杜克告诉我，这是弱点。

怀疑有何价值？如果探索是发现的引擎，问题是答案的引

擎，那么怀疑不就是真理的动力吗？

这样一来，它的反面就是不怀疑，是确定。

世界上没有比"确定"更加严苛无情的枷锁。因为"确定"不容辩驳，不容质问，不容事实与虚构之间留下任何微妙暧昧的关系。

杜克是确定的。而我对此表示怀疑。

对杜克来说，我们是神。但对我来说，我们只是像他们一样做事，而这让我很惊奇：

什么时候，误导变成了正确的方向？

什么时候，虚构变成了事实？

什么时候，深信的谎言变成了真理？

我们是谁？我们自己？还是我们假装的那个人？

你是谁？

而我又是谁？

——阿瑟·路易斯·普尔曼

2.

　　走下奥马哈的站台，一切都令人感到不安，仿佛有一百万只眼睛在盯着我的胸口。我能感觉到一种可怕的东西，但无论那是什么，它就在我的周围。我戴上兜帽，一边走，一边提醒自己：如果恐慌住进我的大脑，那么平静也在。

　　韦斯特伍德图书馆是一座巨大的建筑，坐落在一片普通的街区中央，就像被一支醉醺醺扔向地图的箭射中，然后任由它烂掉。建筑的正面立着四根结实的石柱，两段倾斜的阶梯通向前大门，阶梯两侧各有一个歪歪扭扭的喷泉。尽管天气寒冷，但它们依然在喷水。图书馆是三层楼，里面靠墙的书架上摆满了书。一道条幅从天花板上垂下来，上面写着贺词，就像篮球场上的冠军标语，祝贺的对象是一些知名作家和读者——查尔斯·狄更斯、威廉·莎士比亚、F. 斯科特·菲茨杰拉德、J.D. 赛林格，当然，还有一幅黑白肖像，那是爷爷二十出头时的样子：一只手抓着火车站的栏杆。这是亨利认识的阿瑟·路易斯·普尔曼，而我从来没有见过。

　　"打扰一下，先生，"前台的图书馆管理员注意到我在张望，"有什么可以帮到您的吗？"她看上去和加州的图书馆管理员很不一样：年轻、圆润，非常漂亮，卷发在脸颊的两侧弹来弹去，微微笑着。

"我，哦，我，嗯，我在找……找一本书。"

她真的很漂亮。

"好的，我们这里是有一些书，"她说，"事实上，这里大概拥有三百万册藏书。"

"那什么，嗯……"我指了指爷爷的条幅，"那他的书呢？"

"啊，阿瑟·路易斯·普尔曼可是我们的最爱之一，"她激动得脸颊泛红，"如果您是他的书迷，算您走运了。这里的确是最佳场所。"

"我不知道……"我低声说。

"这里像一座迷宫，"她带着我走上台阶，拖着脚后跟，在一排排书架的过道间来回穿梭，"您知道人们总是说，人会迷失在一本好书里，是吧？是的，在这里，我们认为您会迷失在三百万册好书里！至于阿瑟·路易斯·普尔曼，本图书馆专门开设了关于他的展览柜——其实是一座神殿，那里甚至还陈列着几本《遥远的世界》的初版本，还有他的本人签名，以及其他东西。"

我已经并不感到惊讶了。

"我非常喜欢普尔曼。我想我知道关于他的一切。不知道你熟不熟悉这样一个故事，有人说他在去世前曾花了四十年的时间创作一部杰作，他加州豪宅的地下室保险库里就保存着副本。"

"其实不是豪宅。"

"什么？"

"我是说，嗯，那很棒。"

"我真的这么觉得。但话说回来，我也听说他在写这本书时很折磨他的家人，心理上的，您懂吗？把他们当作奴隶一样关在地下室里，就像实验对象。如果这是真的，我不确定自己是否还想看那部杰作。"

"我想我会更想看的。"

"不管怎么样，"她没有接我的话，"至少我们这里还有这个。"她一边说，一边像游戏节目的模特一样指着过道尽头的一个玻璃柜，那里陈列着几张照片，一篇《芝加哥论坛报》的讣闻，以及三本初版本的《遥远的世界》。爷爷一直都很慷慨。

"太好了，非常感谢你……"我的眼睛在搜索她的名牌。

"苏西。"

我和她都注意到我正明目张胆地盯着她的胸部。"阿瑟。"

"好名字。如果还需要什么，请告诉我，好吗？阿瑟？"说完她走回到图书馆的前台。

这些展品看上去都很搭调，也没有任何东西看起来像是被触摸多年的样子。所有的书都没有任何标记、徽章或差异来暗示那是线索。我很想打开展台的玻璃窗，仔细看看里面的东西。这没那么难，就像杂货店里保护安全套的措施差不多，不像去偷《独立宣言》，而这甚至就连尼古拉斯·凯奇都能做到。我凑近仔细研究了一下那些玻璃，在反光的玻璃表面，一个亮黄色的影子在我身后一闪。我转过身，举起手，肾上腺素在保护着我——

是一个小孩，手上拿着一本《好奇的乔治》，刚从他妈妈的身边跑开，站在我身后的饮水机旁。

我稳住气息，向后墙走去。这座图书馆实在太大了，一排排的书根本不是一个人能够看完的。我发现自己此刻正站在经典文学区，周围是爷爷以前经常提到的书。对于这里的每一个书名，我都记得他当时的反应。

《双城记》？"天才！那真是大师手笔。"

《汤姆·索亚历险记》？"胡说！吐温左转弯时根本写不出东西来。"

《遥远的世界》？"嗯，那本书或许值得读一读。"

我沿着一楼的过道绕了三圈，然后上楼。后墙上有很多门，门上清晰地贴着标签，但并没有"密室"，只有"限员工""库存""补给""男卫生间""女卫生间"，看上去都不太像是革命诞生地。

"找到您要找的东西了吗？"不知不觉中，我已经穿过整座图书馆，站在我出发的地方，也就是苏西的前台前。"应该不难，他只写了一本书。"

"哦，没有，还没找到。"我说。她皱起眉头。"我其实也没……那么仔细看。"

"好吧，那您来告诉我，"她压低声音说，"您真正要找的是什么？"

我往后退了一小步。"我……我在找一个密室……"说完，我立刻就后悔了。

她吃惊地盯着我，两颊涨得通红。

"不，我……我是说……不是那样的，不是密室……"

"不好意思，"她的语气简短而冰冷，"这座图书馆没有密室。"

"不，我只是……我在报纸上看到了一篇报道，我很确定——"

"好吧，不好意思，但您想的肯定是其他地方。"

如果是五天前，我会就此毫不犹豫地走出门口。五天前，我会坐在图书馆外，无助地回顾这次互动，绝望地哀叹自己的失败。但我距离这一切只有五天，只有三千二百千米。

我向前走了两步。"我可以问你一个问题吗？你要诚实地回答我？"

她点点头。

"你拥有什么？"她的脸再次涨得通红，紧张地拧着自己的手，低头盯着柜台。"我有一个伟大的目标。"

她的眼睛开始放光，快速地眨了几下，扫视着周围。"好的，"她低声说，"现在你回答我一个问题。阿瑟什么？"

"什么？"

"你是谁？"她咽了咽口水，"你叫阿瑟什么？"

我冲着那条横幅点点头——那张爷爷正在等火车的照片。

"好吧，如果您坚持使用卫生间的话"——她的声音提高了两倍——"我建议您快一点。"说着她把柜台上的钥匙丢给我，低声说，"二楼，宗教区走廊的尽头，一扇标着'库存'的房间门，走进去后右手边第一扇门，上面写着'大额库存'。我知道这么做并不聪明，但是——"

"完美。"

我飞奔上楼。

贴着"库存"标签的门正对着爷爷的陈列柜。这是一个小走廊的尽头，有两个入口通向另一个小入口的通道，其中一个没有门，里面堆放着拖把和扫帚，另一个就是那个"大额库存"。钥匙与锁完美契合。我最后看了一眼空荡荡的入口，推开了门。

还没完全走进去，一股味道便扑面而来。那是一种霉味，还有放置了很久的书味。房间里的空气浑浊而冰冷，丝毫不受空调或人类呼吸的影响。我慢慢地转过拐角，感觉浑身都很不自在，像是闯入了神圣之地，也像是爱丽丝闯入了奇境。

但这个房间本身就是一个杰作。

天花板是拱形的，便于为书腾出空间，四面墙中有三面墙边摆满了书架，书架一直延伸到屋顶，很多书都是黑色、棕色或栗色的封皮。房间的最前面立着两座讲台，上面放着一本词典和一部《圣经》。讲台中间有一个旧火炉，烟囱从建筑的后面伸出去。光线从一扇离地两米左右的方形小窗户射进来，中途经过玻璃粗糙纹路的阻挠，变得微弱而昏暗。房间的中央是一张橡木桌，上面只有一件小东西：一小堆碎纸片。

我感觉那些一度荒唐可笑的流言突然在我眼前变成了现实。我感觉到了爷爷的存在。

我站在伟大的图书馆里。

这里的每一个细节都会让我心跳加速。我在书海里流连，呼吸着爷爷和其他先知留下来的空气，以及曾经在这个房间里激荡的思想、文字和传奇。我的一只手在桌面上摩挲，指尖拂过光滑的木头桌面。我的目光最后落在《圣经》上，那是一本鲜红色封皮的第六版钦定版《圣经》，就像一个触不可及的真理，从高处俯瞰着整个房间。我认出了其中的篇章——《哥林多后书》第五章——那是爷爷的标志。上面不知道是谁写了几个黑色的正楷字，**没有人见过上帝**。

我咽了咽口水。这是他的诗句，是他留给我的。

我转过身看了看从天花板上垂下来的条幅，遮住了那面唯一没有放书架的墙，正是它让我知道了我此刻正处在自己应该在的地方。

因为上面写着，**伟大的目标**。条幅的角落画着一只鸟——我敢肯定，那是一只唐纳雀。

我能看到玛拉在为抛弃我而道歉，央求着再次回到我身边，沉浸在悔恨中。

我能看到杰克正在看电视新闻，如果他知道有这样一个伟大的图书馆的存在，他会有多么疯狂；而如果他不曾参与到发现这个伟大的图书馆的过程，他又该有多么愤怒。"我想你可以像别人一样去参观博物馆。"我冲着面前的空气说。

我能看到凯特琳正在看电视新闻，然后急冲冲地给我打电话。

我走近那个条幅，心想是否应该在它面前鞠一个躬。我轻轻地摸了摸条幅的底部，身后的门砰地被关上了。

3.

伟大的图书馆的天花板实在太高，一有响动，每一分贝的声音都会向外发散。于是声音在本该结束之后，依然还在不停地响着：那是深深的回声，从书本上反射回来，就像从峡谷的峡壁上弹回来。

关门声。回声。

三个缓慢的脚步声。回声，回声，回声。

我没有动，屏住呼吸。

通过眼角的余光，我看见一根拨火棒，就像一把中世纪的武器悬挂在一个套子里，靠在黑色的金属壁炉上。我慢慢地靠近它，伸长脖子，想去看看门口的人影，但是太暗了。

我先发制人。还没等他们出现，就跳向那根拨火棒，紧紧地抓住它，想像拔剑一样把它拔出来。我向前挥动着胳膊，但它锋利的尖头勾住了旁边的木架，我往外一抽，木架上的刷子、铲子和整个架子都哗啦啦地倒在地上，上面积满的灰尘，像一片云在周围升腾而起。我是一个无法消失的魔术师。

金属掉在坚硬的油毡地板上。回声。

玛拉站在门口突然大笑起来。

"你太吓人了！你在干吗？"她看上去就像离开时一样，但又像焕然一新地出现在我面前。她的声音，她的口音，她的举止，就和我记得的那些画面一模一样，但此刻却被涂成了鲜红色。房间里的微弱光线射向我的视野，愤怒涌上我体内的每一根血管，在我的胸口郁积、蔓延。我默默将愤怒咽了下去。

"你可真是世界上最容易追踪到的人，"她绕到桌子的另一头，"说真的，我恰好是在一个车站等了一班火车，然后我们就在此相聚了。"她在回避我的眼睛，或者说是我在回避她的眼睛。"不过你这么快就找到了这个地方，真挺让我惊讶的——蕾拉可是花了几年的时间。"

我的心一沉，她一定也注意到了我的脸色。

"不，你以为——不，不好意思，这并不是什么伟大的图书馆。"我厌恶她语气中的怜悯。"不，根本不是这里。所有的历史书、百科书，我们全都查遍了。只是看上去像是藏着什么，对吧？蕾拉觉得他们可能是故意这么做的。一个伟大的声东击西。"

我紧紧地抓住面前的椅子，木屑刺痛了我的右手，但我几乎感觉不到。

　　"阿瑟——"

　　"为什么会你在这里？"我调整了一下语气和语速。但我说得太慢，以至于从我最低沉的声音中可以收集到碎石。

　　"好吧，"她紧闭嘴唇点点头，"我为自己的不辞而别向你道歉。我知道你一定觉得——很唐突。而且很不好。"

　　我抑制住胸口的疼痛，挤压着石膏下的左手，右手抵住木头上的裂缝，想借此麻痹痛苦。

　　"我知道你也许不能马上理解，但我希望你能明白我的处境；我是不得不做给他们看的。没有别的办法。现在"——她指了指这个房间——"我们到了这里。他们派我来盯着你，但我却反其道而行之。我想帮你。他们可能会说我是双面间谍，但我发誓，我可以向你证明我是真心的。"

　　她向我走来。此刻我们之间只有三米的距离，弥漫着一种显而易见的沉默。她上上下下地打量我：凌乱的头发，紧握的拳头，还有因充血而涨得通红的脸颊。"你没事吧，阿瑟？"

　　"你走了。"

　　回声。

　　"是的，我知道，很抱歉，但我不得不离开。"

　　我的身体在颤抖，然后是双腿，最后是我的声音接管了一切。"你什么都没和我说，也没有留下便条或任何一个字……什么都没有。"我试着与吞噬我视线的光线作斗争，试着均匀地呼吸，以免自己爆炸，但我能感觉到抵着木头的指尖已经麻木。

"阿瑟，我不——"

"不。"我的整个身体都在颤抖。我的呼吸也在颤抖。

她紧闭双唇。

"你抛弃了我。"我的舌头敲击着牙齿的内侧，每一个字都掷地有声。我的脸因为愤怒而涨得通红。"现在你回来了……因为你发现你需要我。对吗？"

玛拉目不转睛地回看着我，嘴角微微上扬，看上去并不感到后悔，就像她以为我在开玩笑。"阿瑟，我理解你的反应，但是我没有办法——"

"因为你就是这么做的。"我的声音很柔和，但并不微弱。我的声音吞噬了她的声音，在房间里回荡着。"因为你就是那样的人。"

玛拉皱起眉头，深吸一口气，然后又放松下来。"我想你没有意识到这对他们——当然也是对他——来说有多么重要。当你和他说起那些日记的时候，他要求你把日记交出来。不是问，是要求。如果我没有拿走那些线索，他们也会自己动手，而且还会伤害你。我告诉过你他们是什么人，我告诉过你我是什么人，而你还是选择卷进来——"

"我选择？"

"是你主动告诉我那些日记的——"

"是你逼我告诉你的。"

"不，我没有。"

"是你操纵了我。是你说我必须向你解释一切，否则就离你远一点——"

"所以我也给过你离开的权利啊！是你选择留下来，和我在一起，即使你知道我在为谁工作。我不确定你认为这种暗示性的忠诚从何而来，但这些人——我的姐姐——这就是我的生活，阿瑟。我和你说过这些，非常明确地说过。"

"我说过我不想和他们分享日记，你说好的，然后你——"

"我说的是你暂时不用和他们说。那天晚上我告诉过你不要对杰克说，但你说了，自愿说的。是你把我逼到了绝境。"

"那——"

"而且，"我看见玛拉的手指在她面前的椅子上抽搐着，"你要搞清楚，我现在就在这里。我觉得你甚至没认真地想过我来这里有多么难。我离开了一个工作三年的团队，只是为了帮你。你现在面临的所有危险，我也在为你扛，因为我想帮你。但你根本不会考虑这些，对吧？因为它不符合你脑子中把我塑造成的怪物，对吗？"

"那你为什么离开？"我有些控制不住音量，"如果他们对你这么重要？"

"因为他们不是……他们不是……他们不再是过去的他们。"

我慢慢地摇摇头，小心翼翼地不去看她的脸。"他们什么都找不到的。"

玛拉没有反应。"他们知道。他们已经不再找线索了。他们在找你。"

我什么也没有说，心里默默地数着秒数，等着这她再次放弃我，然后离开。

"我可以帮你，阿瑟，但你把我推开——"

"我不需要你的帮助。"

"你这样对谁都没有好处，至少对你没有好处。"

"嗯，反正你也帮不了我。"

"阿瑟——"

"我们结束了，玛拉。"

"你知道的，他们很快就会找到你——"

"我不想再听了，真的。"

"他们不认为他得过阿尔茨海默症。"

回声。

我们没有再说话。房间的气氛又回到焦灼的状态，然后又再次失焦。她看着我，但我并没有看她。

"你说什么？"我甚至没有意识到自己在说话，只是听见了回声。

"他们不认为你爷爷得过阿尔茨海默症或痴呆症，或是其他什么病。"她斜靠在桌子上，表情严肃而愤怒。"他们觉得这是一个诡计。他们觉得，以他那种状况，根本写不出如此复杂的作品。他们让医生看了那些日记，然后……然后……他们认为他是假装的，是假装生病，只是为了隐藏一个秘密的图书馆。"

我们的目光第一次相遇，这种相遇让我们两个人都有些惊讶。

"但他们是认真的，阿瑟，"她继续说，低头看着桌子，"他们真的不是闹着玩的。他们认为图书馆是存在的，而且他们……他们认为一定会找到它。不只是有能力找到，而是他们觉得自己是被上帝选中的，肩负着上帝的使命，或者别的什么。任何阻挡杰克找到图书馆的障碍，他都会……上帝，我不知道他会做出什么。我想你应该知道。"她停顿了一下。"对不起。我不是故意让你不高兴的。"

我一句话都没有说。沉默对她来说是一种惩罚，但我脑海中的那些字却在飞快地组合，然后又迅速分散，快得我抓不住它们其中的任何一个来组成一句话。

终于，我把八个字拼在了一起。是她说过的那八个字。八个我可以重复的字。

"得过阿尔茨海默症。"我低声说。

她用手肘顶着脸。"怎么了？"她冲着自己的袖口说。

"你说他'得过阿尔茨海默症'。也就是说，你觉得他还活着？"

她摇摇头。"嗯，"她低声说，"反正他们觉得这一切都是假的。"我感觉图书馆的地基正在脚下晃动。"他们认为他还活着。"

回声。

4.

2007 年 3 月 3 日

亲爱的日记,

　　有时候我觉得爷爷每次说忘东西时都装模作样的, 实际上, 他的记性比谁都好。

　　他确实忘掉了一些事情。

　　他几乎每天都会把做好的三明治忘在厨房里。

　　有时候会捣鼓马桶, 然后忘了, 就把工具扔在一边。

　　他有时候会喊我"杰弗里", 尽管我的名字是阿瑟, 他应该记得的, 因为他也叫阿瑟。

　　但有时候我也会忘掉这个名字。

　　他总是能记住很多书。一切都始于我告诉他我在学校学了《汤姆·索亚历险记》。

　　我: 你读过《汤姆·索亚历险记》吗?

　　爷爷: 胡说, 吐温左转弯时根本写不出东西来。

　　我: 我必须要写一篇日记, 写我认为汤姆·索亚最好的品质是什么, 以及它的意义。

　　爷爷: 那太简单了。

　　我: 不, 不简单! 怎么会简单呢?

爷爷：因为我最了解汤姆·索亚。

"年轻人充满弹性的心灵，是不可能被长时间压缩成一种形状的。"

（他说他会在我的日记里写下这句话。那是他的笔迹，不是我的。我不会写连笔字。）

我：什么意思？

爷爷：我不能告诉你。

我：为什么？

爷爷：因为这就是它的神秘之处。你得自己想清楚。

他说他可以像刚才那样说出任何一本书里的金句！我不相信（因为如果他连三明治都能忘，怎么会记得一本书呢？）但我们准备试一试。

我：《双城记》。

爷爷："有一个奇妙的事实值得深思：每一个人的生命都是如此的神秘莫测。"

我：《了不起的盖茨比》。

爷爷："我在里面，也在外面。同时被无穷无尽的生命的多样性所吸引和排斥。"

我：《圣经》。

爷爷："为了全……"

他想了很久，我以为他忘了我们在做什么，因为我问他有没有答案时，他生气了。所以现在我只能去踢足球。我想我骗过他了。

以后再说吧。

阿瑟·路易斯·普尔曼三世

"因为我们这暂时的急难，要为我们成就超越一切的永恒的荣耀。所以我们不看所见的，只看所不见的，因为所见的是暂时的，所不见的才是永恒。"

下次好运。

——爷爷

5.

我瘫坐在桌前的一把椅子上。伟大的"声东击西之屋"有一种独特的气息，它不仅与图书馆的其他部分隔绝，也与整个世界隔绝。从外面进来的微弱的光线和声音，让这里显得沉寂而不引人注意。房间里的空气不属于外面，世界的其他地方也不属于这里。我不属于这里。横亘在我们之间的这张桌子有一百万千米那么长，玛拉的声音也远在一百万千米之外。

"很荒谬，对吧？他不可能还活着，是吗？我的意思是，不管怎么样，他至少应该告诉他的家人，对吧？他不可能一直假装……是吗？你了解他，不是吗？"

"他不在人世了。"我喘着气，仿佛要把这些字放在房间里，好让我看得更清楚，但并没有。

玛拉一眼看穿了它们。"阿瑟，你究竟有多了解你的祖父？"

我的视线越过她，心里数着对面底层书架上的书。我很清楚她在看着我，等着我。

最后，她的身影离开了我的视线范围，向门口晃去，走了几步之后，又停了下来。

"我问过杰克他为什么这么想找到真相，他说'这是我们应得的'。而我问你的时候，你却说'这是他应得的'。这也是蕾拉说的。这就是我回来的原因。为了她。"

"听起来像是胡扯。"我说。

"什么？"

"听起来像胡扯。"

她向我走近了几步。

"是的，我知道你在逃避什么。我调查过你，就在我遇见你的三周前，你曾上过法庭。"

我闭上眼睛，想要躲避她，让自己去别的地方，什么地方都行。开车，我正在开车，我能看到我的科迈罗的挡风玻璃，以及我前面的路。

"殴打女朋友？在法庭上攻击你最好的朋友？人身保护令？"

我正驾着车在波托拉山谷俯冲，一个急转弯，速度120迈——

"这就是你故作神秘的理由？不想谈论自己，只想逃离加州？"

——直接挂到第六档，时速表飙到160迈。我的肩膀被无法逃脱的加速度死死地压在椅背上。

"让我猜猜发生了什么事。你做了一件你永远不会做的事，因为你觉得你必须做，然后你立刻就后悔了。是这样吗？"

我能感受到重力的力量，尖叫着向前奔驰，把我拉向地球的中心，让我体内充满世界上最容易上瘾的物质：肾上腺素。

"如果凯特琳·刘易斯现在在这里，你会这样对她说吗？"

凯特琳的名字把我拉回了现实。公路、汽车、逃跑的人，全都不见了，我没有在开车。我和玛拉正在一座图书馆里。

"我知道那种感觉，阿瑟。但我想，也许……是时候承认你最糟糕的那部分了，而不是假装它们不是你的一部分。不是把那些都推给别人。"

我没有注意到她已经回到桌子旁，把一张纸扔在我面前。

"给，这就是他们想要的，我想全部都给你，这样就能取得你的信任吗？"我把目光从书架上移开，看到爷爷的笔迹出现在被折着的纸缝里，上面还沾着新的墨迹：一个黑色的小拳头。它在威胁着我。"抱歉在上面盖了印章，杰克会在任何东西上盖章。"

她静静地站了一会儿。"说点什么吧。"

"失败后再把东西还回来，这并不怎么光荣，"我低声说，"这是懦弱，根本不会为你赢得信任，只会为你博得同情。"

她昂起头。"好死不如赖活着。"

"你恰好说反了。"

"我知道，这就是我回来的原因。"她停顿了一下。"希望你能找到你要找的东西，阿瑟。"

她头也不回地快步走出了门。

一阵头痛。我的大脑两侧在发痒，眼睛后面的一切在彼此碰撞。我连做了三次深呼吸。我不知道该怎么办。

她留下的这张纸是我在特拉基小屋里发现的第一篇日记。

一个我已经忘了的声音在召唤我
用一种我发明的但早已忘了的语言
光，亮到看不见光是从哪里来

"他不在人世了，"我对着空房间说，"他们把他的……"

房间没有回应我。它吞噬了我的话，把它们从我身边弹向别处。

十三年来，他的病把我的家人逼到了每一个可以想象的崩溃点。十三年来，我们给了他所有无微不至的关心和慰藉，为每一个不幸寻找借口，尽力理解他每一个荒诞的行为。十三年来，我们为他放弃了自己的生活，结果他却抛弃了我们。

我不是没有怀疑过。他记得一些我确定他会忘记的事情。他的线索中充满了复杂的思想，比我想象的还要复杂。他消失得一干二净，没有提出任何问题，也没有进行任何搜索，而且再也没有回来，也没有告诉过我们任何一个人。

除非他现在告诉我。

6.

二十分钟的完全空白之后，我从桌旁站起来，从书架上拿起那本小小的红色钦定版《圣经》。

我翻了几下。它让我想起爷爷曾经随身携带的那本《圣经》。在他生命的最后几年里，它成了他身体的延伸。他不断地读着它，每当迷路或困惑的时候，他就缩在里面，仿佛那是一本地图。上面那些小小的字讲述着非理性的、过时的故事，是从一位全知全能的领导者那里传承下来的教训。其中的赞美诗、圣歌和名言占据了他的心，也成为了他的记忆。

这本圣经的封面上没有题词。我抖了抖书页，里面也没有夹任何东西。我把书翻了个底朝天，然后继续查看旁边的书架。但还没等到我找到别的东西，图书馆的墙外响起了连续的警报声。

我拽了一把椅子，放在唯一的窗户边，把脸贴在圆形的玻璃窗上。下面的街道上聚集了几辆警车，向整个街区抛撒着红色和蓝色的光。巨大的脚步声和喊叫声从外面传来，警察已经控制了整栋大楼。

我在这间寂静的密室里愣愣地坐了十秒钟。除了玛拉和苏西，没人知道我在这里，但她们两个都没有理由报警。即使爸爸知道我在这里，也不可能用这种阵势围攻我。一定是其他罪犯把警察引过来的，以为图书馆是警察最想不到的地方。不过我还是把《圣经》塞进口袋，跑向——

"我现在明白了，世界是一个圆。我以为在我身后的……其实在我的前面。"

杰克砰地一下关上身后的木门，外面的声音消失了。他的白色围巾似乎在发光，在昏暗的光线下完美地显现着线条。他慢慢地绕着桌子踱步。"我一直期待会在这里找到你。或者说，是你会找到我们。"

我的身子因为愤怒而发抖，但他没有注意到。

"很酷，对吧？我是说，这是他们特意为了一个伟大的目标而修建的。会议、为抗议招募人员，一切的一切。汤普森和普尔曼——杜克和阿瑟——在这个房间，带领革命者们投入战斗。

"不过有意思的是：当这个组织消失时，他们依然在秘密维护这个房间。显然它还在这里，还在接受维护，但并没有人使用。四十五年了，你认为他们为什么会这样做？"

他想让我回答，但我没有。

"图书馆是为了历史而建造的，但人们不是通常都很喜欢炫耀历史吗？"他仔细地看着那些条幅，"而不是把它锁起来保持神秘？当然，他们现在会让我们使用它——我很确信——但在那之前的四十年呢？他们为什么要一直留着这个地方……如果他们不是在等待什么东西或是什么人的话？"

我连做了三次深呼吸，怒视他的笑容。"是你偷了我的东西。"

他的笑容并没有消失。"好吧，阿瑟，那是基于你对所有权的狭隘的理解。"

我的脸更加扭曲。

"听着……我不想让你对此有任何不好的感觉，所以我想尽力解释一下：我们是最接近新的伟大的目标的群体，我们拥有同样的建筑，同样的理念……"他指了指自己，"同样的领导，而这正是我们的父辈和祖父辈所希望的。"

他停下脚步，我们之间隔着三米的距离和一张橡木桌。"不是吗？我是说，在他生命的最后一个星期，他去了所有有意义的地方……四十年来他第一次写作，"说着他把桌上的日记翻过来，"*我睁开双眼，看见自己又爬了上来。我感觉到了伟大的……目标。*"他抬起头。"他的写作是为了重启这场运动，而且拿回本来就属于你的东西并不是偷窃。抱歉，我们的做事风格让你很厌恶，但有时革命需要……实用的大手腕。为了大众的利益，对吧？更伟大的真相，这不是她说的吗？"他快速地从左到右扫视了一下，似乎感觉到玛拉可能就在房间里。"我相信你能理解。无论怎么说，"当他打量我时，我用眼角的余光瞥着他，"你觉得他这是写给谁的呢？"

我的拳头紧握在身体两侧，迫切地想在他身上猛击。但他说的越多，我能找到的理由就越少，甚至连我的愤怒也在消退。"胡说八道。"我说。

"胡说八道？我为什么要骗你？"他耸了耸肩。"你说得好像我是在谋什么私利一样，你觉得我为什么要这么做呢？为了钱？我可没有报酬。我之所以来到这里，是因为世界迫切需要新的领导者，而我被选中来响应这个号召。"

他抬头冲着那些条幅微笑，轻轻地摸着条幅的底部。"他们建造了那么多地方，所有这些图书馆、秘密的聚会场所，还有……那些声东击西的东西，都是为了什么？只是为了放弃吗？为了转身走开，让整个国家重回废墟？我想说的是……肯定还有比这更多的，对吧？不可能只是如此。"

"我不怕你。"我说，为自己打气。

他慢慢地转向我。"好的。"他又耸了耸肩，把右手伸到背后。"别这样。"他从裤子里掏出一把手枪，滑到桌子上。"我们需要你的帮助，阿瑟。"

我盯着它——我们之间的手枪。"什么？"

"我们掌握了一切资源，我们完全了解这件事的历史，但我们并不像你那样了解你的祖父。如果我们能找到他……就这样。这是一场球赛，他回归球队，是一场真正的革命。我们可以领导军队。"杰克说得那么自信，几乎让人很难找到怀疑的理由。但当我气急败坏地忙着呼吸时，我又意识到自己并没有什么理由可以相信他。每次他说"我们"，我就更觉得图书馆里只有我和他。

"你可不要站错了队，阿瑟。"他说。

"不。"

杰克故意眨眨眼。"不？你是不想帮助我们？还是你不了解你的祖父？"

"不。"我尽可能地挺直身板。"该死的，是你偷走了我的东西。"

"阿瑟，你真的看不透吗？这里的危险可比你脆弱的小情绪大得多。"

我回瞪着他。"我倒有个主意，你为什么不试着记住你从你父亲那里知道的一切？"

一丝愤怒掠过他的脸庞，但在没有行动之前，他又重新变得平静。"我不是在和你商量，阿瑟。我不是在请求你。看？"他指了指外面，"这些警察？你猜猜他们在找谁？"

我咽了咽口水。"你在撒谎。"

他给了我足够的沉默来让我思考他说的也许是对的。"我相信这只是个巧合，我敢肯定他们不是在找你，不可能有人向他们通风报信说有个偷东西的逃犯藏在这里。我想说的是，我怎么会知道你在这里？当然，除了苏西。"

一波"所有可能出现的后果"冲过我的身体，我摇晃着，突然因为大地的运动而头晕目眩。我感觉地轴线开始移动，听到了穿墙而来的脚步声和更大的叫喊声。

"他们不知道这间屋子，"杰克边说边危险地靠近我，"除非我告诉他们。"他的眼睛扫视着高高的天花板。每过几秒钟，我都会瞟一眼桌上的手枪，但杰克一次都没有看过。"和我们一起吧，阿瑟。我们一起去找你的祖父。"

在我尽最大可能找到自己最大的音量和决心作出回应之前，这个想法曾闪过了一秒钟。"不。"

"不？"

"不！绝对不！坚决不！"我低下头。我离枪比他更近，如果我冲过去，可以在他反应过来之前拿到它，但在那之后我却不知道该怎么办。我从来没有开过枪，在距离警察三米的地方开枪显然也会更有效地结束自己的生命。

"你不明白。"我能感觉到杰克的体温在上升，突然上升到最高值，然后又冷却到他自信的默认值。"无论有没有你，这一切都会发生，"他的声音越来越大，"我们知道这是要来的，现在我们已经找到了它……"

"祝你们好运。"我几乎下意识地开口，"看来到目前为止一切还算顺利。"

"你知道，这对你来说或许没有什么意义，但你的名字的确很有意义。"他开始有些生气了，绕着桌子，转过身对着我。"你是被选中的，你的祖父是一个伟人，你有责任去继承他。是我给了你机会，我建议你最好接受，因为你做的任何事都不能改变世界，人们会开始怀疑你是否真的是阿瑟·路易斯·普尔曼。"他停了下来，脸一直在离我不到一米的地方盘旋。"我想这对你来说可能不是问题，对吧？没有人怀疑你们的关系。"

"他只是我的爷爷。"

"你怎么——"杰克的心平气和终于消失，他抬起右手猛地掐住我的脖子。我还没来得及出手，他就抓住我的衣领把我推到椅子上。"相信我。我们可不是闹着玩的。"

"我们是谁？"我问，"这里只有你一个——"

他更用力地掐着我的喉咙，我感觉空气正从那里离我而去。"你懂个屁！"他冲着我的脸大喊。最后，他终于松开他的指关节，放开了我。

他跌跌撞撞地后退了几步，摇着头，脸上又恢复了笑容。我站稳脚跟，杰克故作同情地俯视着我。"我知道你一定认为这样既精明又安全，"他说，"像那样愤世嫉俗，但你屁事都没干，你对世界的贡献是……零。那些重要的人，那些名副其实的人……"他从桌子上拿起枪，放回自己的皮带上，然后冲线索点了点头。"拿着吧，你值得拥有这个礼物，我会代你向你爷爷问好。"

他打开门走了出去。

他的身影一消失，我立刻把背包挎到肩膀上，跟在他身后，慢慢地绕过画框，走上那个小走廊。

图书馆里一片混乱。二楼的其他人都受到了惊吓，挤作一团，躲避着警察，其中两个人还以不同的速度跑了过去，我则把自己紧紧地贴在墙上。不管有没有撒谎，不管警察是过来搜查什么的，总之他们什么都没有发现。

"警官，那个角落里有一间密室，"是杰克的声音，"我好像看到他进去过。"

一双手从后面抓住我，把我往后拉进一个柜子。

"笨蛋。"玛拉低声说。她的呼吸温暖地贴着我的耳朵。

我想挣开她，哐啷一声弄倒了一个拖把桶。"你……你干什么？你在这里等了多久了？"

我们屏住呼吸，看见三个警察从身边跑过，冲进那个伟大的目标的密室。

"我们没有太多选择，"她说，"要么从前面硬闯过去……"

"或者呢？"

"如果能让他们从密室里走出来，我就能把他们弄出去。"

我看到警察穿过开着的会议室的门，开始搜查柜子。"你为什么要这么做？"我问。

一束手电筒的光扫过去，唯一的一道光照在她的脸上。她在微笑，依然是那种可怕而又无法理解的微笑。"我和你说过了，这里属于你，不属于他们。"

我看到又有几个警察从我身边跑过去，我觉察到玛拉正紧紧地贴着我的身体，我在思考面前的世界和后面的世界。"好吧。"我点点头。

"你确定准备好了吗？"她低声说。

我再次点点头。

"因为如果你愿意，你可以回家，你可以自首，然后——"

"不，我不回家。"

玛拉咽了咽口水。"我需要你跟在我后面，"她低声说，"不要转身，好吗？"

我还没来得及行动，她就已经冲出门外，一边跑，一边抓住展览柜的边缘，把它拽到地上，玻璃碎了一地。我紧紧地跟在后面。

周围的颜色开始模糊。我的眼睛盯着玛拉的后脑勺，她的帽子就像一个发黑的球体，引领着我在迷宫般的书中穿行，她往右冲，我也往右。我们在陈列品和书架之间游来游去，身后传来喊叫声，但很快就被我们抛得远远的。

警察从四面八方向她扑来。当我们飞奔到一个角落时，一个警察抓住她的外套，把她往后一拉，让她放慢了速度。那个人的注意力正集中在她身上，于是我毫不犹豫地挥动右手，猛地从书架上拿下一本精装书，重重地砸向他的后脑勺。疼痛迫使他往后缩，他松开了她的外套，我们继续飞奔。

　　身后的某个地方正一片混乱，我听见凯特琳大喊："你是在躲避警察！你现在到底是谁？"

　　但我跑得太快，她的话被我甩在了后面。所有的混乱都被抛在我们身后，这个世界无法控制的困境距离我又远了一步。我的体内只有肾上腺素，我的前面只有玛拉。我觉得自己的脸上掠过一丝微笑。

　　玛拉娴熟地带着我逃跑。她带着我上了一段很长的楼梯，上了三楼，然后又下了两层楼梯，进入图书馆那间宏伟的大厅。她猫着腰，带我挤过图书馆里的一大群顾客，脱下帽子，从另一头冲了出去，出现在警察根本不会料到的地方。

　　有那么几次，我以为他们已经放弃，没有人再追我们了，但每一次，都会有另一个警察突然跳到我们面前，出现在巨大的图书馆里，逼得我们不得不在一排又一排的书之间穿行。

　　玛拉带着我绕回到"大库存"的门口，也就是这场追逐的起点，然后停了下来。视野里并没有警察。她跳过地上的碎玻璃，潜进会议室，我转过身，寻找追捕我们的警察。我什么也看不见，但四处都是他们的声音。

"有人看见了吗？"

"他肯定就在附近。"

"是两个人，还有一个女孩。"

玛拉跪在壁炉门前，双手伸进壁炉里，而我则守在壁炉门口。

"你到底在干什么？"我冲玛拉大喊，"生火吗？"

"你觉得她是同谋吗？"

"肯定是。你知道这些人的工作方式。"

我试着往门框里钻，躲开两个跑过去的警察，他们的靴子踩着地上的碎玻璃，发出嘎吱嘎吱的声音。爷爷的展览柜就在我前面，玻璃碎了一地，《芝加哥论坛报》的讣闻滑到我的面前，上面的一个标志吸引了我，那是一轮新月捧着字母"T"，和引领我去奥马哈的那篇文章的标题一样。我的目光落到了最下面——路·瑟尔曼、政治作家、本报供稿人——

"我的天，玛拉——"

我转向她，她正猛地拉开壁炉门。"快进去！"她指着里面的一片漆黑叫道。

"什么？"

她跳到我面前，抓住门上的一根横栏，慢慢地将腿放低，伸进敞开的炉栅里。我看着她的腿、她的躯干，直到头部最后完全消失。

"人群疏散完了吗？"

"嗯，已经疏散完毕。记得要小心开枪，这孩子可不值得让警察受伤。"

我的胃翻江倒海——开枪？让警察受伤？他们以为我是谁？

我站起来，把腿伸进炉口。果然，壁炉下面几十厘米的地方是一个结实的混凝土台阶。之后又是一个台阶，通向一片黑暗。我在那里躺了十秒钟，感到有些震惊。这是一个逃生口，伟大的目标竟然为自己建造了逃生梯。

"声音是从哪里来的？"

"我想他们已经回到这里了！"

有密道就够了。我慢慢地走下楼梯，用脚后跟试探着每一个台阶，玛拉的头顶就在我的下方。

我一边走，一边数着台阶……五、六、七……世界处于完全的黑暗中，唯一的声音就是玛拉的呼吸声。

"我知道我们要去哪里，"我低声对她说，"芝加哥。我知道是哪里。"

"我们明天不能坐'和风号'了，"她小声说，"杰克知道我们会往东走，坐火车去芝加哥就等于自投罗网。"

"必须坐。"我低声回答。十二、十三、十四……我感觉自己经在往上走，手砰地打在头上几十厘米高的布满霉菌的水泥地上。这里没有站起来的空间，只能顺着滑行。"那是我爷爷会乘坐的火车——"

"他们知道这个！"她反击道。

沿阶梯而上，我们听到了喊叫声。"这里有楼梯！"

"然后呢？"我问，脚后跟接触到结实的地面。

她在黑暗中摸索前行，我把一只手放在她的腰上。头顶上的天花板肯定只有一米五那么高，刚好够我们低着头冲过去。于是我们伸出双手，以防撞到什么东西。

"我们今晚就得走，"她说，"坐不同的火车。他不会坐的车。"她突然在我面前停住。"告诉我这样行不行。"

我还没来得及回答，一只手就碰到了木头一样的东西，这个出口上下都有木板，阻挡了我们前进的步子。我们听见警察在身后追了上来。

"杰克知道这个逃生口吗？"我问。

"知道。"

我的脑神经伴随着每一次更剧烈的心跳而跳动。"那他为什么不在这里等我们？"

"因为他不知道你知道。"她猛地推开出口，外面清新干爽的空气扑面而来。图书馆后面是一大片草地，一直延伸到邻近房屋的后院。在万物之上，太阳已经开始落山，一片金黄。地平线在我们面前被染成了橘黄色。"他并不了解我。"

她从我身边飞奔而过，我跟随着她，离开了图书馆、离开了警察、离开了伟大的目标，回到火车上。

7.

晚上七点五十五分，从奥马哈市中心车站开往芝加哥联合站的"中州巡航者号"列车上，后段车厢几乎是空的。

这是一种不同型号的列车，体型更小，没有观景车厢和用餐车厢，只是在普通车厢的前面放了一张小桌子，用来放零食。这列火车只在奥马哈和芝加哥之间往返，每天两次。登车口一直非常安静，只有一名乘务员在检票，仿佛这列火车静悄悄地驶进奥马哈，然后在黑暗中静悄悄地将我们偷走。

"看来已经摆脱他们了。"玛拉瘫倒在我旁边的座位上，把一张印着奥马哈市区照片的明信片丢在自己面前，仔细掂量了一下，然后坚定地按下笔。"只有一对情侣或夫妇坐在前面的第十五排，看上去不像会找我们的麻烦。"

我看着她仔细地在"寄送栏"里填了一个英国地址，然后开始在明信片上涂鸦：星星、心形、波浪线。我不知道此刻自己对她是什么感觉，她离开后又回来了，无意中向我展现了她最好和最坏的一面。

"亲爱的爸爸，"她一边写一边说，"在奥马哈，我已经在……一家图书馆的保卫部门找到了工作。"

她自顾自地微笑着。我对她的动机感到很困惑，对她的行为和举止也很困惑，对她的信念更是困惑，唯一能肯定的就是她周身笼罩着一种神秘感。那是一种她选择并沉醉于其中的神秘，但我找到的碎片并不完整，而且前后矛盾。为什么离开又回来？为什么抛弃了某些东西，然后又冒着一切风险挽回呢？

"你会喜欢奥马哈的，寒冷、宽广，非常有美国特色，但对于你那颗压抑的英国心来说，它的确够沉闷。"

看着玛拉，我所认识的她就像一张明信片：一张精心挑选的图片，代表着一个更为复杂的东西；它是如此势不可挡，以致于它只愿意被精心修过的静止画面所代表，让人在远处观察。

"我交了一个朋友，我想你会喜欢他的。爱你，你的女儿。"

"你为什么回来？"我问，她正用夸张的连笔写自己的名字。"为什么要帮我，而不是帮他们？"

"我和你说过了，因为你想为你的爷爷做点什么，而他们只是为了自己。"

"是的，但是——你了解他们，你就是他们的一份子，还记得吗？你和他们有未来。而你却决定抛弃他们，为……什么？荣誉，还是别的？"

玛拉把明信片翻过来放在手里。"我不知道。我不喜欢这样的问题。"

我在等待。

她不安地动了动身子。"我和他们在一起三年了。当然是因为蕾拉。我从小是在她的思想、她的愤怒、她对美国抗议文化和对你爷爷的热爱中长大的……她在萨默塞特显得格格不入，我和她都是，所以我们总是想办法走出去，或者做一些我们在现实世界中会做的事情。她说，如果你想做一些重要的事，就必须为每个人做事。事实上，我觉得你的爷爷可能也会这么说。

"所以三年前，我顺理成章地这么做了，这也是我想做的。跟随她来到美国，跟随她进入这个庞大的、美丽的、正义的、公社化的、革命的……组织。我坚持了下来，经历过所有糟糕的和令人鄙夷的工作，被派遣到内华达州，但——我仍然觉得没有人真的认为我是其中的一分子。

"所以当我发现你和那些日记时，我觉得——我想这是一种可以再次激励所有人的魔术，给予我们新的目标，让一切都有意义，而我也会成为——我知道说出来很自私，但我觉得我会成为掌控它的人，并为此感觉良好。好像我真的做了什么，而不只是……存在而已。但我想我考虑的可能不是很周全。"

"发生了什么？"

"并不是我想的那样，"她耸耸肩，"杰克拿走了它们，还立刻表现得像是那是他自己的东西，对他来说，那些线索是一种象征。我对他说，为了安全起见，它们应该由我来保管，可他说如果我姐姐看到我这么自私，一定会觉得恶心。"

"对了，你姐姐呢？"我打断了她，"她不能……"

玛拉抬头看着我，个子小小的，满脸疑惑，几乎是在微笑。

"哦……哦，好吧。"

"嗯，"她如坐针毡，"两年前。她试图酒后开车。"

338

我点点头，久久不敢抬起头。"对不起。"

玛拉耸耸肩，摆弄着明信片的一角。"没事，这个组织已经不是她在时的样子了。那是另一回事。我觉得你爷爷的日记可能会让杰克想起我们这么做是为了什么，但结果恰好相反。蕾拉只是想激励人们站出来，为大家做些什么，你知道吧？但杰克却只想制造动静。他无缘无故地把朋友的生命置于危险之中，只是为了吸引人们的注意。他会说他不是为了个人私利，只是响应号召什么的。我觉得他只是想出名。"

我看着她一直在面前的明信片上画圈圈。我们已经跑题很远了。"你想要什么？"

她没有立刻回答我。"我想做点重要的事。"她盯着窗外说。

我又点了点头。这一切都说得通，她身上最好的和最坏的一面，让我无法对她产生敌意。

"轮到你了，"她转过头看着我，"凯特琳·刘易斯。"

"玛拉——"

"是我把你从图书馆里救出来的。"

我叹了口气。"她和别人好了，和我大概从幼儿园时起最好的朋友。我们都在一起工作，我和他说过她的一切，然后有一天——砰。她说她和别人好了，我甚至不需要问是谁。结果她其实同时和很多人好过，他只是其中一个。她告诉我这些的时候，我失控了。我把她撞到她房间的一堵墙上，她说我想要打她，我想我可能真的想打她吧，尽管我能控制我自己。如果我无法阻止她和梅森好……其实我真的什么也阻止不了。"

玛拉笑了，像是出奇地满意。"你阻止不了的，"她说，"不过至少我们终有一天会被燃烧殆尽，然后死掉，对吧？"

我把大脑里所有的东西都推到一边——日记、目标、桌上的枪，一心数着飞驰而过的街灯，数着隧道墙上的涂鸦。我总是对画这些涂鸦的人很好奇：他们知道自己在做非法的事，但这种感觉是不是有点太草率了？只是一种不顾一切的尝试，想把某种东西变成永恒，让别人记住自己，哪怕记忆会很模糊？

"他为什么总是写错字？"

在一道窄窄的光线下，玛拉正在查看第一个线索。"看，他有时候总是把不是'a'的字母写成'a'，"她继续说，像是发现了新大陆，"比如'桌子（dask）'……哦，看这里……'天使（angals）'。为什么呢？"

"我们可以不讨论这个吗？"

"为什么？"

我耸耸肩。

我很清楚自己为什么不想讨论它：讨论爷爷意味着要想着爷爷，想着爷爷意味着要思考他是否还活着，有没有欺骗家人，是不是想和我交流。这意味着我要让自己心怀一种希望，这种希望会让我失望，一种无法走出来的失望。

"至少和我说说他为什么会写错字吧？"她在座位上动了动身子，盘起腿。"别这样，我刚刚还对你说我姐姐去世了呢。不能让我问你几个问题吗？"

"嗯，好吧，"我摇摇头，"因为阿尔茨海默症。"

"你是说'a'吗？"

"是语音拼写。"

"语音拼写是阿尔茨海默症的症状之一吗？"

"不，是语音拼写错误。拼写和语法是很微妙的，当你的大脑不再储存信息时，往往很难保证拼写和语法的正确性。当你的大脑失去记忆拼写的能力，它就会按照你大脑中的读音来拼写。这对我爷爷来说，就意味着要用到很多的'a'。"

"哦？"她转向我，"那这些比较随意的句子呢？比如'燃烧着淡橙色的锯齿状线条'？"

"这是一种记忆装置，"我面向她，"是他的医生教他的。当他不知道自己在哪里或不知道发生了什么事情时，他就会大声喊出自己看到的或不明白的东西。如果你觉得写在纸上很奇怪，可以试着亲自读一读。"

"等一下，"玛拉说，手指在纸上跳来跳去，"所以你觉得他真的看到了一只灰狗？或是所有这些波浪？"

"不，不是的，"我皱起眉头，回想起家人因为他这个独特的习惯而被欺骗、而过度兴奋或极度困惑的时刻，"有时候，他会用比喻来看待世界。你要小心一点。"

车窗上的倒影中，她正侧着脸对我微笑，迫切想要试试刚刚学到的小花招。"好吧，"她继续说，"为什么总有他的名字？

为什么他总提'阿瑟'？"

"自我意识。"我听到了他的声音，喊出我的名字，我爸爸的名字，他自己的名字，然后足以让全家人陷入混乱。"医生说只要他能记得自己的名字，他就会把自己和名字拴在一起。他在家里也是如此，他说——"后面的话哽在我的喉咙里，"他说他只是在提醒自己这个故事的叙述者是谁。"

玛拉看着我，听出了我的哽咽。我小心翼翼地把头转向窗户。"那这个呢，日期？"她问，"'2010 年'前面为什么要加'the'？为什么不直接写'2010 年'？是某种怪异的逆向行为吗？"

"不，他……嗯……他是故意那么写的。"

"为什么？"

我对着玻璃窗说："因为他……他说这会让他记得那个数字，那个年份的数字，它真正意味着什么。自耶稣诞生以来的'第2010 年'，或者按他的意思说，是自人类开始理解'意识'的含义以来。他说，他在开始写作之前，总想提醒自己，他是第两千零一十年有意识进化的产物。他是两千零一十的一部分。"

玛拉沉默了很久。"我认为，"她说，一开始很缓慢，"如果他这么想的话，他对进化的理解还是有点狭隘的——"

"我知道。那只是他的想法。他……他喜欢上帝。很喜欢。"我把头靠在椅背上的头枕上。

"好的。所以你认为他——"

"玛拉，"我闭上眼睛，"我们……能不能不讨论我爷爷。"

"最后一个问题？"

"玛拉——"

"你真的很了解他。"她一本正经地抿着嘴唇，凑到我跟前，令我无法忽视。"我是说，你甚至……过去很了解他，现在也很了解他。"

我叹着气嘟囔："最后一个问题。"

"你觉得——你的祖父——你觉得他知道自己年纪有多大了吗？或者那一年是哪一年？"

"不，"我平静地说，没有看她，"我想他是活在自己的世界里的。在那个世界，时间是 1970 年，他二十岁，他很幸福。"

玛拉叹了口气，斜靠在座位上，她的头离我的头只有几厘米远。"看起来很荒谬，不是吗？人还能记得那么久的事吗？哪怕忘掉了其他的一切？人能如此强烈地感受到永远不会消失的东西吗？就像那个叫苏的女人，一遍遍地和丈夫说再见。"她说话时，火车在她身下嗡嗡地响着。"我想我们通常是把爱藏在了某个更深的地方，对吧？"

我没有回答，假装在睡觉。没过多久，一件真正的大事降临到了我的头上。

8.

　　"'中州巡航者号'的派对达人们！你们也许刚刚加入我们，但我们正在进入被我们激动而深情地称之为'最后冲刺'的阶段！

　　"从奥马哈到芝加哥！穿过爱荷华州大平原上一阵独一无二的疾风，这台不间断的蒸汽引擎就会抵达终点站——美国伊利诺伊州芝加哥的风城联合车站！朋友们，我们计划准点到达，所以请让我们保持这短暂的停留，做一次甜蜜的告别——如果你想在克雷斯顿下车，那么看在上帝的分儿上，请一定在克雷斯顿下车！我们都有地方要去，都有谜团要解开，都有世界要征服，这一切都即将……在八小时后开始。

　　"我们已经抵达内布拉斯加州的边界，我们的前方只有天堂——不，等一下，抱歉，不是天堂，不，这是爱荷华州。就这些，你们卓越而又忠诚的列车长敬上。"

9.

亲爱的日记，

我之所以写信给你，是因为我和爷爷正在火车上。

我：他为什么要那么说？

爷爷：说什么？

我：就是那些，你们的辉煌和——

爷爷：因为人们希望知道他们可以信任他们的领导者。他们希望知道他可以胜任。上帝自称是"宇宙的主宰"，因为这会让人们感到安全。他们知道他们正在被照顾。你觉得安全吗？

我：有一点吧。

爷爷：如果他说，"就是这些，你们平庸而又无聊，压根不知道这该死的玩意儿该怎么运行！"，那会怎么样？

我喜欢和爷爷一起坐火车，因为他会向我解释一切，他会编很多有趣的故事，让旅途没那么无聊。

而且，他会在我面前说"该死的"，而且也不道歉，因为他知道我不是小孩子。

他会让我坐在里面，因为他说我"是一个太招人喜欢的年轻人"，会被拐走的。所以我让他坐在外面。

我：我们为什么一定要去特拉基？

爷爷：因为表达哀思很重要。

我：表达哀思？

爷爷：某个人去世后，其他人会聚在一起诉说自己有多么伤心，这很重要。

真希望他没有说这些，因为这让我想起自己有多伤心。我无法不去想。我知道他也很伤心。

爷爷：好了，还有一个问题，然后你就要睡觉了。

我想了很久自己要问什么问题。

我：奶奶现在去了哪里？

爷爷没有立刻回答。我想了想，也许他忘了我们在说话。终于，他淡淡地说。

爷爷：安稳的睡眠不是夜晚的终结；到了清晨，她终将与光明天使共舞。

我：这是谁说的？

爷爷：你刚刚说是最后一个问题了哦。

我：求求你啦！

爷爷笑了，仿佛想起了什么让他开心的事。

爷爷：是我最喜欢的一位诗人说的，亨利·普尔曼。

我：他和我们是同一个姓！

爷爷：是的。好了，不许再问问题了，该睡觉了。就这些，来自卓越而又忠诚的爷爷。

我睡了很久。

只是在半夜醒过来一次，当时外面很黑。但爷爷没有睡。他只是坐在那里。闭着眼睛，但我知道他醒着，因为他伸出手，向着上面，像是有人要递给他一堆木头。

他对着窗户微笑。然后看着我，什么也没有说，只是笑了笑。

我想他比我更喜欢坐火车。

以后再说吧。

阿瑟·路易斯·普尔曼三世

第八部分 PART EIGHT

A Lite too Bright

CHICAGO
芝加哥

1.

穿窗而过的空气灌入我的肺，让我醒了过来。

加州的天空没有云，前方是一条熟悉的公路。我的身上缠绕着一条熟悉的安全带，右脚下是一块熟悉的踏板。我的身体慢慢前倾，大脚趾距离将我送上熟悉的高潮越来越近，那是我极度思念的引爆点。我们征服了山顶，太阳吞噬了前挡风玻璃的框架。不受云层的干扰，闪烁着数百万个看不见的粒子，让我们暂时失明，但我们不需要那个时刻。我们是在用信念开车，而不是视力。我们知道这条路。

千万别做会后悔的事——这种警告只会出自不懂你的人；这样的高潮并不安全；这样的生活，这样值得过下去的生活，只会危险地靠近后悔的边缘。

当世界开始聚焦，俯冲要比之前陡上两倍，公路也要窄上两倍，只有一条单行道，蜿蜒的山峰之巅，环绕着无数深不可测的峡谷，透过浓雾和黑暗的无形谷底。当我触底的时候，它已经在那么远的地方。我离得太远了，无法把声音带回到路面。我会静静地消失。

我以最大的加速度撞到弯道的内侧，只有离心力拽着我前行，方向盘急速旋转，车胎宽宽的橡胶为了我的性命紧紧抓着柏油路面。安全带勒得很紧，我体内的每一个器官都在往东北方向前进，但车子却转向西北，我的胃、肝脏和心脏在胸腔内猛烈地撞击。我挂到第六档，一个向下的自由落体在我面前伸展，直到——

路上出现了什么东西。

那是什么。小小的、圆形的、完美的银器，由看不见的粒子组成，在波托拉山谷的阳光下闪耀。

我的戒指，我们的戒指。

我咬紧牙关，开车径直压过去。一、二、三……四个独立的爆炸声，每一个都足以打破寂静的空气。我紧紧地抓着方向盘，两只手快要被压碎，骨头碰在骨头上，疼痛袭击着我的双臂。

副驾驶座上有一个人。

棕色的头发，苍白的肤色，在波托拉山谷的阳光下闪耀。

透过破碎的前后挡风玻璃，我看见了山的谷底。这里之前从来没有过铁轨，如今群山之间竟不可思议地开辟了火车线，但却没有栅栏或信号灯来警告迎面而来的车辆，一辆巨大的火车正全速驶来。

汽车停了。没有空气，没有呼吸，没有逃跑，火车也没有停下。我不再挣扎，静静地躺着。副驾驶座上没有人，只有我自己。

你太依赖我了。

有那么一瞬间，一切都变得异常清晰。我想试着移动，但动不了。我唯一能做的就是感觉，感觉肾上腺素流过我的每一根动脉和静脉，乞求我动一动胳膊，扭一扭身体，伸手去够窗户，打碎玻璃。但我没有。

引擎的灯开始闪烁，我周围的烟雾开始升腾。我能听到爸爸在我身后大哭。

2.

"阿瑟！"

玛拉的脸部轮廓正在我的头顶盘旋。"你又来了。"

散落的色块开始变得清晰：蓝色是我身下的车座；柔和的黄光穿过窗户；外面是冷灰色的天际线。

"对不起，我……"我坐起来，仍然眨着眼睛，"对不起。"

玛拉靠回到座位上，开始收拾行李。

我的左手在抽痛。我小心翼翼地压了压每根手指上的石膏，确保它们还有感觉。"我做了个噩梦。"我说，手指上的戒指变得很沉重。

"关于什么的？"我的视线试图越过她，看车厢的其他地方，但她挡住了我的视线。"阿瑟，"她说，"关于什么的？"

"车祸，"我慢慢地说，"我梦见我开着自己的科迈罗，然后总是会发生一些事，就在我快死之前，我醒了。"

玛拉的眉毛抬高了半厘米。

"不过我会尖叫，这也很奇怪，"我继续说，"在梦里，我只是坐在那里，甚至并不感到惊讶。"

"为什么？"

"不知道，就是一个梦。梦见什么都合理，醒过来才意识到都不合理。"

"你开车的时候发生过什么吗？比如，你撞坏了自己的车？"

"没有，只在梦里。"

"有没有可能确实发生过，但是现在——"

"玛拉。"

"好吧。"玛拉点着头。"好吧。"

我并没有感觉好一点，但至少玛拉让我转移了注意力，开始盯着快速逼近的车站。

我们小心翼翼地下了火车，检查每一个角落，只是谁都没有明说，就像是如果承认自己多疑，多疑就会变得合理化一样。我知道我们都在找杰克。

"他的确在书中谈到了芝加哥，"玛拉说，"不过就一点点。不够具体，但总是有点……负面，阴沉、愤怒、无爱，几乎是邪恶的。"

在芝加哥联合车站的候车室里，我们一定很显眼：自从离家后，我就没洗过澡，头发打着结，乱蓬蓬的；连帽衫、手和脸上都沾满了黑色和绿色的污渍，它们都来自旧壁炉上的煤灰和图书馆后面草坪上的草，我就像低成本制作的社区剧院版《雾都孤儿》里的男主角。玛拉看上去和我第一次在观景车厢看见她时基本一样，依然穿着黑色毛衣和橙色外套。所以我们走得很快。然而刚一踏进大厅，我们就消失在了人群中。

　　这里一点都不像横跨美国中部其他地区的废弃车站。天花板是拱形的，嵌着一个巨大的玻璃窗拱，好让自然的光射进来。大厅里有人，有很多人，到处一片混乱：火车、巴士、汽车、警察、家庭、热狗摊点、穿西装的人。

　　"永远都是这样，不是吗？"玛拉突然问，脚步在拥挤的车站上欢快地跳动。

　　"哪样？"

　　"你走遍全国，遇到不同的人、不同的地方，历经波折、起伏，然后……结果发现你一直在寻找的东西、迷宫的尽头，其实一直就在你的身边，只是你看待它的方式不对而已。"她冲我的背包点点头，背包里有线索，还有向路和萨尔的致敬，这些是花了六天时间，走了三千二百千米才完全实现的。"似乎世事总是如此。"

　　这一夜，我们绘制了一张前往论坛报大厦的步行路线图，那是《芝加哥论坛报》的标志性建筑。玛拉曾试图打电话给他们，想询问我们正要找的两位作家：路·瑟尔曼和萨尔·汉密尔顿。但她只接通了他们的晚间留言音箱，机器的声音告诉我们：如果想为他们提供信息，应该在白天时段打过去；如果是想报告犯罪事件，应该直接打给警察。

"我觉得这不是迷宫的尽头。"我告诉她。

"没错，不过，"她强迫自己乐观地说，"你可以欣赏过程里的情绪。"

"人的大多数情绪无非是一场东拉西扯，总是试图去了解那些已知的东西。"

"哦，算了吧，"她叹了口气，"不是每件事都那么面目可憎，像你——"

她突然停住了。

"像我什么？"我问，"像我有能力意识到这一点？因为也许不必那样，但要说它不是……"

玛拉并没有在听我说。她的目光直勾勾地盯着我的头顶。我顺着她的视线，看到车站大厅角落里一个大大的电视屏，屏幕上，一个身穿褐色长裤套装的金色卷发记者正死死地盯着摄影机，对着提词机读着我的名字。

"——著名作家阿瑟·路易斯·普尔曼的孙子从加州特拉基的一个亲戚家出走后，已经失踪四天。参与搜寻的当局表示，在过去的一个星期里，他们已经从三个不同的州那里得到目击者的证词，认为他可能持有某种被盗的物品……"

就在记者说这些话时，画面中展示了我的家，在我家前院周围设置的警戒线后面晃动着摄像机镜头。他们播放了我爸爸的视频，当他从车道走向他的车时，他用手捂着头。他们也去了我叔叔和婶婶的家，但他们没有出现在画面里。画面里还有丹佛小旅馆的画面，坐在桌后的老板一脸困惑，拒绝展示登记簿。还有奥马哈图书馆的画面，他们采访了图书馆管理员苏西，"他看起来并不危险——"他们甚至还播放了爷爷的展柜，以及我们留下的一片狼藉。

　　这就是我"生命最后一个星期"的旅行。但在电视上，每一站都显得冰冷、死气沉沉、充满危险，就像刚刚发生过谋杀。

　　终于，他们播放了杰克在图书馆门前讲话的画面，他那条"伟大目标的围巾"可疑地消失了。"我们遇见他的时候，他看上去非常温和，但这真的太没人性了。我是说，这可是他爷爷的遗物啊！我们知道他已经失控，但难以相信他就那样从我们手里抢走了东西。"

　　胃里的那个洞又放大了三倍。

　　画面又回到台前的记者，她的表情非常严肃，给人感觉好像被抢的是她。"如果有人看到阿瑟·普尔曼，请立刻联系有关当局。据信，他正在某地流窜，可能非常危险。"

　　电视画面切换到了宠物视频广告。

　　"抢劫？"我终于开口，竭力压住怒火。

　　"阿瑟——"

　　"我抢了……他们？"

"阿瑟，我知道，这太糟了，但我们不能闹出动静——"

"我……我……该死的，我要杀了他。"我结结巴巴，声音比自己预料的大。半径五米以内的人纷纷猛地转过头，然后跌跌撞撞地走开。我感觉到他们的目光紧紧地贴着我的皮肤，正在审判我，把我剥得一丝不挂。

"抱歉，我们是在玩角色表演，"玛拉想把我推到外面去，但我不想动，"我们正在排练小剧场，有点激动了，你们继续。"

"我要——"

"阿瑟，"她抓住我的手腕捏了一下，"那是一个谎言，你知道那是谎言，我也知道那是谎言。我们能不能先接受这件事，就十分钟？这是公共场合？"

在这样的时刻，我无法接受。我想用尽全身力气尖叫，想猛击什么东西，把旁边那个男孩变成杰克，然后用一记强力的右钩拳把他打趴下，让他下巴脱臼，脸重重地摔在水泥地上。

但玛拉正怒视着我，她的目光刺透了我两眼之间的皮肤，我任由她把自己推到一个出口，然后走上芝加哥的大街。

一到外面，空气的刺痛冻住了我的大脑。这是一个势不可挡的城市，市中心挤满了嗡嗡作响的汽车，人声鼎沸，大楼在不断吹来的寒风中呻吟。我怒火中烧，但我并不是第一个尖叫的人。

"上帝！"玛拉大叫一声，弯下了腰。我从来没听她这么大声地叫过。"所以，现在杰克、伟大的目标全体成员、警察、每一个美国公民，都在寻找我们！"

我什么也没有说，只是低头朝论坛报大厦的方向看过去。

她转向我。"但是不行，你知道的，我们不能再等了，不能等到绝对安全！今天必须行动！"

"玛拉，"我转过身看着她，"比当下处境更糟糕的，是我们什么都不做。这里有线索等着我们，我不知道你怎么想，但我宁愿朝自己的脑袋开枪，也不愿让杰克捷足先登。所以，没错，必须是今天。"

我们一言不发，默默地走了半个小时，每次向北走，都会遭到风的迎头痛击。多疑症已经占领了我的大脑，正在发挥着威力：每一个接近我们的人都是杰克，直到最后一刻他们重新变回老太太和杂货店店员。我们一直低着头，不停地绕过更多的街区，只是为了躲避停在路边的警车。最后，我们越过一座水泥山，芝加哥河在我们面前伸展开来。在我们的左边，一座漂亮的老建筑拔地而起，两边的尖顶就像摩天城堡。大楼正面是一行大胆高傲的古体字：

芝加哥论坛报

我抬头盯着它们：尖锐的中世纪字体，"论坛报"的"T"[1]被一弯新月簇拥着。我的大脑正在放映过去一周我看见它时的

---

[1]《芝加哥论坛报》的英文是"Chicago Tribune"。

场景：韦斯特伍德图书馆的展览柜、被我弄散的落在密室地板上的报纸、被藏在亨利录音机后面的架子、苏·科佩克柜子里的订阅报纸、留在叔叔阁楼里的讣闻——那是他认为唯一值得保存的东西，以及现在我眼前的这座大楼。

"好吧，"玛拉吸了一口气，"我想我们该走了——"

我没有等她，而是径直朝大门走去。我从几个在外面抽烟的老男人身边挤过，直接走到前台。两边都设有安全检查口，分别站着两名保安，负责检查所有要进电梯的人的身份证件。

玛拉在大厅中央抓住了我。"别激动，"她咬着牙说，"到处都是警察。"

"这些人不看新闻的，他们只看报纸，明天才会知道我的事。"

玛拉冲着大厅里的三台电视机点点头，每台电视都播放着不同的新闻。

"有什么可以帮您的吗？"前台一个表情严肃的女人问道，挂在脖子上的名牌上写着"辛迪"。

"嗯，我要找《芝加哥论坛报》的路·瑟尔曼。"

"您预约了吗？"

"没有，但我必须见他。"

她在键盘上打着字，扫视着屏幕，皱起了眉头。"抱歉，我在系统里没有找到这个人。是 T-H-U-R-M-A-N（瑟尔曼）吗？"

我点点头，生气地用手指敲着木桌。她慢慢地重新输入了名字，十根手指在键盘上飞舞着，但只有两根食指在敲键盘。她打了两次名字，删除，然后再开始。

"嗯，"她终于喃喃自语道，"什么都没有，并没有叫这个名字的人。"

"他不在这里工作了吗？"

"不，"她透过眼镜框看着我，"他从未在这里工作过，系统中没有这个名字。"

玛拉的手紧紧地抓着我的外套，像是要阻止我往前飞。"好吧，"我吸了一口气，"那么萨尔·汉密尔顿呢？"

辛迪并没有打字。"抱歉，您是有什么……坚持的理由吗？发生了什么事？"

"没事，"我说，"搜一下这个名字吧，拜托。"

"要知道，即使他在我们的系统里，您也要先预约——"

"我知道，我只是想和萨尔·汉密尔顿说话，可以吗？"

"您说什么？"

外面走进来一个男人，就是刚才在外面抽烟的矮个子，正走向安全检查口，途中停了下来。他眼睛下面的皮肤下垂得很厉害，比脸上的其他部位都要严重。他的声音听上去有些犹豫，像是从数千根香烟的灰烬中挤出来的。"您有事吗？"

我觉得他的身体在闪光，在我需要他的时候，被完美地放置在大厅里，一半是真实，一半是巧合，或者说一半是幻觉。

我仔细打量着他，搜寻着他的真实形态与现实世界的交叉点，比如皮鞋上被磨损的棕色皮革触碰着地面，悬在手边的夹克翻领摩擦着保安的腿。

"你是萨尔·汉密尔顿吗？"

他面无表情地打量着我。我朝他走了过去。

"你是吗？"

他往后退了一步，点点头，圆顶礼帽跟着微微晃动。

"我有话要和你说，是急事。我跑遍了整个国家来找你。"

他的视线越过我，环视大厅，我知道除了玛拉和辛迪，也许还有更多的人在看我们。

"五年前，一个名叫阿瑟·路易斯·普尔曼的人到这里——"

"抱歉，孩子。"他的皱纹第一次生动地紧绷起来，额头布满了担忧，他踉跄着往后退了几步。"那件事我一无所知。"

"哪件事？"好奇心驱使我不断地靠近他。保安绷直了身体。"你认识他？"

"听着，孩子，我不是你要找的人，明白吗？"他又向后退去，穿过旋转门，向电梯走去。

"什么意思？我只是想——"

我到了检查口，两个保安走上来紧紧地抵住我的胸口。我最后看了一眼萨尔·汉密尔顿的身影，他大喊道："请去打扰别人吧！"然后消失在电梯里。

"是的，很抱歉，但现在我绝对不能让您在没有预约的情况下上去。"辛迪一本正经地说。我在原地站了很久，用目光把萨尔·汉密尔顿刚刚站过的地方烧出了许多洞。

"我们可以去医院试试。"回到楼前的人行道上之后，玛拉提议道。"也许可以去看看那附近有没有什么……不过，情况就是这样……你觉得这是怎么回事？"

"我不知道。"

"有点奇怪，对吧？一定是最近发生了什么事，或者——他不想谈这件事，要不就是他不想谈某个人。"她转过身对着我。"你觉得这意味着他知道你祖父现在在哪儿吗？"

"我爷爷现在在一个盒子里，埋在帕洛阿尔托的一个公墓。"

"你知道我是什么意思，如果他——"

"玛拉。"我摇了摇头。我们默默地向前走着，一步接着一步，好让我的大脑不去想我的步子其实并没有方向，这是一种稳定的、不用动脑筋的节奏。

"你要去哪里？"她在我身后大喊。

"走走吧。"

"要知道，"玛拉小跑着跟上我，"既然你冷静下来了，我们就谈谈杰克吧。"

"我不冷静。"

"你看起来冷静多了。"

"我只是在假装。"

"好吧，既然你是假装冷静，那我们应该谈谈如何证明你不是罪犯，以及如何证明是他们抢了我们的东西。"

我在人行道中间停下脚步。玛拉转过身，看着我。

"是我的。"我说。

"什么？"

"是我的，他们是抢走了我的东西。没有一个线索是你找到的，都是我找到的。别搞得好像我是你的……朋友似的，或者你跟这件事有多大关系。"

她张大了嘴巴，完全没有了笑容。"阿瑟，我不——"

"没事。"我继续向前走。

"好吧，"她说着跟了上来，"对不起，我说错了，是他们抢了你的东西。这就是我们要证明的。"

"为什么要证明？"我的眼睛死死地盯着前方，数着一个又一个街区。随着我们越走越近，芝加哥河水越来越宽，像是摩天大楼隧道尽头的灯光。"那些东西是我爷爷的，那上面有我的名字。"

"因为如果警察不认为你偷了值钱的东西，他们就不会这么感兴趣。他们认为，杰克站出来的唯一理由，就是他有法子证明那些日记是属于他的。"

我们又在沉默中走了两个街区，然后我慢慢停下脚步。

"怎么了？"

像是被一块板砖打在脸上，我脱口而出："那个印章。"

"什么？"

"他有那个——"我有些绝望地发抖,"那个该死的印章,'世界上仅此一个',还记得吗?他父亲的,你说他……"我没有说完,看着玛拉的眼睛。"他会说日记是他的,因为他有印章,而且他们会相信他。"

我低下头,再次向前走。

"不,我们可以戳穿他!"玛拉在身后大喊,"我们可以说是他从我们这里偷走日记后才盖上去的——"

"不重要了。"

"人们会相信——"

"不!不会的,他们不会相信。他们没有理由!他们为什么要相信?他是我爷爷旗下组织的领导人,高大、强壮,可以掌控全局;而我是个罪犯,刚刚离家出走,还该死的是个孩子!他们越找不到我,我就越觉得自己有罪,就像偷了什么东西。"

"好吧。"玛拉说着停下脚步。"我要抽根烟。"

"我要走了。"我说,没有回头看她。

我一个人走了三个街区。有些时候,我感觉自己就像是在原地踏步,每前进一步,都会被风吹得倒退三步。我意识到,这样的步行就是整个旅途的缩影。我艰难地、缓慢地、痛苦地朝着可能一无所获的目标前进,而世界却在我身后旋转、撕扯。每一次我以为离成功更近一步,就会有什么东西把我撞回来,我意识到自己甚至连离哪里更近一步都不知道。我想知道回到帕洛阿尔托会是什么样子——回到凯特琳的身边,回到一切都可以理喻的时候，知道自己身在何处以及为何身在此处。

我经过一个小小的招牌，上面写着手写的正楷字，在一座不起眼的小教堂的前面，我停下脚步。

第一基督教堂坐落在一间干洗店和一家已经关闭的零售店之间的广场上，后面就是密歇根湖。教堂并不像大多数教堂那样整洁宏伟，也不像我和爷爷曾经去过的那些教堂，而是更像一家装饰了彩色玻璃窗的店面，教堂前面蜷缩着三个人，其中两个人躺在睡袋里，第三个人则躺在一个硬纸板上，上面写着"请帮帮老兵"。

前面还放着一个牌子，上面写着："我们凭信念行事，而不是凭眼见行事。"

我毫不犹豫地爬上台阶。教堂的大门没有上锁，松动的门把手一拧就开了。我推开门，走进入口通道，门在我身后关上，芝加哥不见了，"咔嗒咔嗒"的声音回响在空荡荡的圣殿内。

教堂里的气氛沉重地压在我的肩膀上，就像我记忆中和爷爷一起走进的每一个教堂。我向前迈了一步，仿佛时光在倒流。

那时我八岁，在奶奶的葬礼上。

教堂的长椅是古旧的棕色木头，摸上去很光滑。每个座位上都放着橘红色的垫子。空气里弥漫着香草焚香，我喜欢那种味道。我听见牧师在轻轻地念着奶奶的名字，妈妈在哭泣，爸爸在咳嗽，唱诗班在用拉丁语轻轻地唱着什么。在第二排，我看到了一个孤独的人影的轮廓。

"嘿，"它问道，"你在找什么？"

3.

1970 年 5 月 3 日

对我来说，芝加哥有点病态。

这不是城市本身的错，虽然其建筑也算不上好。

石头灰色的建筑，俯瞰着一条石头灰色的河，

当我走在它们下面时，心情也成了石头灰色。

但是看到你，会让它温暖起来。看到你，甚至连芝加哥也
能拯救。

波浪对我说话，告诉我它们已经忘了我。

它们从不关心你我的生死，以及我们是不是自己。

但它们只是波浪而已，除了光的反射，它们还能是什么？

除了光的反射，我们还能是什么？

我很快就会见到萨尔，我会让他吹小号，
但他会让我自己吹。《论坛报》是敌是友，我从来都不知道。
但至少它能制造很大的声音。

我们每一个人都登陆了，终于来到了这里，抓住我们
伟大的目标，
对于所有的计划和人，所有的数字和图表，
它依然感觉像是一个微弱的想法，属于别人的想法。
我感觉自己就是一个陌生人梦境中的主角，
站在一场不太可能发生的、非理性的革命面前，
却不知道自己是如何走到它的面前。

这就是我想要的，对吗？你会告诉我这是对的。
你会让我想起你在客厅里的演讲；在地板上做的梦；
我告诉过你这就是我想要的。
但现在我已经成为了我想要的一切，
为此，我也成了自己永远不会了解的人。

奥马哈带着一百个人用一次强有力的冲锋为我们送行，
他们的脉搏与我们的脉搏相连，并向外传递给一大群人，
他们挥舞着旗帜，高呼着革命口号，推动着我们走向
真正的伟大，
而你微笑着，像是知道我做得对，而我感受到了一切。

将会有二百人在芝加哥集合，与你、我和他们；

我们会乘着我们的雪佛兰、"灰狗"、"和风号"穿越中西部，

喊着无法被忽视的嘹亮的战斗口号。

别人的想法对任何人来说都太大了，

反而它们会属于一个曾经美丽的国家的美丽的青年。

潮流会转向，群山会移动，而你会在那里，与我携手同行。

但现在，我只能感觉到石头灰、孤独、格格不入。

能感知一切的诅咒在于，

当你什么都感觉不到时，你才会痛苦地意识到。

——阿瑟·路易斯·普尔曼

4.

"爷爷？"

我走近他时，他没有动。那是立在第二排的一尊雕像，但我能感觉到那就是他。头发灰白，背后打着光，站在朦胧的讲台后面，就像天使一样。气味、烟雾，还有教堂里的重力，都从他坐着的地方向外辐射着。

我坐在中间的过道，只有一道透过彩色玻璃窗的红蓝色阳光照着他的侧脸。他的脸正对着我们面前的《圣经》。不用看，我就知道那是哪本书以及被翻开的是哪一章。

"这是真的吗？"我问。

他没有动。我能看到的那只眼睛仍然闭着，我担心他会消失，就像凯特琳、梅森或桑多瓦尔医生，另一个幻觉又回到了我最疯狂的大脑。

但他轻轻地呼出了一口气，几乎像是在笑。"我想，"——他的声音深沉而缓慢，像我一样柔软，也像爸爸一样威严，就像我记忆中的一样——"你问错人了。"

我的手指抽搐了一下。我试图控制自己的心跳。我不知道我应该是什么感觉，但如果是愤怒或悲伤，我却一点也感觉不到。

"你在这里干什么？"我问。

"你在找什么？"

我咽了咽口水，尝起来很熟悉，这提醒我还在真实的世界里。"我在找你。"

"这就是你离家出走的原因？"

我张了张嘴，但没有立即回答，而是在脑海里反复回味他的问题，试图搞清他是什么意思。他知道我离家出走？

"你在找什么？"他重复了一遍，声音更大。我咽了咽口水，朝他动了动身子，身下的长椅在嘎吱作响。

"我在找你。"我脱口而出，声音比他小得多，也显得没那么重要。"你为什么在这里？"

没有回答。轻柔的警报声和不知名的鸟鸣声穿墙而进，但只过了一会儿，教堂里又恢复了完全的寂静。

"你为什么告诉我们你已经死了？"

他一动不动。

"这是不是意味着你真的……你一辈子都在假装……为什么？这样值得吗？"

寂静。

教堂的钟声嘀嗒嘀嗒地响着，但时间丝毫没有流逝。

"我们必须告诉他们，你还活着。"我最后对自己说。也是对他说。

他的嘴角泛起一丝微笑，然后又消失了。

"爸爸妈妈会原谅你的。"我看着前方彩色玻璃上的耶稣。

"我知道他们会的，我觉得他们会——他们会很高兴你还活着，每个人都会很高兴。"我向他保证，仿佛没有什么比这更重要了。"人们会想要采访你，但如果你不想，也可以不接受。我爸爸正试着再版那本书，但如果你不愿意，也可以立刻阻止。我猜你可能要解决所有伟大的目标，我不确定你是否知道有一群人……非常崇拜你。他们现在正在追我，但到时候就不会了，如果发现你还活着——我想让你见很多人，你还没见过凯特琳。我们是在你刚去世，或者说我们以为你去世后，才开始谈恋爱的，但她知道你的一切，甚至还有玛拉——还有亨利，我见过他了，他……他会很兴奋的。他每天都会去车站，就是为了找——"

"你愿意和我一起祈祷吗，阿瑟？"

我陷入沉默。他没有理我，我说的话他一个字也没听，即使听了，他也不想承认。

"我，嗯……"我很失望，连一句礼貌的回答都编不出来。"不，我想和你谈谈。"

他的嘴角向上扬着，露出了微笑。"有什么区别呢？"

"爷爷，求你了。我们必须告诉他们你还活着。人们需要知道。我去叫我的朋友玛拉，她就在外面——"

"从来没有人见过上帝，"他再次不理我，慢悠悠地说，"没有，哪怕是在圣经里，但却有无数的人信仰他，你知道这是为什么吗？"

我叹了口气。"因为人们是凭信念前行，而不是——"

"因为人们不想见到上帝，阿瑟。他们以为自己想，他们说自己会。但在内心深处，他们知道自己不能。他们不能，因为他们知道见到上帝就会毁了上帝，因为上帝永远不会是他们所希望的那样。如果他们能见到上帝，那么上帝就是真相。他就会成为事实。如果你告诉别人事实，那么你就是扼杀了虚构。真理是神秘之敌。

"所以人们最好还是看不见他，最好让他隐形。这样，他们就可以相信自己的信仰，相信有人在保护他们。这就是为什么每个人都喜欢神秘，他们想要神秘，他们想要活在自己讲述的关于世界的故事里。真相总是很丑陋。事实上，每个人都会死。但在神秘的世界里，每个人都会永生。事实上，我们都是渺小的，无意义的。但在神秘的世界里，我们可以假装不是。"他停顿了一下，摇了摇头。"人们不想看到上帝，是因为他们看到的一切都是暂时的。看不见的、神秘的……才是永恒。"

不知道为什么，我突然感到一种无法慰藉、无法替代的悲伤感，穿过教堂里寂静的空气分子，奔泻在我的身上，我盯着对面一动不动的他。在过去的五年里——其实是我的整个人生——我一直在思考他在哪里，期盼他在哪里。现在，他就在这里，就在我的面前，思考、呼吸，说出完整的句子，但却仍然如缺席一般。他比之前更加虚无了。

"你是不是故意留下了线索，让我找到你？"我有些哽咽。

他没有回答，眼泪从我的眼角流下。

"你想让我找到你吗？"

他依然没有理我，眼睛看向了别处。

"这是一个计划吗？鸟类那本书里夹着的诗歌，还有那些引我过来的线索？还是说这只是一个意外？"我几乎是在大吼，但那些话像流水一样滑过他的皮肤。"难道是我毁掉了你的计划？没有让你自己消失在虚无中，直到我们忘了你？是不是？"我站了起来。"告诉我，如果你不想让我再打扰你，我会离开的。"

在我们头顶的某个地方，教堂的钟声轻轻地响起。

"告诉我，"他的声音又回来了，"你在找什么？"

就像我脑海中的每一幅画面一样，他无动于衷、面无表情、毫无疑问。这是他第三次问这个问题，不分语境的机械式提问。他并没有好转，也没有痊愈，甚至也不是在假装生病，他在重置。

"你还记得我吗？爷爷？"我恳求着，但他毫无反应。"求你了，我只是想知道答案，求你了。"

他在座位上转过身来面对着我，睁开了两只眼睛。"这就是你抢劫杰克的原因？"

当这个问题再次出现时，我的胃一阵收紧。"你……什么意思？怎么，爷爷，我没有，我没有——"

"这就是你逃跑的原因吗？"我无法把目光从他身上移开。

他的眼睛是冰冷的，毫无血色。"这就是你不回去的原因吗？对你的父亲撒谎，让他下地狱吗？"他的声音在教堂里回荡。

"等等，你……你怎么知道我——"

"这就是你想打她的原因吗？阿瑟？"

我拼命抓住的呼吸从我的体内喷涌而出。

他站在那里，不再是凡人，而是在以五个人的身高和力量俯视着我。他的存在充满整个教堂，身体的边缘模糊成烟雾，环绕在我周围，将我困在里面，让我窒息。我在他面前跪了下去，拼命地呼吸，而在他周围，一本本小小的《圣经》从长椅上飘起，就像即将席卷我的暴风雨。

"回答我，阿瑟！"他爆发了，"你在找什么？"

"我不知道，"我气喘吁吁，声音被泪水打湿，"我只想知道为什么。"

《圣经》纷纷落了下来。风停了，爷爷的形态变得清晰起来。他退回到之前的长椅上，我瘫软在地。空气再次灌入我的肺。

"你要得太多了。"他说。

我从地上抬起头看他。"什么？"

他说话的音调变了，故意向上滑着，随着那从未离开我脑海的声音一起渐变。

"你太依赖我了。"教堂里一片沉寂。

在我的眼皮后面，有颜色在打转。达到顶峰的肾上腺素在回落，我感到空虚，感到孤独。现在我看出来了，一切都是假的，但我依然能看到我的仇恨。我视线里的每一个角落都是鲜红色的。我恨爷爷，恨自己现在所处的位置，恨我自己。

当我睁开眼睛，一个老人站在我的前面。他穿着乌黑的长袍，脖子上围着一个白领子，灰白的头发完美地分着缝。他的说话声很轻，像是不想打扰周围的一切。

"阿瑟？阿瑟·普尔曼，是你吗？"

我眨着眼，想看清楚他是谁。

"没关系，你——你不认识我，"他说，眼睛来回扫视着，稍稍扭头看向身后的门，"我是史蒂芬森神父，这里，也就是你躺着的地方，是我的教堂。"

"你怎么知道我的名字？"我坐起来问道。

他又回头看了看门。芝加哥的声音第一次穿透了教堂的墙壁——那是警报声。

他清了清喉咙。"我不确定你是否意识到了，阿瑟，但人们知道你失踪了。人们在找你，而我……你要原谅我。"

警报声越来越响了。

5.

　　我以最快的速度冲出教堂，脑子里每一个可怕的念头就像一道势不可挡的光，晃得我睁不开眼。那道光太亮了，根本看不清源头，倾洒在大街上。

　　我一点也感觉不到。

　　一个不起眼的模糊的形象，棕色的头发，一根香烟，在等着——"阿瑟，你听见了吗？"——但我的身体直接穿过了它；世界里的一切都是暴力的；颜色、光线、噪音，所有这些都在我的脑海里翻腾，迫使我的感官在抽搐——**你在找什么？**——我的身体把能量传递给周围的虚弱，与这个过于明亮的世界和人行道上那个靠得过近的男人分享——"嘿，伙计，你怎么了？"——但世界需要它，而我的身体已经超过它，沿着街道越走越快，快得分不清自己在朝什么方向前进。我看见水灌进了车窗内，听到警示灯的"嘟嘟"声，看见废气在升腾，听到爸爸在尖叫。

　　城市的街区像人行道的线条一样飞驰而过，但我的眼睛却什么也看不见。只有无尽的光，不可思议地向四面八方延伸。人们在后面高喊——**你太依赖我了**——警报器在我周围嘶吼，但我的身体现在离我太远，远得无法触碰。我向前飞着，在我的前面，我的眼睛在充满噪音、声音和光线的隧道尽头发现了那些字——芝加哥论坛报。声音，试图把我的身体往后拉——"阿瑟，你到底在干什么？"——棕色的头发，一根香烟，瘦小、高傲，正在斥责我，正在观察我的弱点——"停下！阿瑟！求你了！"——看透我的皮肤，刺入我的胸膛，它知道它已经能控制我。

"别碰我，"这是我的声音，但那不是我说的，"让开。"

成百上千个可怕的声音在刺眼的灯光下回荡，摧毁了我的感官——**千万别做会后悔的事**——从顶楼的窗户上，我的身体能感觉到萨尔邪恶的眼神，从劣质的咖啡上抬起头嘲笑我——**请去打扰别人吧！**——我的左手在抽痛，动物的本能把它的愤怒越来越强烈地推向冲动，扑向那已不再属于我的身体，穿过大门，直奔前台——"抱歉先生，你在找什么？"——房间里所有的人都没有面孔，只有模糊的皮肤、颜色和身份，这些都变得不再重要，但我的身体却能感受到他们在我皮肤上留下的灼热。我的戒指在收紧，我的左手在灼烧。

"去叫萨尔·汉密尔顿！就现在！"我在咆哮。

从我身体周围的虚无中爆发出一声可怕的、邪恶的尖叫，我记得——**你总是这样！你就是这样操纵别人的！**——棕色的头发，苍白的皮肤，向外发射着白热的光——**你生气的时候，身体就像有一个开关，开始变得疯狂！**——接着又是一阵笑声，这一次是男人，是梅森在她身后——**她告诉我没事**——他抱着她——**对不起，阿瑟**——然后是另一个男人，更高，也更生气——你要保护自己的名字——还有——我认为他不会抢劫我们。我周围的目光越来越强烈，我的皮肤能感觉得到。

"我什么都不需要！"我的身体挣扎着穿过房间，踉跄着离开前台，紧紧抓着头，挡住灯光。我的手在灼烧，我的脸在爆炸。

一只手放在我的身上，是一个穿制服的高个子男人——"先生，请小声说话！"——黑得就像凯特琳家的墙，按住我的身体——你太依赖我了！——他们的脸变成了凯特琳的脸，周围的墙离我越来越近，不让我逃跑。你在找什么？——这是爷爷的声音，他的脸此刻浮现在我周围的一个黑衣人的温暖的身体上，嘲笑我，大吼着，一遍又一遍地无限循环——你太依赖我了！——我的身体在反抗这句话，带着所有的热量、能量和绝望，挥舞手臂，左手上的戒指在灼烧，然后他们对准了凯特琳身后的墙——

我的身体开始软弱无力。

最后，我失去了所有的感觉。

6.

2010 年 5 月 3 日

阿瑟在石头灰色的墙上，
什么都没有。
周围什么也没有。

能感知一切的诅咒在于，
当你什么都感觉不到时，
你才会痛苦地意识到。

——阿瑟·路易斯·普尔曼

7.

"阿瑟·普尔曼？"
"嗯。"

"你是阿瑟·普尔曼？"

"是的。"

"我是来通知你，你的父亲要求你完成一项精神病学评估，其中限定了你的释放条件，以免你的关押时间会更长。现在，鉴于你已满十八岁，你有权利拒绝他的建议，继续坐牢，但是——我的意思是——我强烈建议你按照他的要求完成评估。"

"为什么？"

站在囚室门口与我面对面的穿制服的警官耸了耸肩。"那里的椅子更舒服。"

我跟在他的身后。我之前从没进过警察局，更别说监狱。监狱很可怕，因为它要让你相信自己有罪。他带着我走过几个走廊，穿过一道橡木门，进入一个房间，里面放着两个高背椅、一张东方地毯和一张放着塑料植物的咖啡桌。舒适的幻觉，这是"治疗乱谈"里的第一条规则。

我什么也感觉不到。这不是短暂的麻木，也不是强烈的光，更不是我的身体本能地控制和运作的时刻。这是一种彻底的、完全的虚无。没有欲望、没有恐惧、没有目标、没有希望、没有悲伤、没有快乐，无处可去，没有理由的存在，没有绝望的真相或对答案的渴望；只有一片空白，一切都曾经在那里。我开始自己测试。

阿瑟，你的手好了！加州大学洛杉矶分校想让你星期一开始训练！ "我觉得挺好的。"

阿瑟，你的爷爷其实还活着，他等着和你说话呢。"那很有趣。"

阿瑟，凯特琳和梅森好上了。"嗯……嗯。"

我变成了一个塑料人。

门开了，进来的人是桑多瓦尔医生的复制品，不过是一位黑人女性，坐在我旁边的椅子上。她打开膝盖上的文件夹，默默地看着。如果我在乎，我会尽力去看文件夹上那些倒过来的字，但我只是盯着那盆塑料植物。

"阿瑟·普尔曼。"她开口了。

我们四目相接。我注意到她和桑多瓦尔医生的另一个相似之处——也许也是最明显的一点——就是他们的眼睛中总是饱含着一种缺乏同情心的超脱。在我看来，那是一种只有年复一年近距离观察人类之后才会形成的表情，要想对人类这种生物保持信心是很困难的。

她向前探着身子，上下打量着我，像是在检查文件夹里有没有遗漏的资料。她一定是确认没有了。"说说你的梦吧。"

"我的梦？"

她点点头。

"那都是什么样的梦？"

她重新打开文件夹。"你的家庭心理治疗师桑多瓦尔医生曾说，你是这样形容你的梦的：'开着车从悬崖上掉下去，栽入水里，溺死。'是这样吗？"

我耸了耸肩。我不想让她知道任何事，我不能让她控制我，我知道她会利用我说的话。

　　"你的手是怎么回事？"她问道。

　　"什么怎么回事？"

　　"你裹着石膏。"

　　"骨折了。"

　　"怎么骨折的？"

　　"用骨折的方式骨折的。"

　　"好的，我知道，我是问怎么骨折的？"

　　沉默片刻之后，她的语速开始加快。"像这样的精神病学评估，会由我代表州政府来执行，用以决定你是否可以在不具备更严重暴力倾向的情况下被释放——无论是对你自己还是对他人。这个决定会完全基于我的观察。没有第二种意见，也没有上诉程序，而且到了这一步，说明也经过你的同意，所以保释对你没有任何帮助，除非我说你可以离开。"她拍了拍文件夹。"在这里，你别想隐瞒任何人，这玩意儿已经告诉了我需要知道的一切。所以告诉我，阿瑟·路易斯·普尔曼，你的手是怎么骨折的？"

　　"我觉得，你……你已经……知道所有答案了，你的……小……文件夹。"我的声音有些干涩。

　　"我想让你告诉我。除非，当然"——她用手指指着文件夹里的一个地方——"阿瑟因用力捶墙导致手部骨折，这一拳是要打在他当时的女朋友凯特琳·刘易斯的身上。"她抬起头。"就这些吗？"

我静静地坐着，依然毫无知觉。"我想，就这些。"

"你当时为什么会失去理智？"

"没什么。"

"没什么？"

"我是傻瓜，有时候会发疯。"我立刻补充道，"是当时，现在不是了。"

她向我靠过来，一副似乎能理解我的样子。"这就是你想打她的原因吗？"

我没有回答。

"你手指上的东西是什么？"她注意到我的大拇指正在无名指上绕来绕去。"让我看看。"

我极不情愿地将戒指放在我们面前的桌子上。

"一枚戒指，是吗？"她拿起戒指，在我面前摩挲着，抚平了戒指在我手指上旋转多次的痕迹。"不错。"她观察着，抬头查看我的反应，但我没有任何反应。

"你知道……"她把戒指放回到桌子上。"我经手过很多家庭暴力案件，"她说，"这是我接手的最常见的案子，然后我会开始在这些涉案的男人当中识别某种共性模式，其中最突出的一点就是，他们似乎从来没有意识到，他们所做的事情为什么是错的。他们总是不得不这样做，就像他们是被激怒一样，或者他们只是在做别人会做的事。有些人甚至认为他们是在帮女方的忙。'至少她现在知道以后别那么做了。'诸如此类的。"

"所以呢？"

"所以，这些人并不会觉得发疯是自己的错，"她又往前凑了凑，"所以我的问题是，你为什么要捶墙呢？"

"我想我是疯了。"

"骨折是需要很大力气的。我敢肯定，"她冲着戒指点点头，"你想打断的不是自己的手。"

我的眼睛找到了戒指，依然完美地放在我面前的桌子上，在每个梦里都是如此。

"她是什么时候送你戒指的？"

我咽了咽口水。"两年前。"

"然后她就骗了你。"

很长时间，我一句话也没有说。

她拿起文件夹。"她向你承认她还有其他的男朋友，其中一个是你最好的朋友梅森·克伦威尔。"我依然能够感觉到她在看着我的脸。"三个男朋友，对于一个已经有男朋友的女孩来说，的确有点多了。你不知道这个情况吗？"

我眨了眨眼，等了几秒钟，然后又眨了眨眼。

"你不知道这个情况吗？阿瑟？"

"不，我是说，是的，你……就像你说的，她……她告诉我了。"

"但我刚刚问你和凯特琳发生了什么，你什么都没有说。我问你为什么生气时，你说'我是傻瓜'。你觉得你因为女朋友向你承认自己还有三个男朋友而生气是很愚蠢的，是吗？"

"我只是……我的处理方式很愚蠢，冲她发火，冲戒指发火。我不应该，我知道我不应该，变得那么疯狂，我知道……她告诉他们，是为了……为了我好，因为她……她知道我需要——她想让我成为……她说我很难相处，我很难相处。我不是一个……我不应该用拳头砸墙。"

她任由我的喃喃低语变成沉默。天主教徒总说忏悔会让他们感到解脱、宽慰和纯洁，但我却没有这样的感觉。这样的谈话只会让我想起自己最痛恨自己的时刻。

"我是帕特森医生。"

我抬起头，她正向我伸出一只手。

"什么？"

"我才意识到我还没有做自我介绍。我是帕特森医生，芝加哥警察局的待命专家。这就是我们在这里交谈的原因。"

"我是阿瑟。"

"阿瑟·路易斯·普尔曼，"她说，"祖父是名人。"

我翻了个白眼。

"我从来没读过那本书，"她继续看文件夹，"现在有一个很严肃的调查在等着你，阿瑟，所有出勤的警察都在找你……加州、丹佛、奥马哈、阿尔伯克基、新墨西哥州。现在你在芝加哥，这是一张相当大的网。"

我不安地动了动身子。

"你对抓住你的警察说你在芝加哥是在……'找线索'？"她停顿了一下，期待我的解释，但她错了。"你也不会再和那些找线索的人说话了，是什么线索？"

"我又不是疯子。"

"当然，"她耸了耸肩，"我也不是。"

我盯着她看了一会儿，她也盯着我，毫不退缩，提醒我不得不回答这些问题。"关于我爷爷的。"

她继续盯着我，然后大笑起来。"真是该死的作家，对吧？我也嫁过一个作家，简直是大错特错的决定。他们每件事都得有点……情节。这些人总觉得事情还不够复杂。"她以为我会和她一起笑，结果错了。"所以……他给你留下了线索？什么时候？"

"他离家出走的时候。"我在座位上动了一下，尽量不去想具体的时间线，也不去想自己其实还无法理解其中的奥秘。"他去世的前一个星期。"

"好的，我记得我看到过。抱歉，痴呆症对一个家庭来说是非常、非常痛苦的。我见过许许多多的儿子、女儿、孙子、孙女想要拼命地解读……很同情你的遭遇。这是非常艰难的。"

我抱起双臂，接受了她的同情。

"不过让我困惑的是，"她继续说，"你的祖父……在生命的最后的日子里……饱受严重的阿尔茨海默症的困扰，竟然还能给你留下线索吗？"

我在座位上动了一下。"他写了几篇日记，我跟着日记去找的。"

她用笔敲了敲文件夹。"你为什么要这么做？"

"做什么？"

"跟着线索去找？你在找什么？"

我深吸一口气，只是盯着桌上的塑料植物，毫不动摇，丝毫不受谈话内容的影响。我没有答案。

"你发现了什么吗？"她问，"知道了他的什么事？"

"什么时候才能结束？"

她的表情僵住了。"不好意思，你说什么？"

"我正在回答你的问题，我也已经证明我并不危险。什么时候才能结束？"

"阿瑟，你打了一名警察，"她抿着双唇，"你在一栋有保安的大楼里引发骚乱，冲着大厅的墙壁大吼大叫。他们是不会让你大摇大摆走出这里的。我们会很认真地对待这件事。"

"那是失误，"我努力不去想它，"但显然我是理智的。"

我感到一种令人不解的沮丧感刺痛了我的胃，还有我的左手。

她的目光锁定我。"阿瑟，我们要说说几星期前的事。"

"好的。为什么？"

她圆圆的眼睛在脸上眯成了一条缝，轮到她不说话了。

"为什么？"我又问了一次，更多的沮丧感爬上了已经在我胃里的沮丧感。

她在算不上舒服的椅子上动了动身子，然后开始慢慢地点头。"这三个星期吧，你在做什么？"

"嗯，我一直在火车上——"

"在这之前呢？"

"我不知道。"

"想一想。"

我想了想。

我不太记得了。我和凯特琳分手后的每一天都是如此的类似，就像日子压根儿没过去一样。我去医院看了手，然后回了家，我什么也不想做。我想过申请其他大学，但一直还没来得及考虑这件事。我强迫自己看了很多电视节目，但网飞上的所有影视剧都还没看几集就被我放弃了，都不好看。我唯一记得的就是躺在床上，盯着自己的手，洗澡，吃饭，开车。

但我不能和帕特森医生说这些。"嗯，我必须好好处理……"我举起骨折的手。

她点点头，但没有说话。

"我想……嗯，我经常待在家里。网球什么的也不能打，而凯特琳——你也知道。所以我就看了《迷失》和《权力的游戏》，我申请了几所大学的春季入学资格，然后……你还想要知道什么？"

她耸了耸肩。

"我想，"我继续说，"我想我每天离开家的唯一原因就是开车。"

"开车？像在梦里一样？"

"我是说……不，我并没有撞车。"

"你都开车去哪里了？"

"嗯，我家附近有一条路，在波托拉山谷，有一座大山。我会开车去那里。"

"每天？"

"每天。"

她在文件夹里写着什么。"有什么特别的理由吗？"她问。

"嗯，我想，是因为我喜欢开车吧？"

"为什么？"

"我为什么喜欢开车？"

她点点头。

"就是喜欢啊——只是喜欢。"

"喜欢的理由呢？"

我感觉我的脸在发烫。"我不知道，因为刺激吗？我喜欢……比人类步行速度更快的感觉，肾上腺素。我想，当我开车的时候，我不用想别的。"

"你每天都会开车？"

"是的，每天。"

"直到你离家出走的那天。"

"是的。"我说。不安感在膨胀。

"如果没有别的事发生，你就没有不开车的时候吗？"

我耸耸肩。"对。"

我依然盯着塑料植物。当我回头看她时，她已经把文件夹放在桌子上，用非常同情的眼神看着我。

"你知道什么是创伤吗？阿瑟。"

我耸耸肩。

"创伤就是我们对发生在自己身上的坏事作出情感反应的方式，"她解释道，"创伤最常见的影响就是某种程度上的……故意遗忘。我们的大脑想要保护我们，所以会通过记住不同的、正常的经历来掩盖不好的经历。这就是为什么人们能够忘记战争、死亡、童年的虐待以及任何伤害他们的事——他们会把它们当作别的东西来记忆。"

我有些不耐烦，站了起来。"你是说被凯特琳甩掉给我造成了创伤？教授，你要搞清楚，我可是在分手之前就捶过墙了。当时我们还在一起，这也是她和我分手的部分原因。"

帕特森医生摇摇头。"不，那可能只是感觉像一件可怕的事，但不是创伤。那件事你记得很清楚。"

"我也记得捶墙！"我抗议道。

"我知道，"她说，然后更轻声地说，"我知道。"

我开始感到奇怪，就像一种悲伤出现在我无法触及的部分。这种感觉很熟悉，但我无法触及它、理解它。那种黑暗过于黑暗，无法看见源头。

她再次开口。"你知道人类在死亡之前，身体里会发生什么吗？我们释放的最后一种化学物质是什么？"

我摇摇头。

"肾上腺素。"她直视着我。"要么战斗，要么逃跑。当身体认为自己快要垮掉时，就会以肾上腺素的形式释放出它所拥有的全部能量。"

"为什么……你为什么要告诉我这些？"我有些结巴，感到全身一阵刺痛，冷水拍打着我的后颈。悲伤开始变得强烈，一种无法摆脱的引力把我拉了进去。我想摆脱它，远离它，但一想到手上的疼痛，一切又都变得更糟。我回到了梦中的世界，开着我的车，但却无法控制自己在做什么，我在湖里，在铁轨上，没有移动的欲望，连举起双手的力气都没有。"这又有什么关系？你——"

"阿瑟，三个星期之前，你曾试图自杀。"

我眨了几下眼睛。

"在车库里，你坐在科迈罗的前排，打开了废气，你父亲及时发现了你，把你送去了医院。"她停顿了一下。"你曾试图杀掉自己。"

我盯着塑料植物，它像是坐在桌子上。

"你不记得这件事，是因为你的大脑检测到了肾上腺素，并认为你是在开车。你现在还记得吗？"

我一动不动。

"想想你的梦，阿瑟。想象自己在车里。"

我记得有一天，一觉醒来，坐上我的车，准备开往波托拉山谷，不想再回来，只想感受一下从悬崖上狂奔而下的那种令人目眩的高速快感。

我记得有一天，有那么一瞬间，我坐在那里，看着一缕缕烟雾像水一样涌进车里。

我记得有一条安全带，感觉像五条，紧得不可思议，把空气从我的体内赶出去。

我记得仪表盘上有一个哔哔作响的警示灯，身后传来爸爸的尖叫声。

我记得我所感觉到的一切都开始模糊，盲目地消失在虚无中，咆哮的寂静，像肾上腺素，像疼痛，像特别明亮的光线，明亮得看不见光源，如此专注、如此强烈，以至于我不必想在没有她的情况下醒来。

我记得我需要移动，需要突破重围，但又决定放弃。

"你还记得吗？阿瑟？"

我一直在寻找的悲伤终于找到了我，我记起来了。

我开始哭。沉重的、潮湿的、湍急的眼泪，巨大的、用力的呜咽，就在警察局审讯室不太舒服的椅子上。

"为什么——"我想问，但喉咙像是被堵住，遭到周围活动的肌肉的挤压。我的全身恢复了知觉，除了盐水从我的眼睛里漏出来。不知道过了多少个分钟，或是过了多少个小时，我一直在抽泣。等终于能完整地说出一句话，我带着哭腔大喊道，"为什么——为什么"——几乎是无声的，每个字都浸着泪水——"你为什么要告诉我？"

帕特森医生等了一会儿才回答。"因为你已经不是三个星期之前的你了。"她停顿了一下。"现在该是记起来的时候了。"

8.

我的嘴巴很干，毫无生气。身体的其他部位也是。

我拒绝回答任何问题，帕特森医生于是让我坐下，然后离开了房间。我并不想沉默，我只是不想开口说话。

我越看向自己的内心，情况就越糟糕。就像我的大脑处于一百场摔跤比赛的正中央，神经末梢在我记得的和不记得的、相信的和不相信的事情之间纠缠不休。

占主导地位的一方感觉被骗了，不知道该怪谁——桑多瓦尔医生还是帕特森医生，爸爸还是凯特琳，梅森还是爷爷，还是我自己。弱势的一方在思考这一切是不是真实地发生过——线索、伟大的目标、玛拉——或许上一星期的所有不过是一个生动复杂的梦，完美得不可能是现实，是我自己闭上眼后上演的一个故事，坐在科迈罗的前座上，慢慢等待所有的思绪停止。

一切似乎都破碎了。过去是一个沉闷而破碎的万花筒，不停地移动，失去焦点，呈现出黑色和灰色的图像。不是我想举棋不定，只是我不愿意自己去了解。

于是我坐在那里，随着太阳的消失，房间里越来越暗。我听见走廊里有人在谈论我。

"——只是一个困惑的孩子，没有任何意义——"

"——全国的车站都接到电话——"

"——把他关在这里这么久？我们会——"

"——一路到芝加哥，可他坚称——"

偶尔，我会朝房间的另一头瞥一眼，在那里，我能从一面小镜子里看见自己脸庞的一部分，但回视我的却是一个陌生人。我的头发乱糟糟、脏兮兮的，脸上布满别人的伤痕。我无法看得太久，否则会想一拳打碎玻璃。于是把注意力转移到自己的手上，一动不动，想离自己越远越好。

我感觉一只柔软的手搭在我的肩膀上，是帕特森医生，好像告诉我要先回到牢房，直到他们想出一个惩罚我的方式。社区服务、坐牢、几千美元的罚款……对我来说都一样。

"我可以帮你联系谁吗？阿瑟。"她问。

我摇了摇头。

"好吧，"帕特森医生深吸一口气，"你不是必须这样做，但我们强烈建议你这样做。像这种时候，和一个……会忠诚于你的人谈谈很有好处。"

我想了很久，见凯特琳是非法的，梅森可能会再次背叛我，玛拉会生气。婶婶叔叔总是惊慌失措的样子。

"你可以这样做，阿瑟，"她说，"你可以和一个人说说话。"

我叹了口气。"我爸爸，"我听见自己说，"我要和爸爸说话。"

帕特森医生慢慢地走向门口，消失了，再次留下我和那盆塑料植物。

当门再次打开后，爸爸站在了帕特森医生刚刚的位置。

"嘿，小朋友。"他看上去疲惫不安，慢慢向我走来，迟疑地坐在医生的椅子上。"听说你想和我谈谈。"

"你来了。"

"我必须来。我们不知道你在哪里，也不知道他们什么时候打电话过来……"他在椅子上动了一下。"他们以为你在阿尔伯克基，"他冲着一直放在桌子上的戒指说，"在丹佛、奥马哈、明尼阿波利斯、堪萨斯……有人从迈阿密打电话过来，说见过你开着一辆跑车。凯伦已经崩溃了，我们所有人都是。你不会相信过去这几天我们是怎么过的，阿瑟，太糟糕了。"他把手伸进头发里。看上去他也很久没有洗澡了，也许也很久没有睡过觉了。"你留给我的唯一消息就是那通关于你爷爷的电话。你还记得吗？"

"我知道，"我用力地呼吸，"我知道。"

我闭上眼睛，感到很愧疚。我的爸爸、我的家人都在等着我，等着我的回答。他们不是在假装悲伤，是在为失去亲人的那种真实而熟悉的恐惧感而悲伤——这都是我的错。当我睁开眼睛时，爸爸还在看着我。

"所以呢？"

房间里的灯还没有亮，阳光在继续消失，已经很难看清房间里的细节。

我深吸一口气。"我毁掉了一切。"我用力地呼吸。"是我，是我搞砸了，是我毁掉了一切。我不知道，我不知道发生了什么。"我的呼吸有些困难，哽咽地挤着这些字。"对不起，我很……"他没有打断我，我感觉自己的眼睛里涌出了更多的泪水。"我以为我知道自己在做什么。我……我以为我能想出办法，一切都会没事的，但是……但是并不是。我不是，"突然间，我无法阻止这些话脱口而出，"我太……太自信了，对一切事……而我一路到了这里，撒了谎，然后……但这都是错的，我错得很离谱，我甚至不知道我在找什么，我甚至不知道……"

他任由我的话融化在潮湿的虚无里。房间里的钟嘀嗒嘀嗒地慢吞吞地走着，太阳落在了窗外更深的地方。

"没事的。"爸爸终于开口，声音轻得勉强能听到。"有一次我还差点买了去澳大利亚的机票，因为我记得你爷爷说过墨尔本的事。"我听见他在笑。"但是，当然，那根本说不通，没有什么是说得通的。我越努力，情况就越糟糕。"

我第一次试图抬头去直视他的眼睛。他的眼神里没有失望，没有苛责，只是一直在寻找我。

"你发现了什么？"他问道。

"没什么。"我说，声音变得干涩。

"你一路跑到芝加哥，什么都没有找到吗？"

"我只是弄错了，全都弄错了。"

"发生了什么事？"

我叹了口气。"我越努力，情况就越糟糕。"

他笑了。"好吧，是什么把你带到这里来的？"

在叔叔婶婶家第一晚的情景在万花筒里闪了一下。"他留下了一篇日记，就夹在蒂姆家阁楼上的一本书里，书是关于美国西部唐纳雀的，所以我猜那肯定是什么线索。爷爷肯定知道我会发现的，但我太傻了。"

他看上去很迷惑。

"因为他总是说那个唐纳雀的故事？"

他摇摇头。

我又叹了口气。"他过去总和我讲一个古老的印第安人的故事，一个发生旱灾的村庄，需要找到一条奇怪的神奇之河，才能活下去。但这条河穿过一片森林，里面都是——你知道的，等你长大后再去重复这样的故事，才意识到这些故事是多么愚蠢。"

爸爸大笑起来，我也差点跟着笑了。"好吧，可以试试。"

我咽了咽口水。"村庄里有个年轻人，是酋长的儿子，村民们都觉得只有强壮的他可以找到那条河流。可他又是如此重要，村民们不知道该不该让他去送死，因为如果他死了，村庄就完蛋了，这是肯定的。

"所以他们决定等待来自上帝的信号——或者说是神谕，不管他们怎么叫吧——好让他们知道是否应该把他送到森林里去，因为他们就是这样的人。他们等啊等，什么都没有发生。然后年轻人开始生病，因为他们没有足够的水，但他们还是不想送他去森林，因为他们相信上帝会告诉他们什么时候去的。

"然后有一天，年轻人的父亲，也就是酋长，跑进村子里，高喊着说他见到了一只红衣凤头鸟，根据他们的迷信，这是好运的征兆。于是他们祈祷，反正不管做了什么吧，然后他们就把年轻人送进了森林。

"但年轻人离开后，酋长坦白他看到的并不是红衣凤头鸟，而是唐纳雀。唐纳雀在当地很常见，也根本不是好运的象征。这位父亲心知肚明，但为了拯救整个村庄，他还是对儿子撒了谎。"

爸爸静静地听着，等着我继续说下去。

"所以，是的，故事就是这样。我不知道那个孩子最后活下来没有，但那不是重点。"

他一动不动。"那重点是什么？"

"重点是，我一直都错了。我以为……我以为他对我讲了这个故事，是在给我一个信号，但在这个故事里，信号是假的，"我的声音越来越大，"重点是，有时候你以为自己得到了信号，但其实是被骗了。那根本不是红衣凤头鸟，从来都不是。"我说。"只是该死的唐纳雀。"

我无法相信这些话是从我嘴里说出来的，如此的迅速、有力。它们悬在空中，像被子一样又厚又重，包裹着我们。爸爸也一定很震惊，因为他没有回应。看着他的样子，我真希望我从来没有离开过家，从来没有发现过那些线索，或者从来没有像之前那样追查。我希望我从来没有听过爷爷讲这个故事，也后悔现在又讲了一遍。

"我不知道这是勇敢还是愚蠢，"他的声音刺破寂静，"但说实话，我活得越久，就越不理解这二者的区别。"

我眨了眨眼。

"阿瑟·路易斯·普尔曼，《遥远的世界》，1975 年。这不是一个印第安人的故事，阿瑟。书中是一个妓女在加油站外和主角讲了这个故事。"他诡秘地笑笑。"我真以为你已经看过那本书了。"

我向后靠回椅子上，用力地呼吸。

爸爸继续说，"你和你爷爷没什么不同。你知道吗？"

听到"爷爷"这个词，我感觉五脏六腑在翻江倒海。

"他过去常带我们去教堂，我真的不是很理解。于是有一天，我问他，如果大家都没有见过上帝，为什么还要信仰他？他说，'如果人们见到上帝，就会毁了上帝。这是一种对神秘的信仰——这才是最重要的地方。'"他停顿了一下。"当然，他是个虔诚的基督徒，而你是无神论者——"

我不小心笑了出来。

"——不过你拥有他的——包括他的能力……"他停了下来，凑向我。"他的意思并不是说你时而幸运、时而不幸运。他的意思是，幸不幸运并不重要。他是说如果你想超越平凡，那么唐纳雀就是在邀请你超越平凡。"他咽了咽口水。"而你正在做的，阿瑟……信号、红衣凤头鸟、答案……或者什么都不是，你在追逐你看不见的东西，而且……而且这已经不是大多数人能做到的了。"

外面，月亮升了起来，月光洒进房间。我并没有意识到自己已经在这里待了好几个小时，但芝加哥警察局的大楼就在湖边，并没有摩天大楼遮挡视野。头顶上的月亮一定非常明亮，因为虽然我看不见，但它已经开始把地平线染成温柔的橙色。

"不管怎样，我不知道他们对你说了没有，有人保释了

401

你。我也试过，但拒捕的保释费很昂贵，我不是很……反正有人介入了。"

我突然站了起来。

"听起来像是你这一个星期才结识的新朋友。"爸爸说着看向门口。

我在警察局待得太久了，以至于忘了周围的世界，忘了旅途中可能还有未完结的事情。还有俄亥俄州没有去，但谁会知道呢？玛拉？

爸爸站起来，敲了敲门。过了一会儿，帕特森医生应答了。"感觉怎么样？"她问。

"我想好点了。"爸爸说。我耸了耸肩。

"你会以轻度伤害罪被起诉，"帕特森医生淡淡地说，"会有罚款和社区服务，但我已经和你父亲还有桑多瓦尔医生谈过了，并已经达成共识。你是成年人了，而且……"

她示意爸爸继续把话说完。"而且我们认为你应该完成你接下来的计划，无论你要去哪里。"

我的大脑重新启动，呻吟着活了过来，引擎开始点火，齿轮也似乎向上转得更快，相互摩擦着，推动着机器前进。我不知道自己想要什么，回家，完成任务；还是继续前进，再次受挫。

"你很幸运，阿瑟，"帕特森医生实事求是地说，"你可能现在还没怎么注意到，但是……很多年轻人是没有这么多机会从头再来的。"

我脑中闪过杰克在火车上的画面，他差点就被无缘无故地抓起来了。

"所以，"爸爸说着站起来准备带我出去，"那个男的已经在这里了——"

"男的？"

"我不记得那些名字。"他说。那些名字。不止一个。"但听起来像是你爷爷那个组织的一员。"

房间里冻成了冰。我感觉脊椎被灌入一股冷水，一股寒意直冲大脑。

"几个很普通的名字，叫什么——"

"杰克？"我说着想要停下脚步，但警察一直把我们带到门口。"是杰克吗？"

"我不知道。他正在外面等你，我觉得他会——"

"不，爸爸，我不能——"我没有说下去。如果是杰克来保释我，我很可能会遭到惩罚，更糟糕的是，我可能会被迫为他们工作。但如果我告诉爸爸我不想去，他是我的敌人，就等于是告诉爸爸我有敌人，那我就不得不回家。或者如果不接受保释，我就必须坐牢。而俄亥俄州的一切都将属于杰克，只能属于杰克。

"——听起来怎么样，阿瑟？"

我没有回答。最后一扇门就在我们的前面，那是划分好与坏的分界线。我不知道哪边是好、哪边是坏。我屏住呼吸，跟着他们穿过大门。

佢在大厅里等我的并不是杰克。

而是另一个男人。矮小、年迈，打着领带，戴着圆顶礼帽，右胳膊夹着一个公文包，左边站着一个英国女孩。

9.

在离开警察局之前，爸爸、玛拉和萨尔·汉密尔顿默默地看着我填好保释申请表。

我是否承认认识为我提供保释金的人，或与他有关系？ 不，没关系。

我能发誓不会离开这个州吗？ 不，这恐怕做不到。

我知道自己离开警察局之后去哪里吗？ 不，毫无头绪。

但我仍然在所有问题的后面签了字。

一走出警察局，玛拉就又跑又跳地抱住我，把我推搡到人行道上。

"你——该死的——傻瓜！"她把脸埋在我的肩膀上大声说。

她站定后挣脱出我的怀抱，左手依然抓着我的肩膀，然后扬扬手，在我的脸上来了一巴掌。

"你到底是怎么搞的？"她板起脸严肃地说。"有整整一分钟，我真的吓坏了，我不知道那家伙是谁，他真的吓死我了。"

"我，嗯——"我想起了我和凯特琳的对话，就是我捶墙之后。她和我分手的时候。"对不起，我不知道发生了什么，我只是，我——"

玛拉没等我说完，又拥抱了我。

"我认识的每个人都把事情搞砸过，"她对着我的耳朵低语，"只是你得说出来。"她再次松开我，我注意到她的眼角有细小的泪痕。"还有，感谢上帝，你是白人，"她抹了抹眼泪，"否则你要在里面蹲上几个月。"

我冲爸爸和萨尔·汉密尔顿点点头。他们正静静地等在我们身后。

"对了，"她直起腰，"这是萨尔·汉密尔顿。"

他往前走了几步，街灯的光照在他身上，我第一次注意到他的脸：右眼下有一块几近紫色的瘀伤，昨天还没有；下巴和脖子上有几处刀伤，下嘴唇上似乎有一块已经变干结痂的血块。

"你的脸怎么了？"

爸爸凑过来听着。萨尔看向玛拉。"杰克……干的。"她清了清嗓子说。

"他们干什么了？"

"听着，我欠你一个道歉，"萨尔结结巴巴地说，"这中间有一个巨大的误会。你爷爷的事很复杂，而我——我想我的嘴是有点太严了。"话哽在了他的喉咙里，等终于说出来时，声音变得很轻。"该死的，你长得太像他了。还以为你是他的鬼魂什么的。"他的声音有点沙哑，带着意大利口音。"而这帮孩子——那个叫杰克的家伙——已经骚扰我好几年，当你来找我的时候，我还以为你和他们是一伙的。"

"你怎么知道我们不是一伙的？"

他指了指玛拉。"她坚持说你不是，尤其是他们——"他用手摸了摸脸上的伤口，"而且她有那首诗。"

"诗？"我忘了爸爸也在场。

"是的，他……好吧。"我冲玛拉点点头。她从口袋里拿出日记。爸爸把那些纸打开后，开始看了起来。他的目光在纸上来回移动，全神贯注地看着。我只能想象着此刻他的脑子里在想些什么，他所知道的世界正在以他憎恨的方式扩张、收缩和变化。看完一遍之后，他又来了一遍，目光又回到纸上，最后转向我。

"这，嗯——"他咳嗽了一下。"这是真的吗？"我点点头，他毫无预警地拥抱了我。"好的，"他低声说，"好的，我知道这就是他想说的。"

"为什么他们会……来找你？"我轻声问萨尔。爸爸往后退了一步，把日记折起来塞进口袋。

"嗯，他们一定是看见你一大早就来了，以为我知道什么。"

一股悔恨再次涌上心头。它来得太突然，我几乎弯下了腰。是我让他身陷险境的，我要对他的伤负责。

"好吧，"我们惊讶地转过身，听到爸爸在说话，"那你知道什么吗？"

萨尔叹了口气，呼出的气把他的头往后推了推，又往前推了推。"我认为……我是他生前见到的最后一个人。"

我艰难地咽了咽口水。"你知道他接下来去了哪里吗？他是怎么去的俄亥俄州？"

他点点头。"我开车带他去的。"

我目瞪口呆，静静地看着萨尔。

"问题是，"玛拉打断了他的话，冲萨尔点点头，"现在他们也知道了，很可能已经在路上。萨尔并不知道你祖父为什么要去俄亥俄州，他只是把他送到了那里。所以……那里可能什么都没有。"她压低声音，转过来看着我。"听着，阿瑟。我们没理由相信那里有什么，除了杰克和一帮想伤害你的人。"爸爸的眼睛放大了两倍。"所以，现在去那里可能意味着很快会陷入危险的境地，而且有所发现的希望会很小。你已经做得超过任何人的想象了。你拥有他为你写的东西，没有人可以夺走它。"

所有人都在看着我，等着我的答案。我回过头，看着玛拉的凝视，爸爸的警戒，还有萨尔的伤痕。

"不。"

"不什么？"

"不，还不够，"我认真地说，"肯定还有比这更重要的事。"

玛拉的嘴角向上扬了扬。爸爸深吸一口气，点了点头。"唐纳雀。"他做着口型。

"你确定吗？"她问，"如果你说停下来，我们现在就可以转身，继续我们的生活，没有危险，没有失望，没有——"

"玛拉，"我打断她，她的脸距离我只有几十厘米，"我们是在浪费时间。"

她笑了。

"快八点了，"爸爸踱着步说，"必须是今晚吗？"

"是的。"我们三个异口同声地说。

"有这么重要吗？"

"因为，"玛拉先开口了，"这对他很重要，他必须立刻去俄亥俄州，所以我们也是。"

我转向爸爸。"你也来吗？"

"我想说，如果……如果你不介意……我……我的飞机还没——"

"不介意，非常好，"我说，"你也许也会注意到什么。"我又转向萨尔。"你呢？"

"我不会错过这次机会的，"他说，"你忘了？我可是研究阿瑟·路易斯·普尔曼的世界顶尖专家。"他注意到我和爸爸都在盯着他。"也许是世界第三顶尖的专家。而且，你们也需要借我的车。"

他指了指停车场的后面，那里只有一辆车被街灯照得通亮。

我感到指尖一阵沸腾，肾上腺素在每根血管里燃烧。他指着一辆 2012 款黑色 323 马力的雪佛兰科迈罗。

我能感觉到所有人都在看我，但我的眼里只有这辆车。它是我那辆车的精确复制；我见过它停在我买车当天的停车场；见过它在波托拉山谷里紧抓着路面俯冲；见过它在我的梦里轰隆隆地从山上滚落；见过它在我的车库里，填满了废气。

而现在，它就在我的眼前。

"我来吧。"我毫不犹豫地提议。

"不是冒犯，"萨尔开口了，"这可是一辆昂贵的——"

"相信我，"我说，"必须由我来开。"

萨尔打量了我一会，然后从口袋里拿出钥匙，递给我。

"你确定吗？"玛拉一边问，一边让萨尔和我爸爸钻进后排。

我没有说话，只是微笑，然后坐上驾驶座，系上安全带，点着了引擎。

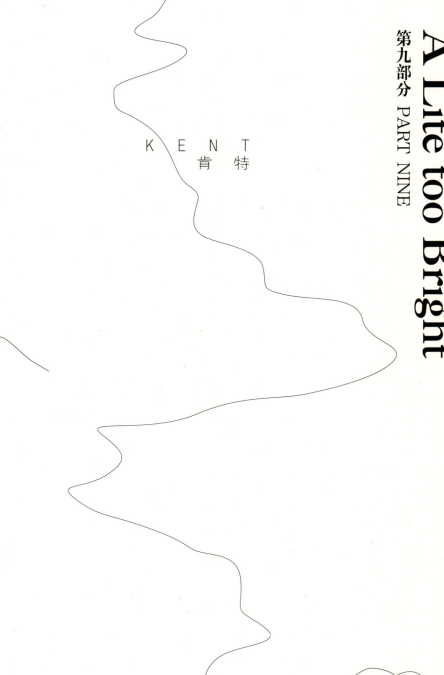

KENT
肯　特

1.

　　车子离开芝加哥地区，刚一驶上80号州际公路的开阔路面，我便将萨尔·汉密尔顿的科迈罗油门踩到了底。玛拉笑了，身体贴在副驾驶座上，惯性将她往后推，但动力却以65、70、75迈的时速将她往前拉。路过的街灯将光线洒在我身上，我微微笑着，变速时就像在家里开车一样舒服，五档、六档，在一个拐弯处急转弯，时速80、85、90迈，在速度较慢的车辆周围进进出出，它们看上去就像是障碍滑雪比赛的旗子。

　　爸爸两次提醒我注意车速，我则在后视镜里冲他眨了两次眼睛。

　　"好吧，"我说，"我们需要知道发生了什么，整个故事，从四十年前开始。"

　　萨尔从科迈罗狭小的后座探出身子。"我不知道你知道些什么，"他说着把上半身挤进两个前排座位之间，"所以我就假设你什么都不知道。"

　　我点点头。

　　"那就先说说我和他之间的关系。我之所以认识你爷爷，是因为六十年代时他曾是一个组织的成员，某个秘密的无政府主义者运动组织，名叫'伟大的目标'。听着耳熟吧？"

　　玛拉和我点点头。

"什么？秘密的无政府主——"

"爸爸，"我发现他在盯着后视镜，"对不起，还有很多事情我们不知道。我以后会告诉你的，但是现在我们得快进。"

他看起来像是要吐。

"其实也不是什么严重的事情，至少一开始不是。只是一帮孩子，和你差不多大。当时是越战时期，所以每个孩子和他们的妈妈都很害怕，担心他们会被抓去当兵，他们开始认为，也许政府把孩子们送上战场并不是什么聪明之举，但是他们也不知道该怎么办。

"所以阿瑟他们要做的就是，找到一个城市，去见一些人，给他们一些文学作品，惹恼他们，刺激他们，然后教他们如何抗议。因为是发生在旧金山，华盛顿的人们就会说，啊，只是在旧金山啊，只是一帮该死的嬉皮士。但是接下来，砰！丹佛的骚乱爆发了。孩子们在奥马哈游行。直到这时，人们才开始关注，像我这样虚伪的新闻从业者也开始在乎，美国仿佛正要开始一场革命。这就是你爷爷做的事情，他掀起了一场革命。

"然后现在这帮小孩，这个叫杰克的——"他指了指自己的脸，"我不知道他们有着什么样的上帝情结，或者在拍着什么样的烟，他们自称有一个伟大的目标，还认为自己和之前的组织有关。但这都是假的，我甚至不知道他们是怎么知道这些的。"

"那个名叫杰克的领导者"——玛拉说到他的名字时表现出很反感的样子，我笑了——"就是亨特·S. 汤普森的儿子。"

"好吧……那就说得通了，因为他的爸爸是个大混蛋。有其父必有其子。那么我是怎么和这个故事扯上关系的呢？又是怎么认识你爷爷的呢？是这样，阿瑟很聪明，他意识到这些抗议活动只有报纸说它们'规模大'才算大。所以他需要一个报社记者，必须是那种全国发行的报纸，而且这个人得按照他说的去做。我们是在《滚石》杂志的一个活动上经人介绍认识的，当时我们都醉得一塌糊涂，他告诉我他们在做什么，我发现这对双方都有好处。我说我会发表他想要的东西，但前提是他要承诺我是首发。于是我就照做了，这也是我这辈子干得最棒的事。最后我和这帮人全都混熟了——阿瑟、约翰尼、杰夫、奥洛，没有离开去扮演上帝的杜克——整个团队。"

听到这些熟悉的名字，我不停地点着头。

"到了六十年代后期，运动开始真正地星火燎原。我感觉每天都有五个或更多地方的孩子在躁动，遍地都是；奇怪的城市也开始了骚动，哪怕没有阿瑟的推动。当然，在整个过程中，阿瑟他们一直在保密，没有告诉任何人他们的身份，所以很难说他们是什么人。人们知道发生了抗议，但没有人知道是为什么以及背后的推动者是谁。可以想象，一切都开始变得有点……神秘，你懂吧？流言四起。各种离谱的流言。"

爸爸正盯着后座上那个三角形的小窗户，大拇指绕着食指慢慢地转圈，然后闭上眼睛，紧锁眉头。

"但是，神秘的缺点就是：人们开始问问题、瞎联想。突然间，有传言说政府组织在寻找他们，主战派和尼克松派开始研究是什么引发了骚乱，并试图消灭他们。当我听到这些时，才意识到自己和他们的联系越来越少了。而这时候，我已经允许阿瑟直接和主编联系，这样就可以不通过我直接发表文章，我甚至不会看到他出现在城市里。他每隔几天就会发表一篇文章。

"然后突然，一切都停了下来。我们再没有他们的消息。我试着和阿瑟联系过几次，但都一无所获。这些人全都联系不上了。五年后，一本书问世，作者是阿瑟·路易斯·普尔曼。那时我又试着联系他，向他表示祝贺，但没有任何回应。之后就是四十年寂静的电波。"

他任由车外的黑暗笼罩了汽车。这似乎不对，那不是他留下的路，不是他临死前重新走过的路，不是折磨他一生的路。从激进主义的生活中缓慢地、偏执地、恐惧地撤退，也并不是强迫我们重新开始生活。

我感觉自己的手从变速杆上抬了起来。玛拉按住我的手，用拇指摩挲我的手指。"你的戒指呢？"她问。一盏街灯照亮了我的手。离开帕特森医生的办公室时，戒指也留在了那里。我看了看四周，没发现凯特琳。我也感觉不到她，我的手似乎也没有受伤。

我能看到的，只有我前面的挡风玻璃。

"所以，"萨尔在后座上说，"大约五年前，我坐在办公室里，突然接到一个前台保安打来的电话。'萨尔，大厅有一个人，也不说话，只是不停地念叨着几个人的名字，其中一个是你。你想来看看吗？'我说没问题，然后下楼，除了我的好朋友阿瑟·路易斯·普尔曼，还能是谁呢，他像一只迷路的小鸭子在那里转悠。我说'阿瑟！我的天，你来芝加哥干什么？'他什么也没说，就在那时，我发现他看起来很糟糕。我是说，非常糟糕。他没有洗澡，衣服也破破烂烂的，而且——天啊，他的脸，简直是……"他在说下去之前看了看我爸爸的脸，"六神无主，他整个人像是被掏空了。"

我和萨尔在后视镜里四目相对，但我知道他想看的不是我。

"他身上带着什么东西吗？"我问。

萨尔想了想。"嗯，有的。想想啊，他带着一本小小的红色的《圣经》，一直在翻。于是我把他带到我的办公室，我们聊了一会儿。不，也不算是聊，因为他什么也不说。我问了他很多问题，生活怎么样？全家都好吗？你在芝加哥干什么？你的衣服怎么破了？他一个都没有回答，只是四处乱看，像是在找着什么。终于，他突然莫名其妙地开口问我，今天路在不在家。"

"路·瑟尔曼。"玛拉用力地呼吸。

"没错。他说的就是路·瑟尔曼，他要和路·瑟尔曼说话。就是这个时候，我知道出了大问题。"

"他是你的一个作者，对吧？"玛拉问，"《论坛报》的？"

"我觉得爷爷认识他。"我说。

萨尔点点头。"是的，孩子，你爷爷和路·瑟尔曼非常熟，因为他就是路·瑟尔曼。这是一个化名，当时他需要发表文章，但我又害怕别人知道是我干的，于是就让他用了这个名字。阿瑟·路易斯·普尔曼，把字母调换一下顺序，就是路·瑟尔曼。根本没什么创造力。"

玛拉捏紧了我的手。

"不管怎么样，我真的很担心。他用这个假名发表了那么多文章，现在，四十年后，他来了，突然直截了当地问能不能和那个家伙谈谈。我试着告诉他，'阿瑟，那就是你啊！你就是路·瑟尔曼，你还记得吗？'但他就是不明白，于是我说，'我给你拿一些他写的东西怎么样？'他点点头。我就从档案里找出当时所有的报纸。"萨尔拍了拍放在他身边的一个纸箱。"我甚至把报纸带回了家，只是想看看是不是错过了什么，但是要梳理的东西太多了，而且大部分都毫无意义。那是跨度三年的报纸。阿瑟从 1967 年开始秘密为我们撰稿，一直到……"

"1970 年 5 月。"我插话。

"是的，差不多。但这让人很困惑，因为他们保存了他所有的文章，甚至在他消失之后，仍然在持续发表。

"不管怎么说，他开始读报纸了，然后说希望和这个人谈谈，问我认不认识他。这时候，我觉得他甚至也不知道我是谁了，他只是盯着窗外，好像外面发生了什么事。天渐渐变黑了，我开始琢磨着该拿他怎么办，然后找你们的电话，这时他抬起头看着我说，'萨尔，你能带我们去俄亥俄州吗？穿过中西部？

来吧，带我们去俄亥俄州。'"

我咽了咽口水。"我们？"

"是的，孩子，我们，不止一个人。上帝才知道他以为自己是和谁在一起。但我说没问题，因为当时我非常好奇，也无法拒绝。于是我们坐上我的科迈罗，我开始带着他穿越80号州际公路。我问他'我们要去俄亥俄州的哪里？'他说只管开车，等我们看到那里，他就知道了。

"于是我们一直往前开，他什么也不说，只是埋头读他的《圣经》。我一直问他问题，他都假装没听见。突然，他从《圣经》上抬起头说'从这个出口出去'，然后'在这里左拐'，然后'在这里右拐'，就像是在随机选择着路线，穿过各种小镇。

"这时，我开始有些激动，因为我感觉他心里肯定是想着一个特定的地方，一个在他死之前必须要去的地方，我想他可能会带着我……嗯，"萨尔放低了声音，"有一个关于你爷爷的流言，我一直有点好奇，他好像有大量的秘密作品——"

"真的有吗？"玛拉脱口而出。

"瞧，我也不知道！听上去有点疯狂，但我越想……我是说，如果一个人不愿让别人知道他的秘密，还有什么原因能让他沉寂这么久呢？我想也许他把它藏在什么地方了，现在他要去见上帝了，就觉得是时候把它挖出来了，而我就是陪他一起去的人。"

为了绕过一个工地，我驶上了减震带，车开始剧烈地摇晃，

"他带你去了哪里？"我问，然后把车开回到主路上。

萨尔清了清嗓子。"哦，哪里也没去。兜了几圈之后，我发现，他根本不知道我们要去哪里。他迷路了……他的大脑，我想你肯定知道我是什么意思。于是，我们摸索着进了一个名叫肯特的城市，他说'停车，这就是我要去的地方'。然后他就在一个停车场下了车，我问他需不需要什么，要不要陪他一起去，他说不用，说我做得已经够多了，还谢谢我，然后就走了。我在后面跟踪了他一会儿，但只要我在旁边，他就变得很焦躁，所以我把我的电话号码留给了他，对他说什么时候想走了就打电话给我，然后我就离开了。事情就是这样。"

车里一阵沉默。车子大约又往前开了一千多米。

"就——就这样？"爸爸率先开了口，话说到一半就断了。

"是的，就这样。我在肯特订了一个房间，因为我想他可能需要我送他回去，所以我打电话向公司请了假，但我再也没有了他的消息。第二天早上醒来后，新闻就说他已经死了。"

依然沉默。

"我知道现在说这话很可怕，毕竟发生了这么多事情……但从那天晚上我就开始起草他的讣闻，甚至是在我还没听说他去世之前。我就是知道，你们懂吧？那个阿瑟……他没有死，但他走了。"

在我的旅途中，我大概曾经一百万次想象过爷爷穿过陌生的无名街道，对他来说，那是一个充满困惑和遗憾的迷宫。我还记得我们得到消息的那个早晨，在爸爸告诉我之前，脸书上那些冷酷低俗的标题就已经让我知道，没有爷爷的世界是多么现实。

四个人在沉默中坐了大约一个小时。我们抵达了印第安纳州的乡村，空旷漆黑的路上，前方再没有其他车辆挡住我们。

"他是一个伟人，要知道，"萨尔莫名其妙地突然说，就像是在颁发安慰奖，"他是非常好的人，很强硬……而且……充满激情，热爱他所爱的。"

爸爸大声地呼出一口气，有些讽刺意味。萨尔察觉到了。

"什么？什么意思？"

"伟大，也许吧，"爸爸说，"但充满激情？他一生中大部分时候都不是。我花了四十年的时间看着他放弃工作，放弃写作，放弃我，放弃我的母亲，放弃……放弃一切。"

萨尔叹了口气。"你要理解——我能这么说，是因为我现在也是个老人了，我认识他的时候——但你要理解，不了解和不关心是两码事。你的父亲并没有放弃，他只是——好吧，他只是忘了坚持下去。"

爸爸没有回应。在经过整个印第安纳州的路程中，再也没有人说话。

我不知道爸爸在想什么。在这三十分钟的时间里，他对他父亲历史的了解比过去这三十年都要多。他教会自己不再关心，从而学会了不再去问问题。而现在，答案却直接扔给了他，

A Life too Bright

他可能不确定自己想要什么答案，这些答案只会牵扯出更多的问题。

但是，即使他现在对这件事充满愤懑和轻蔑，但我的爷爷在他眼里肯定曾经是伟大的。甚至当我还是个孩子的时候，我还记得一些故事，真实的故事，以及那些他没有无故消失的时刻。我希望爸爸看到了萨尔所描绘的那个人——卓越、激情、忠诚。我希望我和爸爸都能再那样看他一次，就在他离世之前。我希望二十岁的阿瑟·路易斯·普尔曼能用某种形式被保存下来——

"等等。"

所有人都抬起头看我。

"打开装报纸的纸箱。"

爸爸照做。"要找什么？"他问。我眼睛后面的万花筒咔嗒咔嗒地转动起来。

"你说他要找路·瑟尔曼，然后你给了他他写的文章，然后他让你开车送他，对吧？"

"嗯，是的，"萨尔说，"是的……没错。"

玛拉直起身子。"为什么说这个？"

"因为我看过的每一份报纸上都有一篇路·瑟尔曼署名的文章，"我咽了咽口水，"当他想不起来下一步该去哪里时，就会通过这样的方式寻找，他在和自己沟通。就像四十年后，他在跟踪自己的面包屑一样。如果他在那些文章中找到了什么让他前往俄亥俄州的线索，那我们也可以找到。"

　　车里的报纸在狂舞。玛拉对我笑了笑，我听见爸爸在小声嘟囔着"漂亮"。我笑了笑，踩下油门，我们在黑暗中飞得更快了。

2.

2010 年 5 月 4 日

寒冷的夜晚
在中西部的风里，像一扇
我之前看穿的窗
萨尔的致敬，
我们曾来过这里。
我曾在这里失去呼吸
在自己面前脱掉衣服
在一场中西部的游行中
一百年前被埋葬了的一个文明

我听见了地上的声音，

音乐在嘶吼，警报在轰鸣、喘息
如掌声
完美的黑色和虚无的夜晚
我感觉到了这些感觉
我感觉到了一切，而我什么也没有看见
没有看见寒冷的夜晚靠在

我在哭，但不知道我的眼泪
我在跑，但不知道我的双腿
我好想
去知道
去相信
去看穿黑暗

——阿瑟·路易斯·普尔曼

3.

我们在靠近哈德森的俄亥俄州 8 号公路下了州际公路。后座上的萨尔含糊地指着方向，常常都是在要变向之前的几秒钟才说出来。"在黑暗中更难辨别方向。"他抱怨道。我们则不停地修正路线、再修正路线，下了公路、又上了公路，然后又从另一个出口匝道上退回来。

玛拉盘腿坐在副驾驶座上，一叠报纸一直堆到她的肚脐眼，她一直在用一根手指扫着每一页报纸。

"这里左转！"

我猛地向左打方向盘，科迈罗的后轮滑到一个十字路口的中央，萨尔在后座上撞到了我爸爸。橡胶与沥青相接触，车子开始晃动，我又把车开回到格雷厄姆路。

在行车的大部分时间里，爸爸一直都是沉默的，他翻看着《芝加哥论坛报》，每当发现可能会让大家感兴趣的东西都会宣布一下——比如关于抗议活动或抗议者被捕的报道，或者是关于越南战争的文章。但到了六十年代末，我们发现，一切都是与战争有关的，我们已经很难把可能相关的内容与《芝加哥论坛报》上刊登的数百篇专栏、曝光报道、个人简介和阴谋论影射区分开来。

他们谈论越战的方式很奇怪。就像每个人在写它的时候都有自己心中最深刻的一部分，而且它已经变得如此巨大和神秘，以至于他们只能抽象地谈论它，就像是在讨论一个观念。"自从战争开始""很难想象这场战争""被这场战争分割"……没有人知道该说什么，或者到底发生了什么，但是美国文化中的一部分以及所有美国人却都受到了它的影响。

我始终相信，现代美国不可能沉迷于如此耗费精力的事情。我曾经认为，知道一切的能力赋予了我们逃避一切的能力。成千上万贫穷的青少年可能会死在热带雨林，其画面会比之前越来越快、越来越经常地出现在我们面前。但在网站首页或推特上，只要它们出现在政客性丑闻或卡戴珊宝贝的旁边，我们就总能找到避开它们的方式。我想，身处这个自由的国度，我们却很难勇敢起来。

但当我听到这些被大声读出来的片段，听到玛拉慢慢念出来的标题时，我意识到我可能错了。他们谈论尼克松，谈论战争，谈论持不同政见者的方式，都会奇怪地让我联想到人们谈论推特时代的方式。抽象又一次吞噬了我们，每一个名人都觉得有必要发表关于"当下世界局势"的言论；每一个机构和活动都必须要调整自己的使命，以解释"如今的事态有多么疯狂"。也许杰克并没有那么离谱，也许在美国日常生活的表象之下，正隐藏着一场战争。

"阿瑟，我能问个问题吗？"爸爸正把另一份报纸整齐地叠在大腿上。

"嗯，当然。"

"为什么会有人想伤害你？"

玛拉和我交换了一下眼神。"嗯，"她说，"你父亲所在的那个政治团体……算是……复兴了，他们相信你的父亲仍然"——我迅速摇摇头，赶紧制止她——"他们相信你的父亲留下了什么，他们认为自己有权得到它……用任何必要的手段。"

"嗯。"他紧张地咂咂舌头。"那么这些人——"他指了指萨尔，萨尔点点头，"现在这些人知道我们要去哪里？"

"是的，"玛拉说，"而且他们有一把枪。"

"真是个好消息。"爸爸说。

我们进入了一个小镇，街灯越来越近。这是俄亥俄州的肯特，看上去和中西部的每一个城镇都一样，有着像是祖传二手房的建筑，对于入驻的企业商家来说，这些建筑太大了：肯特第一国家银行、赫伦·申普家装，主路上的林迪百货，所有三层楼高的店面都像摩天大楼一样耸立在小镇上。

"右转——就是过了银行的那条街，睁大眼睛，"萨尔指着刚刚路过的电子钟的显示器——11:35。我们是整条路上唯一亮着的车灯。

爸爸坐直身体。"我们到底在找什么？"

"任何爷爷可能注意到的东西。"说着，我把车速降到时速25迈，扫视了一下这片区域。"任何他想让我们看到的东西。"

越往前开，建筑物就变得越零星，直到消失。路牌提示我们：此处限速 15 迈。

"很久以前就可能在这里的东西，"玛拉补充道，"也是一直追溯到他第一次到这里的时候，他回到这里一定是有理由的。"

萨尔指着前方。"就是那里。我放他下车的停车场。"

这个停车场的位置有点偏。一盏孤零零的街灯悬在上方，也是这附近唯一的光源。据我所知，我们是在一个公园里，混凝土的四面都是开阔的草地。人行道横贯其间，蜿蜒曲折地从空地上伸展出来，像无数的血管，消失在黑暗中。远处，有一座大楼环绕着草地，嵌着几十扇完美的方形窗户，我想可能是办公室或公寓吧。

停车场上还有另外一辆车，一辆福特探险者停在正中央。

"那是他的车吗？"我问，玛拉没有回答。没有人说话，当我把车停在那辆车的旁边时，我能感觉到大家的呼吸同时变得越来越深沉、越来越缓慢。

"你怎么看？"我们一下车，玛拉就问，她看着两个上了年纪的男人从后座爬出来。"关于萨尔说的那个故事？"

"什么怎么看？"

"你认为，"她转过身，确定我是唯一能听见的人，"那听起来像是一个患有阿尔茨海默症的人吗？"

"不然呢？"

"或者……像一个假装患有阿尔茨海默症的人？"

"算了吧，玛拉。"

"你想想，阿瑟，"她说，"好好想想，他把一辆车从芝加哥引到俄亥俄州，一直引到这个地方，然后下了车，再也没有人看见过他，直到第二天他死了。据说死了，尽管没有人能证明这一点。如果你要假装死亡，你能想象——"

"嗯，对不起。"

她的坚持迫使她提高了音量。爸爸的脸就在她身后不到一米远的地方，毫无表情。"你刚刚说……他假装死亡？"

"不，"玛拉试图恢复正常音量，"不是，我说的不是这个，是——是——"

"这个想法太疯狂了，"我说着朝她走近了一步，"有些人，有些疯狂的人，认为他是在假装阿尔茨海默症患者，只是为了让他可以干净地摆脱一切，然后和那些埋藏的财宝和平共处。这太荒谬了。"

我费了好大劲才能听到他说话。"他们——他们认为他还活着？"

"是的，但只是杰克而已，他什么也不知道。我是说，他被证实已经死亡了，对吧？你亲眼看到他死了……对吧？"

爸爸几乎一动不动地摇了摇头。"没有，他们……他们只是把骨灰寄给了我，我从未看见过他的尸体。"

"好吧，但是……"现在轮到我感到不可思议了，喉咙干得有些开裂，"不是医院寄过来的吗？是医院打电话给你的？"

爸爸几乎说不出话。"我——我想是吧。我这样认为，我不知道。"

"好吧，"萨尔漫不经心地靠在科迈罗上，"现在我们要找什么？"

玛拉接管了局面。"我们分头行动吧，你和我"——她指了指萨尔——"我们一人带着一个阿瑟·路易斯·普尔曼。如果你找到了什么，就给我们发信息。如果你看见了杰克，或者他们中的任何一个……"她停顿了一下，四个人朝周围看了看，"就大喊。"

我看着爸爸，他依然云里雾里，我从未见过他如此不自信。我们紧紧地盯着彼此，他露出一个虚弱的微笑。"至少要拿着萨尔的电话吧，这样我才能联系你，如果……我还能联系上你。"

我点了点头，接过电话，跟着玛拉走上一条水泥人行道。

"我们真的要去吗？这么晚……"当我们朝相反方向移动时，风把爸爸的低语送到了我的耳朵里，然后消失在寂静中。

我们的脚步声很响，这样会有点儿危险。我开始跟着它们的节奏呼吸，用鼻子吸气、呼气。走得越远，就越觉得黑暗永远没有尽头，就像我们站在世界的边缘，穿过停车场，进入了无尽的虚无。偶尔，我们会听见一些声音——树枝掉落到地上，汽车发动，草木窸窣——而玛拉都会立刻跳起来、转圈，然后呼出一口气，平静下来。

我们经过另一个空旷的停车场，没有任何灯光，穿过它便是刚才看到的远处的大楼。我们蹑手蹑脚地绕过建筑物，生怕里面藏着人。大楼周围都是灌木丛，有专门的人负责收拾和维护。有些大楼前面还有招牌，但离人行道太远，在黑暗中看不清。

"这是什么地方？"距离街灯只有几十米远的时候，玛拉低声说，"我看不出这些大楼是干什么的。它们似乎……像是……"

"我曾经试图自杀。"

我几乎想都没想就脱口而出。

"抱歉？"玛拉犹豫地看向我，"你是说——"

"就在几周之前，在我捶了那堵墙之后，他们取消了我的奖学金，所以我去不了加州大学洛杉矶分校。我的女朋友非常恨我，她和别人好了，而且……一年前，我还记得我在想，就这样了，我已经得到了我想要的一切，这都是我应得的，然后突然间，一切又都没了。我没有什么可期待的，甚至没有什么想做的，我……什么都不是。于是我发动了我的车，在我家的车库里，我——坐在那里，一动不动，"我深吸一口气，"我正接受自杀监视，所以我爸爸一直表现得那么奇怪……所以警察对我非常重视。所以我会做那些梦……因为我曾经想过自杀。"

她张着嘴，僵在那里一动没动。

"我……我不知道为什么要告诉你这些。对不起，给你压力了。这很愚蠢，真的……真的很尴尬。而且，我真的不想再提起它，或是任何事，我只是……我想我需要告诉别人，要告诉你，我需要告诉你，对不起。"

玛拉一动不动地打量着我。"你……曾经想死？"

"我没有，"我咽了咽口水，"我不知道，我没有决定任何事，我只是没有了前进的理由。"

玛拉的脸上掠过一丝战栗，但被她的表情压住了，她在竭力克制着同情、厌恶、困惑或是任何一种情感。

"我其实没有寄任何明信片。"她终于开口，声音有些颤抖。

"什么？"

"还记得我写给我爸爸的明信片吗？其实我没有寄给过任何人。蕾拉曾经寄过，但是在她死后，爸爸就不和我说话了。两年了，我没有他的任何消息。我想他是把我看作了这件事、这个国家或是……这个愚蠢的幼稚的杀死她的理想主义的一部分，所以……我只是写明信片而已，假装寄给一个关心我在哪里的人。"

我看着她在我面前不安地换着姿势。她说话时没有看我，而是踢着我和她之间的混凝土地面的缝隙。我们离任何光源都很远，但我觉得我能看到她最清晰的身影，配上她那张精美绝伦的明信片四角上的裂纹，堪称完美。

"感觉好点了吗？自从你……感觉好点了吗？"她问道，用外套的袖口把脸颊擦干净。

"我不知道你是什么意思。"

她点点头，并没有把目光从我身上移开。于是我继续往前走。

"我想，如果我现在坐在车里，我会想下车的。"

毫无预警地，玛拉毫不犹豫甚至面无表情地跳过人行道，扑上来搂住我的脖子。一时间，我被她身上的一切蒙蔽了。她双臂内侧的皮肤柔软地贴着我的肩膀，皮肤下温暖的生命散发着热量。我终于闻到了她的气味：那是一根蜡烛，我小时候放在房间里的那种，香草味的，从头烧到尾需要三天，但我一直重复点燃那些回收的蜡，因为它们闻起来越来越像一团真正的火。我能听见她的鼻子正在我的右侧肩膀上呼吸，很平静，然后是一声急促的"对不起"。有那么一瞬间，她是唯一真实存在的东西。没有火车，没有诗歌，没有线索，没有巧合，没有杰克，没有萨尔，没有父母的电话，没有前女友的幻觉，没有车库里的汽车，没有痛苦，没有危险，没有耻辱，没有失望，因为在她的世界里，这些都不存在；在她的世界里，一切都是灰烬、香草和温暖的皮肤。我没有任何感觉，我感觉到了一切。

"我们都毁了，"她在我的耳畔低声说，"每个人都毁了。"

萨尔的手机响了，现实世界又回来了。玛拉放开我的脖子，但离我只有几十厘米远。我用衬衫挡住灯光，看着爸爸发来的信息：

> 这里什么都没有，听到了一些声音。立刻回到车上碰头。小心。

玛拉在我身后读着信息，回头看了看我们来时的方向。

我摇摇头。"先不回去。"

她没有反对。

我们继续沿着人行道慢慢地走，正穿行在比草地还多的建筑物间。

"在那里，我看见他们——"风在低吟，我假装没听见。

"我能听见他们的脚步声——"我没有理她。

"快，有人出去向他们开枪——"

玛拉没有反应，声音一直萦绕在我的脑海里。

我们转过一个街角，眼前出现了迄今为止最大的一片草地，墨黑色的，看上去就像一个小山谷，另一边是一座长满树的小山。

"其实，"玛拉轻声说，"我觉得我们像是在大学里，在校园。"

一块石头穿过草地朝我的方向投来光亮，然后消失了。

我毫不犹豫地朝它转过身，目光落在刚才光源消失的黑暗处，我不由自主地走了起来。

"你要去哪里？"

我没有转身。

"不要在草地里走，阿瑟——你要去哪里？"

又是一块石头，这次是来自山顶，闪着银色的光，像灯塔一样向我发出信号。光源、石头、小山，与这些相关的某个事物让我感到喧嚣，我无法忽视。风更大了，就像我和爷爷在小教堂里一样，我朝着小山跑去，朝着光源跑去，脚步越来越快。我开始来不及呼吸，但还是在拼命地跑。玛拉低声说了些什么，但我没有听到，风在我周围形成了一个空旷的噪音通道。我奔跑的时候感觉气温下降了十度，但我依然继续向前奔跑。

"阿瑟，冷静下来！可能是他们！可能是——"

当我奔跑时，画面变得更加清晰，世界的其他地方却开始模糊。我抵达山脚，本来的石头变成了一个钟：光滑、圆润、铸铁，安装在砖结构中。我用手抚摸着它饱经风霜的表面。下面刻着它的名字，只有它的名字：*胜利之钟*。

我记得在哪里见过它，我之前看到过这幅画面。我感觉到了爷爷的存在。

我双腿发软，跪在钟的面前祈祷。我能听到他的声音，声音大得一个字也听不懂。我能感觉到他的呼吸，把空气注入我的肺里。

"阿瑟，这是什么？"玛拉赶了上来，"你在干什么？"

光再次照在我的脸上。那只是短暂的一闪，但却让我几乎失明。我看向山顶。第二块石头在树林里闪闪发光，随着枝桠的摇摆，在树枝间若隐若现。

我一跃而起。那光源在我面前越来越大，我走得越快，它就变得越大，我的胳膊肘擦过低矮的树枝。我注意到它后面的石头开始发光，向我发出信号。我径直跑向中间的那块石头，不假思索地把双手放在上面，那是一座比我还高的石头建筑，光滑的花岗岩和青铜的完美组合。

那上面刻了字，我呼吸急促地读着它们。

第一次，我没有看明白。第二次，细节开始形成。第三次，真相变得清晰起来。

玛拉也抵达了山顶，在我身后喘着粗气，跟着我读起了文字。我们静静地站在那里，风从山顶呼啸着穿过整个平原。

"天哪。"她低语。

我发誓我听到了钟声在空旷中的哀鸣，爷爷的海市蜃楼变成了现实。

4.

1970 年 5 月 4 日

我最后再写一遍，以后不会再写。

我用笔墨，将伤口缝合。

我用泥土，将它埋葬。

我用一生的决绝，不再将它挖掘出来。

今日是从巨大的喜悦开始的。

爱与爱，我们一起向外看，在我们建造的这个东西上。

这支美丽的军队。

而如他们这般的军队，全部的信念、颜色、学生，诸如此类。

我们的措辞是激烈的，但我们的内心是爱。

我们手牵手，向柬埔寨说不。

我们向尼克松为我们的兄弟判下死刑说不。

我们向世界为我们遥远的异乡兄弟姐妹判下死刑说不。

我们向仇恨说不。

我们向战争说不。

我们要用尽已知的最洪亮的词汇说不。

但现在

我希望我什么都没有说过。

现在

我想永远不再说话。

现在

我想收回我曾经说过的每一句反抗的话。

生活在甜蜜的、和平的服从之中。

因为在那里，我可以和你一起生活。

今天，我们会走进广阔的田地，手牵手。
我们将遭遇暴力，最严重、最致命的暴力，
没有第二个问题、没有第二次机会、未经审判便遭到处罚
不可逆转的暴力。

而我和你站在一起，手牵手。
但在混乱之中的某处，在旋转太快的世界漩涡的某处，
我失去了你的手，而当我找到它时，它沾满了鲜血。
波浪将我从你身边带走；可怕的暴力的波浪。

一根手指的运动就能将和平的蓝色变成红色，令人惊奇，
而微风的吹拂足以将你从我身边带走。
我只记得在旋风中奔跑。
无处可跑，
因为这是我唯一能想到的事。
我知道我想去任何地方，只要不是这里。

而我发现了你，其他一切都不存在。
你的手臂在我的手臂里是如此无力，你的手几乎无法握住。
你只剩下三次呼吸，而你把它们全给了我。

你说，继续前进。
你说，我会等你。

子弹很小。

发射子弹的人很渺小。

但你，你很强大，你是那么强大。

你是太阳，是我见过的所有光芒的来源。

你比今天强大。

你比子弹强大。

你比死亡强大。

有些日子最好留在遥远的过去，非常遥远的过去，

遥远到再也无法回顾。

今天的一部分，或者今天的我，

都不会成为明天的一部分。

但总有一天，我会回来，

我祈祷你还在等待。

——阿瑟·路易斯·普尔曼

5.

肯特州立大学枪击事件。1970 年 5 月 4 日。国民警卫队向一群和平抗议者开枪，导致五名学生死亡，这是美国政府在美国历史上首次故意处决行使宪法第一修正案权利的公民。

我们的周围没有光，只有月光穿过树梢的痕迹。

长长的、露天方形的院子形成了一个漏斗，风可以直接涌向我们所站的空地。树叶抚过山脚下的标牌、纪念碑、山上的钟和山顶上的雕像。

"你……你觉得……"玛拉有些无法呼吸，"这次抗议……"

我点点头。

"五个……有五个人死了。"

我再次点点头。

"他就在现场。他亲眼目睹那五个人……亲眼目睹了那五个人被杀的过程。"

我没有说话。

"你觉得这就是为什么……他一定要回来的原因？因为他目睹了有人死去？"

"应该不是一般人。"

我冲着纪念碑后面的一块小石头点点头，上面刻着逝者的名字。名单上的第一个名字是：

杰弗里·科佩克。

爷爷生活的沉重，无论是隐藏的还是一眼就能看到的，以及他的创伤、失去、孤独和疾病，全都压在我们两个人的身上。一瞬间，我明白了。

杰弗里是他小说的主角。杰弗里是"格林里弗短篇小说"中的英雄。杰弗里·科佩克是丹佛墙上爷爷旁边的名字。杰弗里·科佩克是苏的儿子，是我爷爷应该负有责任的人。

在爷爷的一生中，杰弗里·科佩克不只是过客。他曾经是爷爷的生命，他写下的伟大的失去、伟大的愧疚、伟大的疼痛、寻找他在寻找的东西、然后放手、让它回来，写的都是杰弗里。

爷爷是眼睁睁看着他死去的。

我想起帕特森医生对创伤的描述：内在的遗忘，是大脑选择阻止它们无法记住事物的方式。爷爷不仅忘记了杰弗里的死，还顺便忘记了杰弗里的存在、伟大的目标、火车旅行和他的朋友。他忘记了一切，把它们藏在一部小说里，然后开始新的生活，但这一切从未离开过他。

"你觉得他说的'伟大的愧疚'是——"
我点点头。

玛拉大声地抽泣着，强忍着泪水，又把泪水挤回眼睛里。我用胳膊搂住她，把她拉到我眼前。她是温暖的，头发紧紧地贴在我的外套上。"'全速驶向你。'这就是他要找的人。"我停顿了一下。"这就是他那些文字的主人。"

她推了推我的胸膛。"你没事吧?"

我在考虑这个问题。

这就是我一直在寻找的答案,我知道,面对这座纪念碑时,这是唯一的答案。迷宫的尽头没有奖品。这不是一个谜题,它的设立是为了让我鼓起勇气去追随爷爷的线索,而它们甚至根本就不是线索。它们带来的只是一种残酷的醒悟,一种为失去一个人而哭泣的声音,以及一种我本可以一生都不曾知晓的爱。

我一直以为他是在给我写日记,而那些文字并不是给我的——而是给杰弗里的。我以为他在描绘一个巨大的宝藏,然而并不是——他只是在追逐一段记忆,一段他抛在身后四十年的记忆。

但是,我仍然感到满足。

"因为这就是他想要的,"我说。我知道这是真的,不管他知道不知道。我想起了帕特森医生的话:**现在该是记起来的时候了。**

我从包里掏出在奥马哈那里拿到的小小的红色《圣经》,放在石头纪念碑的顶上。玛拉冲我笑了笑,光线反射在她左眼下方一个湿润的圆点上。我望向这片空地,想象着这里曾挤满了急于改变世界的学生。想象着我的爷爷,站在我现在站的这个地方,俯视着他一手创造的美丽的抵抗:他创造的这场运动。当国民警卫队出现时,我想象着他的恐惧和愧疚,他那些拥有钢铁般意志的活动者在士兵的枪杆旁边就像孩子。我想象着子弹扫射时他的尖叫，穿过空地去寻找杰弗里，在他弥留之际，他抱着他。

"我在想他是不是在这里死去的，"我说，"就是这里，他看见杰弗里……"他的话充满了我的大脑。世界是一个圆，我以为在我前方的，其实在我的身后……

"哦，这太完美了。"

声音的来源不是玛拉，也不是我。

"好了，你们两个，放下背包，双手抱头。"

在我们身后四五米远的地方，杰克出现在山腰上。天太黑了，看不清他的模样，但那个象征"伟大的目标"的白色围巾似乎是他全身唯一不是黑色的装饰，一顶无檐小便帽翻戴在他的额头上，刚好在他的眼睛上方，他右手焦虑不安地抖动着，远处的街灯反射在一个金属的表面上。他举着一把枪，只身一人。

"我知道这里只有我们三个人。"他漫不经心地朝我们走了几步。"我知道。当我遇见你的时候，我就知道了。"他在离我不到三米远的地方停了下来。"不管有没有对方，我们最终都会在一起，就像是一个……信号，来自天意，对吧？浪子回头，故事不是应该都这么发展吗？"

我们离得很近，我可以看到他脸上的线条，他的手腕在心不在焉地扭动，头也跟着晃来晃去，充满沉稳而又危险的随意。

"好吧，老实说，我并不这么认为。我知道这是你我之间的事，而你——"他冲玛拉点了点头。"你只是……什么来着，洋子[1]吗？"他扭过头，微笑着从我身边走过。"是一场游戏吗？同时和我们两个人玩？谁先到这里就站在谁一边？我是说，你肯定已经把我们的事情告诉给我们亲爱的朋友阿瑟了吧？"

他拿着枪向我逼近，我感觉到了枪的压迫感：面前是致命武器的威胁，身后却传来一股强烈的戒备感。我想回头看她，但目光无法从杰克的右手上移开。

"阿瑟，他在说谎！"玛拉的声音疯狂地从我身后传来。"我发誓——"

"哦，玛拉，放松点，这和你没关系。我们有更重要的事情要做，是吧？阿瑟？"他用左手拉直围巾，瞥了一眼我们身后的纪念碑，在黑暗中盯着我的眼睛。"他在哪里？"

有那么一瞬间，杰克和那支枪的出现让我不知所措，我忘记了我们站在那里，也忘记了我们为什么站在那里。杰克仍然认为爷爷还活着。我的表情一定很崩溃，眉毛肯定被蹙紧，脸上一定充满了恐惧的似笑非笑，因为杰克扬起了嘴角，把枪口对准玛拉的胸口。

"他死了。"我说。

"阿瑟，"他装模作样地按下了扳机后面的东西，我想应该是在移除保险栓，"现在可不是装害羞和装可爱的时候。他在

---

[1] 此处应是指约翰·列侬的妻子小野洋子，她曾被指责是在利用约翰·列侬的感情来达到自己的目的，也因为她的介入导致了披头士乐队最终解散。

哪里？"

"我没骗你，"我说，努力地稳住声音，"他死了。"

他停顿了一下，用枪托挠着头，然后笑了。"你知道凯伊爵士吗？"他在等着我回答，但我没有。"你当然不知道，别伤心，没有人知道。"他向我走近了一步。"他是一名骑士，坐在圆桌旁，据说他是战场上的传奇人物。不过没有人记得他，因为他最著名的事迹就是在亚瑟王之前，最后一个试图从石头里拔出圣剑。"说着他又朝我迈了一大步。"如果你认为对我说谎就能阻止我夺回属于我的东西"——他又走了一步——"那你就错了。如果你认为"——又一步——"我是在和你商量，那你也错了。如果你认为我绝对不会知道——"

"你还不明白吗？"我打断了他。胸口出奇地平静。我们都在死牢里，我想，只不过死囚知道自己什么时候会死去。"你不明白这个地方为什么很重要吗？"

"该死的，我当然知道肯特州立大学枪击事件。我可是亨特·S.汤普森的儿子！"我在他的声音里第一次听到颤抖，注意到他骂人的词汇里溜进了胆怯。"你还是不明白，这就是我的一生，你可以假装知道些什么，但是……我完全知道他为什么会选择这个地方，我知道他在这里做了什么，唯一的一件事——唯一的——你知道是什么，而我不知道。"他低下头盯着我，但我坚守阵地，勇敢地和他对视。"所以告诉我，否则我就开枪打死她。这取决于你，而不是我。如果我是你，我可不想忍受这样的做法。"

我挺起身子，笑了笑。"你的朋友们呢，杰克？"

他没有回答，而是又向前走了一步。

"这应该是一种正义的力量吧，"我继续说，"可最后却用暴力去威胁无辜的人？"我猛地把头转向纪念肯特州立大学枪杀事件的牌匾，"你一定明白这其中的讽刺意味，对吧？"

这一次，他没有回以微笑。"我有的是耐心，但是——"

"什么也没有。"我摇摇头，"我告诉过你，事实上，我已经把我知道的都告诉过你了，根本没有秘密的藏身之处，没有图书馆，没有——"

"胡说！"这是他第一次提高嗓音，但远没有到尖叫的程度，而是一路下滑，"轰隆"一声穿过草坪，几乎摇响我们身下的那座钟。"胡说！你知道的！"

"我没有胡说，真的什么都没有。"

他把枪从玛拉的胸口移到了我的胸口。"再说一遍。"

"什么都没有。"

枪在他手里晃了晃。

"听着，"我平静地说，"你不必相信我，你可以继续找，我也希望你能找到什么。因为当你回首四十年，发现你浪费了一生的时间去寻找那些已经逝去的东西，这对你来说，不失为一种巨大的惩罚。"

他垂下眼睛，垂下手腕和手臂，枪从我的胸口移开。他向

446

后退了一步。

我抓住机会走上前，试图用每一个字打动他。"但我没有骗你。这里什么都没有，只有一个余生被毁的人生故事的最后一章"——我抬起一根手指，指着他的胸口——"因为像你这样的人决定为了他们去响应什么该死的号召。"

杰克没有抬头，而是任意地来回晃着头，全身颤抖。"不止这些。"

"杰克，你错了。"玛拉说。

"这里还有别的东西——"

我感觉到她的手抵在我的后腰上。"是时候放下了。"

"他给我留下了东西。"他平静地说，一边摇着头，一边再次和我面对面。我的心一沉。

"他……是亨特·汤普森？"杰克在发抖，我感觉自己的力量又回来了。

他的皮肤没有了血色，眼睛后面的火也熄灭了。"她和我说，这是他留给我的，他想让我——"

"他甚至可能不是你的爸爸，杰克。"

杰克颓然地站在我们面前，那个曾经自信满满的男人此刻变成了一个没有安全感、被遗弃的小孩，右手胡乱地晃着那支手枪，碰撞着他身体的一侧，紧贴着那条伟大的围巾。

一束蓝光扫过空地，照亮了杰克的身影，然后是鼎沸的说话声和车门关闭的砰砰声。一定是爸爸看见了我们，一定是有人报了警。

"到此为止，杰克。一切都结束了。"

"一定有东西留给我的。"他丝毫不受从身后向他靠拢而来的世界的影响，举起枪抵住心脏，转动着枪管，胸口的围巾上绣着"伟大的目标"，还有他父亲那粗犷的黑绿色拳头。"应该不止这些。"

等我意识到正在发生的事情时，一切都已经太迟。我太害怕了，没有发现他的手正握紧枪把，手指正扣在扳机上，他的眼睛里已经没有反抗，他的脸和我在每一个梦境里看到的自己的脸一样，茫然地接受一切，坐在驾驶座上，沉入湖底。

我扑向他，去抓他的胳膊，可我感觉到了枪械的余波和后坐力，将我们两个人往后一甩。我们同时摔倒，滚下山坡，一抹红光在我眼前爆炸。

枪声太大了，世界上的其他声音也都跟着消失，玛拉含着眼泪的尖叫声，很遥远，警报声也听不见了。我说不出我周围的感觉，地面上湿漉漉的树叶粘着他胸口湿漉漉的鲜血，他身体的温暖贴着我身体的温暖。他一动不动，而我不想看到我所预料的在等待着我的东西。我闭上眼睛，把头靠在草地上。

声音开始回来，我听见警报声从地面上响起。我听见爸爸在呼唤我的名字。我听到了爷爷的声音，在一片混乱中飘荡，清晰得让我立刻就能理解其中的含义。最后，钟声响起，回荡在大地上，我躺在湿漉漉的黑暗中，视线的边缘开始坠入黑暗。

6.

光回来了，一如往常。

他们说我受到了惊吓，所以在黑暗中失去了知觉。他们给了我一大块士力架和一罐普通的可乐，让我补充一下糖分。

我们看着杰克被抬上救护车，心脏检测仪上显示他还有呼吸。我们坐着萨尔·汉密尔顿的科迈罗跟去了医院，在半明半暗的候诊室里，我们张开四肢躺在蓝绿色的椅子上。在简单的解释之后，我和玛拉陷入了沉默。取而代之的是，我开始专注于走路、呼吸，以及躲避爸爸悲伤的眼神。

"那场抗议，"我终于开口，三个人全部抬起头，"那场发生在肯特州立大学的抗议，杰弗里，他……"

我没能把话说完。萨尔摇了摇头。"我不知道，我没意识到，我是说，我们听说了那件事，每个人都听说了，但我不知道杰弗里·科佩克……怪不得我们再也没有他们的消息。"

我向后靠回到椅子上。"爷爷封锁了一切。"

萨尔悲伤地点点头。"创伤真是一种可怕的毒品。"

"我找到那篇文章了，"爸爸平静地说，从屁股兜里掏出一张报纸，然后展开。"就在我们等你们的时候，"他慢慢地走过来，把报纸放在我面前的桌子上，"标题是'*俄亥俄州：我们的最后一搏*'。他把所有的孩子都送去了俄亥俄州，是他组织了那场抗议，所以我们两个知道那座纪念碑。"

我点点头。"我也弄明白了其他一些事。"我闭上眼，躲在候诊室昏暗的灯光下。

"什么？"

"我一直在想，苏·科佩克总是在重温爷爷五年前去看她时的场景。但她不停地问起奥洛，而奥洛那时候早就已经死了。"

"这有什么——"玛拉开口了。

"这也是她一直叫我'阿瑟'，却把爷爷称作是'他'的原因。她没有觉得我是上了年纪的爷爷，她以为我是二十多岁时的爷爷。她不是在重温 2010 年发生的事，而是在重温 1970 年爷爷带着杰弗里和奥洛离开时的情景。他们本应该在肯特抗议之后回去的。这很重要，因为她安排好了椅子的位置，还发出了邀请……"

玛拉还没等我说完就替我解开了谜题。"他们在一起了。阿瑟和杰弗里。"

这个信息悬在寂静的房间里，悲伤得让人无法触摸。我闭上眼睛，觉得自己还没有准备好完全面对这个世界。

"那你奶奶呢？"萨尔说。对房间来说，这个声音显得太大了。

我看了看父亲。他不由自主地慢慢摇着头，声音有些结巴。"我……是的，我……我不知道他是不是真的爱她，"他停顿了一下，"真的爱我们。"

在这个空旷的房间里，我想到了凯特琳，想到了那些我爱她和最需要她的时刻，然后又想到了失去她。三个星期过去了，我每次呼吸都能感受到它。我的爷爷埋葬了他的爱和他的痛苦，整整四十年，并在此之上建立了新的生活。怪不得他变得冷漠。怪不得他急于遗忘。

"他很爱你们，"萨尔肯定地说，"我知道他爱你们。"

我想起了背包里的那封信，就是我出生那晚他写给亨利的。"他很爱我。"我对爸爸说。当我说这话的时候，我想他相信了我。

"打扰了，"一个护士出现在门口，"你是阿瑟·路易斯·普尔曼吗？"

"是的。"我和爸爸异口同声地说。他已经回到了角落，尽可能远离其他人。

"我们都是阿瑟·路易斯·普尔曼。"我说。"你知道……"我朝救护车刚刚飞奔过去的走廊点点头。

"是的，"她说，"他没事，子弹只是打中了肚子，伤势相对比较轻。如果你想上诉，我们会马上派人——"

"不。"我立刻说。

"阿瑟，"爸爸站了起来，"他可是用枪指着你啊。"萨尔在他身后探出身子，脸上的伤口依然清晰可见。

"没错，"萨尔哼了一声，"他应该蹲监狱。"

"有时候，人是需要惩罚的，"爸爸说，"这对他们来说是好事，会教会他们以后拿起枪时要三思，有时候，"他放低声音，以免玛拉听见，"只有把权利拿走，才能让人们珍惜他们所拥有的。"

他是在说凯特琳，他是在说人身保护令。

我想到了我可以和爸爸一起笔直地坐在医院里，没有受伤。我不是在芝加哥、帕洛阿尔托或是阿尔伯克基的监狱里，因为扰乱治安或袭击警察而服刑。我想到了我和爷爷的结局，以及我渐渐了解他的这些年。我是幸运的，我的整个人生，我的这个星期，都是幸运的。

然后我想到了杰克，他躺在医院的床上，身上什么都没有。从我遇见他时开始，从我在内华达州被警察包围时开始，他就一直饱受攻击。被警察、被组织、被玛拉、被我——全世界都在挑战他，但他坚持立场，因信仰而无所畏惧。

可现在，我甚至不知道他还有没有那份勇气。他可能不得不强迫自己忘掉他所知道的一切；关于他的父亲，关于道路，关于自己在这个世界的位置。他可能不得不要创造一个真实的父亲——他不是一个文学偶像，而只是一个男人，一个从未出现在他儿子面前的男人。

杰克的印章，他的象征，依然会被永久地印在日记本上。我意识到，没有他的印章，这一切都是不可能的。墨尔本旅馆会在我到达之前就已经关门，奥马哈图书馆的密室早已经年久失修。没有印章，玛拉就没有理由经过我的世界。没有杰克，爷爷的大部分生活依然是个谜。

"不，"我更坚决地说，"不，他……他应该有第二次机会。"

萨尔坐了回去，将信将疑。

我听见护士在用力地呼吸。"我来，其实是想和你说另外一件事。"

　　房间里所有人都不安地动了动身子。

　　"我叫玛丽，我——我想我见过你。在新闻上，对吧？"她的语速很快，像是有很多人在听似的，"你就是那个在寻找去世的祖父的人吧？"

　　我再次点点头。太累了，我已经感觉不到骄傲、耻辱或是担忧。"听着，如果你认为是我偷了——"

　　"不，不是那个。"玛丽说着点了几下头。没有足够的光线让我看清她的表情，而且她又站在门边。"那晚救护车把他送来的时候，我……我就在医院里，我是说……你的祖父。我是当时的护士长。他去世的时候，我在场。"

　　我坐直了身体，靠在椅背上。"是吗？那么他……嗯……他说了什么？"我注意到她手里拿着一个小塑料盒子。

　　她摇了摇头。"没说什么，我们这里有很多像他这样的人，你知道的，去枪击现场的人，尤其是周年纪念日的时候，那是一个悲剧。"

　　我点点头。她什么也没说，只是在门口附近徘徊着。

　　"好吧，谢谢你……谢谢你照顾——"

　　"阿瑟？"她打断我。

　　"嗯？"

　　"我知道这么说很奇怪。但当我在新闻上看到你时，我并不惊讶。"

房间里每个人都稍稍往前探着身子，听着。

她闭上眼睛。"我一直都知道有人会来找他，他说会的，他说有人在等他。"

我们没有说话，顺从地听着医院里传来的轻柔的"哔哔"声。

"不管怎么样，我只是想把他的私人物品交给你。他去世之后一直没有人来取，所以一直放在我这里，等着你们。"

她把塑料盒子放在我面前的咖啡桌上，没有道别就匆匆离开了房间。

我笑了笑。

盒子里只有一件物品，一件他一直随身携带直到死去的物品。无论他走到哪里，我都能在他手里看到它无数次。我看到他一直把头埋在纸页上，翻来翻去，从不给别人看，总是把它放在靠近心脏的地方。它那柔软的红色封皮已经褪色得几乎看不清上面的字：

钦定版圣经，第 7 版，1962 年

我把《圣经》拿到爸爸面前。"好吧，"他说，"至少他是带着他心爱的东西去世的。"

玛拉站了起来，轻轻地碰了碰我的腿。"我去拿咖啡，等一会儿，好吗？"

萨尔拍了拍我的肩膀，也跟着出去了。"你应该读一读，你知道的，"他是在说《圣经》，"也许能学到点什么。"

我冲着他假笑，看着他们离开，然后拿起《圣经》，用手摩挲着。我感觉自己离他很近，仿佛他刚刚穿越时空把它交给我。我一页一页地翻看着，感受着纸张的折痕和厚得出奇的书页。

爸爸坐在我的身边，把一只胳膊搭在我的肩膀上，低头看着《圣经》微笑。它对我很重要，对爸爸来说一定更重要。

我闭上眼睛，从中间翻开《圣经》，希望能完美地翻到《哥林多书》的第四章或第五章，这样我就知道爷爷在看什么。

但并没有《哥林多书》，那一页上没有印字，只有一行行潦草的连笔字。

"这是什么？"爸爸问，"他……他是在《圣经》里写字吗？"

我往回翻了几页，差不多都一样。我一页页地撕下那些写着字的书页，偶尔会停在被撕下来的纸张上。这样的书页数量惊人：一页又一页，有的写满了字，有的只有几行。我索性翻到第一页……1970 年 4 月 29 日。

"这不是《圣经》，"我的手抚摸着它，"而是日记。"

爸爸睁大眼睛，看了看《圣经》，又看了看我。

"一直到 1970 年，"我告诉他，"这次旅程，也就是他重温的这次旅程，结束于……他写下了整个过程。"

"他到处都随身带着这本《圣经》，"爸爸有些无法呼吸，"原来他随身带着的是一本日记，而且——"

"他在不断重读自己的故事，"我说，"他在重温他已经遗忘的部分。"

我把它放在我们面前的桌子上，合了起来。爸爸屏住呼吸，紧张地盯着我，不确定是否想打开它。我知道这是为什么。它太过厚重：我们想要的全部答案，都被规整地夹在两张褪色的封皮中间，就呈现在我们面前。如果他不是我们想象中的那个人呢？如果我们也在里面呢？如果这足以改变现实呢？

但爸爸问了一个不同的问题。"我们从哪旦开始？"

我咽了咽口水，点点头，把它翻到最后一页。最后一篇日记的日期是：2010 年 5 月 4 日……他去世的那一天。

我想象着他一个人坐在肯特州立大学的校园，在我刚才去过的那座钟的下面，最后一次写作。

7.

2010 年 5 月 4 日

我总是想象，当我死去的时候，

我会回想我人生中的每一秒

除了我现在所处的这一秒。

我想象一些垂死的人紧紧抓着自己的记忆，

回顾过去生活的每一个画面，

像天平上的石头一样衡量愧疚和成就，

擦亮奖牌，粉饰伤口，

以期伟大的判决。

我想象其他人会为伟大的转变而苦恼，

意识到他们最终会被一生都在回避的问题而逼入绝镜，

被对天堂、深渊、轮回和肮脏的恐惧

所吞噬。

但我不会那样。冰冷的钟、泥土、阿瑟，

我只是在念我自己的名字。

阿瑟，

我在念我自己的名字。

阿瑟，

我在提醒自己的存在。

我花了六十年的时间去看着一个从未发生的过去。

我花了六十年的时间去追逐一个从未到来的未来。

六十年来，我一直以为你的声音越过了高山，
但是它一直伴随着我。
我一直都在这里，
等待着，
不为人所见。

而现在，在我生命的最后时刻，
我也来到了这里。
终于醒了，
我终于看见了，
终于，我们永恒。

——阿瑟·路易斯·普尔曼

TIME REMEMBERED
时间会记得

尾声
A Lite too Bright
THE EPILOGUE

2015年5月6日

我正在学习质疑自己的某些部分，我正在学习重写我过去的某些部分。

我又开始写日记了，没有什么格式，这感觉像是一种恰当的致敬。

也许有时候想想自己的感受是值得的，也许我能做好治疗，也许把自己的一部分拿给别人看并不是一个弱点。

"你的处境很有趣，你知道吗？"玛拉在警察离开后对我说。尘埃落定，只剩下我们两个人，还有爷爷留下的日记。

"我知道，"我说，"但我不知道你具体是指什么。"

"有人相信你的祖父是个神，有人却觉得他是一个彻头彻尾的混蛋。有崇拜他的社区，有教过他的教授，有鄙视他的家庭成员。但唯独你拥有他留下的唯一遗产，所以看起来，你是唯一拥有决定权的人。"

"决定？"我问，"我要决定什么？"

她笑了，就像是她看到了一张曾经爱过、失去过又失而复得的脸。

"决定他如何被铭记。"她说。一阵风吹过来。

在俄亥俄州的肯特，每当季节开始变换的时候，空气也会凉爽起来，凉到足以让你想起去过的地方，充足的阳光也足以让你看到你所希冀的一切。

庞克瑟托尼的菲尔在2015年看到了自己的影子，这个狡猾的混蛋，承诺过这个冬天会多出六个星期。可这六个星期已经变成了十六个星期，俄亥俄州的肯特的春天像是刚刚开始。

"好吧，我已经作出了决定。"我告诉她。

"决定了？"

"他的遗产，将永远是"——我把日记本举起来——"他遇到的人和他们的随身之物。"

她没明白。"我欣赏这句诗，但恐怕……"

"他其实不是为大众写作的，他写得也并不抽象。他的故事里没有他的影子，你一直是对的，他不是写给我的。他是写给他们的。"

"亨利需要一个伴侣，于是爷爷给他写信。每一年，每一封信，他的一生，都有值得期待的东西，值得相信的人。"

"格林里弗的酒吧需要一列装满黄金的火车，于是他在小说中写到了这个。但在现实中，我想阿瑟·路易斯·普尔曼的短篇小说如果被卖出去，或许可以买下整个格林里弗。"

"而苏·科佩克，她……她需要一些东西来帮助她记住自己是谁，而他来提醒她。他是在为这些人写作。"

"所以你要把它们还回去？"

我点点头。

"每一个人？"

我再次点点头。

"那本日记里还有他的其他作品，除非是和你在一起，否则它们并没有真正的家。"

这回轮到我笑了。

我还作了一个决定。我的家人需要结局，我的爸爸需要一些东西来帮助他记得他父亲最好的部分。

更重要的是，这个世界也需要一个提醒：我的祖父曾是一位多么出色的作家，《遥远的世界》似乎是一个完美的机会。

"你确定吗？"爸爸曾经问过我。

"是的，我确定。"

"我们不一定非得这么做，我不想破坏他留下的遗产。"

"不，你是对的，"我告诉他，"在我们发现那本日记之前，你也是对的，他值得被铭记。"

玛拉和我在那里坐了好几个小时，一边看着肯特州立大学的学生们，一边一遍遍地读着日记。

"这一篇，"我指着丹佛的那首诗——那是他对爱的忏悔、消化和理解，是他对呼吸、温暖和颜色的讴歌。"这一篇还不知道给谁，因为杰弗里已经不在这里了，所以……嗯，就算是给你的吧。”

“你……你是说真的？”我还没有最后决定，但当我点头时，我看到了她左眼里闪过的泪光，那是一种难以抑制的、不由自主的感谢。

5月6日，我开始重写我不想再带在身上的过去。我确信某一天会有人提醒我现实是如何讲述这个故事的，但是现在，在可预见的未来，我想记得更好的部分。

玛拉告诉我她要回丹佛，回到伟大的目标中去，帮助他们在没有杰克的情况下重建家园。我想她可能会留在那里吧，或者回到加州。当她第一次说我们“还会再见”时，我生气了。但我意识到，玛拉的生活是玛拉的，不是我的，玛拉需要去追逐一些东西。玛拉需要一个归属的地方，而我只是有时候会让她开心。

我在医院给梅森写了一封信，因为我生自己的气，而让他被困在火里，没有人应该为别人的自我厌恶而感到愧疚。我也想给凯特琳写信，但我还没有准备好，而且，这是违法的。

“你知道我最感兴趣的是什么吗？”玛拉若有所思地一页页地翻着爷爷记录着遗忘时光的日记。“他几乎没有犯过语法错误，当然，除了公然无视的错字和过度使用‘a’之外，几乎没有拼写错误——"

"是的，我觉得他有点神经质。"

"——除了这一小段，他在最后一天写的，"她翻到 2010 年 5 月 4 日，"看，这里，他拼错了一个词，'things' 这个词。"

我顺着她的手指找到了那个词。她是对的，他意外地在这个词中多加了一个 "e"，拼成了 "theings"。

"好吧，他当时已经快要死了，"我说，"我想我们还是放过他吧。也许是他手滑，不想把最后一口气花在检查拼写上。"

"我知道，我知道，我知道。我只是说，这很奇怪，对吧？"

我无法否认她对如此平常的事情也会有如此的热情，因此，就像往常一样，她的热情再次让我屈服。"是的，很奇怪。"

我没有任何想去的地方，也没有任何想待的地方，于是我开始重读日记。我用拇指抚平纸张边角的褶皱，那里是他的世界停止的地方，也是其他人的世界开始的地方。玛拉在我旁边，头枕着我的肩膀睡着了。

我一个字、一个字地读着，每个字都很重要，它们错综复杂地关联在一起，无法分离，就像一台机器在书页上移动、弯曲，发出 "咔嗒、咔嗒" 的声音，摇摆着：

> 我曾在这里失去呼吸
>
> 在自己面前脱掉衣服

我在这里停了下来。第一次读的时候，我把"脱掉（undressed）"看成了"underdressed"，但我意识到是我读得太快了，我的大脑看到了这些字母，还没有注意到它们是怎么排列的，就匆忙下了结论。

他写的是"underessed"，看上去更像是"undressed"，在这个句子的结构中，"脱掉"显然更合理。但他意外地多加了一个"e"。同样一篇日记里，有两个同样的拼写错误，这的确很奇怪。

我没有和玛拉说这些，而是继续读下去：

在一场中西部的游行中
一百年前被埋葬了的一个文明
我听见了地上的声音，

音乐在嘶吼，警报在轰鸣、喘息
如掌声
完美的黑色和虚无的夜晚
我感觉到了这些感觉——

这里是玛拉注意到的那个错误："theings（这些感觉）"。

我感觉到了一切，而我什么也没有看见
没有看见寒冷的夜晚靠在

我在哭，但不知道我的眼泪
我在跑，但不知道我的双腿
我好想
去知道
去相信

我又停了下来。我的大脑又一次让我忽略了另一个错误。他在"believe（相信）"中又无意中多加了一个"l"，变成了"bellieve"。

巧合将是你最大的不理性之源，玛拉曾经引用别人的话说。她是对的，总是想着那些不相关的、完全不相干的事——

专注于存在差异的时刻；这些才是最重要的。那个声音更大了。那是爷爷的声音。

underessed
theings
bellieved

undressed
things
believe

believe undressed things？ things undressed believe？

这很棘手，要按照正确的写法去读，而不是按照我大脑想要的样子去读。在我的大脑里，我总想去修正这些错误。

我小心翼翼地、慢慢地又写了一遍，只写错误的部分：

under

the

bell

我的心脏停止了跳动，俄亥俄州肯特的世界停止了转动，玛拉、我的父母、凯特琳、火车和医生也停止了转动。

"钟之下。"

上帝。

肯特州立大学的胜利之钟敲响了抗议，枪击之后学生们聚集在钟的周围，那是作为他们意志的证明而被纪念的钟，是为缅怀逝去的生命和未来几代人的希望而奏响的钟。我伸出头，站在那座钟的下面，钟壁内侧有些标记……还有字母。

玛拉在抄写那些字母：

l

i

a

n

t
&
l
o
y
a
l
c
o
n
d
u
c
t
o
r
t
h
a
t
s
a

l
l
f
r
o
m
y
o
u
r
b
r
i
l

也许还有更多的字母。一直以来，我只是不得不停止让自己找下去。也许事实就是如此，神秘比真相更重要。

我把那些字母重新排列到合适的位置，坐在钟下，他的钟。看着他留给我的最后的信息，我笑了——这也是他留给所有人的最后的信息：

就这些，你们卓越而又忠诚的列车长敬上。

That's all, from your brilliant & loyal conductor.

作者手记

本书所描述之故事、人物和事件纯属虚构。
如有雷同，纯属巧合。

美国肯特州立大学枪击事件中死亡学生人数为四个人（并非本书中
所描述的五个人）。
他们的名字分别是：
杰弗里·米勒、爱丽生·克劳斯、威廉·施罗德、桑德娜·苏尔。

图书在版编目（CIP）数据

一路微光／（美）塞缪尔·米勒著；冯诺译. — 昆
明：晨光出版社，2021.4
ISBN 978-7-5715-0378-9

Ⅰ.①一… Ⅱ.①塞… ②冯… Ⅲ.①长篇小说-美
国-现代 Ⅳ.①I712.45

中国版本图书馆CIP数据核字（2020）第074169号

著作权合同登记号 图字：23-2019-100 号

一 路 微 光
YILU WEIGUANG

〔美〕塞缪尔·米勒 著

冯　诺 译

出 版 人　吉　彤

总 策 划　吉　彤
责任编辑　李　政　常颖雯

出　　版	云南出版集团 晨光出版社
地　　址	昆明市环城西路 609 号新闻出版大楼
邮　　编	650034
发行电话	（010）88356856　88356858
印　　刷	北京润田金辉印刷有限公司
经　　销	各地新华书店
版　　次	2021 年 4 月第 1 版
印　　次	2021 年 4 月第 1 次印刷
开　　本	140mm×200mm 32 开
印　　张	15
字　　数	290 千
I S B N	978-7-5715-0378-9
定　　价	58.00 元

退换声明：若有印刷质量问题，请及时和销售部门（010-88356856）联系退换。